———————— 阅读之前 没有真相

午夜文库

〇八〇七

（日）辻村深月 著
郑晓蕾 译

新星出版社 NEW STAR PRESS

若是关上这扇门，就再也回不来了。能有这样的精神准备，说明我还很冷静。

出"大事"时，我一心想着，马上就会有人过来，或是废品回收日聚在一起嘲笑我的邻居们，或是巡逻车刺耳的警笛声——一定会引起骚动。他们会围住我，看见倒在眼前的妈妈，会在大吃一惊之余拘捕我。

玄关门开着，一抬头就能看到正前方的富士山。

这景色，我从小一直看到大。

我跨出屋门一步，吸入的冰冷空气就像要把喉咙和肺割开一般。原本就很疼的右腿变得更疼了，一跳一跳疼得发麻，本以为已经干了的头发其实还是潮湿的。

我不知道。

已经不能复原了，再等多久都无济于事，一想到这些，我真的真的不知道该怎么办了。

来人吧，来人。来抓住我，告诉我该怎么办。

那双手，让我感到可靠而温暖。我想攥住那双手，就算被打骂也好，真希望自己能像流水线上的物品那样任人处置。我觉得自己突然被赤裸着扔出了人类的世界。之前一直以为自己是个坚守道德的善良的人，会被人伤害，但绝不会去害别人。难以置信的是，这次我竟然是加害者。

我想和妈妈说话，真的很想。妈妈她一定会听我倾诉，也许她还会生气，但就算是要去警察局，她都会陪我。长久以来，我遇到难事时她都会陪我。

我知道这很矛盾，却还是无法相信。我感觉内心麻木，大脑一片空白，但身体却在做完全不同的事。我的手已经开始动起来了，翻出钱、妈妈的存折和卡，收拾起自己的东西，全都放进包里。为什么要这么做？接下来该做什么？我找不到借口和言语向内心说明。

爸爸今晚回家。

我的胸口和后背阵阵发冷，身体不住哆嗦。爸爸肯定会看到这个房间，他会生气的。我真想放声大哭。我做出了这种事，爸爸肯定不会站在我这边了，他不会再袒护我了。

我抬起头，鹅黄色的朝阳正从富士山底缓缓升起。镇上最高的建筑是我上小学时建造的塔楼，此时它的玻璃窗正反射着光。

那座塔楼刚建好时，我也曾这样看元旦日出，妈妈让我"快许愿"。我不知道其他人是否会像对流星许愿那样对着太阳许愿，也许这只是妈妈个人的习惯，她对我说："要为新一年的抱负而起誓。"

一年。

我紧紧攥着塞满东西的包，咬着嘴唇。

哪怕只有一年。不，比这短也行。请一定让我……

妈妈三番五次问我许什么愿了，都被我搪塞过去。那天我把妈妈留在外面独自回屋了。我的愿望是能与当时喜欢的男生两情相悦，如果让妈妈知道我在祈祷恋爱，她肯定会笑话我。

我关上门。

插入钥匙，刚想转动，手又停住了。

下次再进家门时，妈妈和房间都会恢复原状吧，她会头也不回地对早上才回家的我说"已经早上了"吧。我还在期待着。

第一章

十月三日

山梨县甲州市内 咖啡厅

古桥由起子（旧姓三枝） 千笑从小学到高中的同学，和千笑同一社团

"千笑她去哪儿了呢？担心，真让人担心。"她半嘟着看不出涂过口红的干燥嘴唇说，话音刚落，IC录音机的红色灯光就变暗了。

古桥由起子。现居山梨县，两年前结婚，育有一子，如今边带孩子边在附近超市打工。三十岁，和我同岁，马上就到三十一岁了。

我和由起子从小学到初中都在同一所学校，小学时还是同班，但如今除了一个共同的朋友，我们聊天时几乎没有共同话题了。为打发时间，我往剩下的小半杯黑咖啡里加了块方糖，搅拌，两个小气泡从杯底冒出来，马上又消失了。

好像已经没什么可说的了。我听说高中时她们在班里和社团里都是最好的朋友，但对于我想寻找的她，由起子并不比我知道得更多。

由起子的午休时间快结束了。她的帆布包放在座椅上，包里露出印着超市名的绿围裙。

她开口问："难不成，你还要去见添田老师？"

"嗯。我联系过她，已经约好了。她当过你的班主任吧？"

"我和千笑同班时的班主任就是她。你帮我向她带个好吧,不过她也许已经不记得我了。"

桌上放着一张照片。

听由起子说,高中毕业这些年,她和千笑见面的机会越来越少。我给她看的这张是千笑五年前的照片。话音一落,我们的视线便自然而然被照片中微笑的她所吸引了。

"对不起啊,没能帮上什么忙。"由起子很抱歉地说,"神宫司你专程来找我,我也没能……"

"没事儿。好久没见,我也挺想你的呢。"

"我也是。"由起子微微笑了。

我们一齐起身,我拿着插在桌角的小票去结账,隔着收银台,透过玻璃窗能看见一栋高层建筑。

"能看到花园塔楼呢。"

那是县内最高档的婚礼会场。除了婚礼,好像也承办公司会议等活动,但在大多数人的印象中,那儿就是办婚礼的。在这里度过的近五年时间里,我拿着红包去过那儿好多次。

听到我的话,由起子应了一声,抬起头说:"嗯,天气好时看得很清楚呢。窗户反射的光真刺眼。"

"我上个月刚去过,有朋友结婚。"

"哦,在那儿办吗?"

"嗯。是高中同学。"

我和她们从小学到初中都在同一所学校,之后就分道扬镳了,我去了甲府市高中,虽没出山梨县,但从这儿开车要四十分钟左右,由起子她们进了当地的公立高中。

我从儿时起就看着那座塔楼,但直到身边的朋友到了谈婚论嫁的年龄开始办婚礼时，才有缘一睹它的芳容。由起子她们高中离那座塔楼很近，她问我："有传言说那里闹鬼，你听说过吗？"

"闹鬼？"

"啊，多半是谣传，但在高中时期就传开了。你没听说过？"

"没听说。是什么传言？"

"据说那里出现过新娘的幽灵。"

我接过收据和零钱，向店员点了下头走出门。先我一步的由起子小心翼翼地说："多谢招待啦。"我轻轻摇头说没关系。

她先说了句"情节倒是挺老套的"，接着又开口："婚礼前一天不都要回娘家吗？就算是独自生活，或者已经和对方同居了，婚礼前一天晚上也要和父母家人住在一起，婚礼当天早上直接去会场，都是这样吧？"

"是这样吗？"

"应该是吧。"她笑了，"至少我结婚的时候是这样，之后就留下这么个印象了。婚礼当天早上行礼说：'爸爸，妈妈。感谢您多年来的照顾。'再出家门，听说以前都这样。"

"好像确实是。"

"嗯……然后，唉，婚礼那天早上，新娘独自驾车驶向花园塔楼的途中，遭遇车祸死去了。后来就传言那个女生的幽灵出现在塔楼，虽然她人死了，灵魂却到达了婚礼会场，直到现在还在那儿等待自己的婚礼开始。"她又看着我问，"你没听说过吗？我还以为这传言很有名呢。"

"完全没听过，一次都没。我应邀去过那儿好多次，从没听人提起过。"

"真的啊？不会吧。初中以前确实没听说过，也许只有我们高中的人知道。不知是不是因为这个,我们高中的人都不在那儿办婚礼。我从小到大每天都能看见那座塔楼,好像一次都没进去过呢。"

"这样啊。"

"神宫司你呢,在哪儿办的婚礼?"由起子的视线突然聚焦在我脸上。对视之后,我马上想起了戴在自己左手上的戒指。

"东京。因为对方的家在那边。"

"哦。这样啊,我之前什么消息都没听到。你老家在这附近吧。那你现在住在东京?"

"嗯。"

"啊,刚才不该一直都叫你神宫司,姓氏已经改了吧?"

"嗯。现在姓梁川。但工作时一直都用旧姓,不用介意。"

新姓氏不是常用汉字,解释起来很麻烦。我暗中担心,但由起子并没有追问,只是自言自语嘀咕:"真好啊,不愧是……神宫司你一直那么聪明,哥哥也那么优秀,我还以为自己猜错了呢。"

"是吗?没有啦。"

哥哥"优秀"和我结婚有什么关系呢。由起子也许是无意中说的,但我已经不是第一次被从小认识的朋友这么说了。

"由起子你在哪儿办的婚礼?"

"我啊。"

由起子说了一家位于清里①的酒店。清里位于两县交界处,是有名的避暑圣地。酒店名字也常在女性杂志的专栏中出现,据说市中心的情侣们都被"度假婚礼"这个词吸引,特地把婚礼会场选在那里。

"全县都转遍了,还是觉得那儿最有品位。花园塔楼其实挺一般

---

① 日本地名,属山梨县北杜市,位于山梨县西北部与长野县交界处的八岳山南麓,海拔一千三百米。

的，我还以为年轻人不会选那儿呢，看来也有人在那儿办。"

"那家度假酒店很贵吧？我也在杂志上见过，觉得确实不错，但听朋友说价格太高了。"

"我们家没倒贴，但我老公家好像亏了一些，背后没少拿出来说事儿。"

我愣了一下才反应过来她指的是父母的花费。我的婚礼没用父母掏钱，用的是我们自己的钱。

两人心不在焉地望着塔楼。玻璃窗反射的阳光令人炫目。

"要是小千联系你，能不能告诉我一声？"我开口。

"好。"由起子耸了耸肩，"我觉得她不会联系我，事发之前我们就好久没见面了。关于她的近况，神宫司——梁川你比我知道的多得多哪。就算她想联系别人，比起我，她联系你的可能性更大。你们住得近，两家母亲的关系也很好吧。"

"那也拜托你了。"

"知道了。"

我们回到各自的车旁，就要分开时，由起子突然看着我说："我能问件事吗？刚才你给我看的照片，小千的那张。"

"嗯。"

那是我相册里唯一一张她的正面特写。我听说报纸上用的是她简历上的证件照。照片里的千笑面部紧张，姿势僵硬，女性毫不设防的表情展露无遗，我实在不愿让别人以为那是她最近的样子。

"虽然照片上只有小千，但她旁边应该还有其他人吧？"

我顿住。由起子目不转睛地盯着我，接着说："因为照片看起来像是被剪过。"

"是有。照片上还有一个男人。"

"我可能见过那个人呢。高中毕业后，手工社团组织聚会时小千带他来过。"

我听到她怯生生的声音，觉得自己很失败，我应该更早引出这句话的。由起子在告别之前肯定一直在寻找说出这句话的机会。

也许不该把照片剪开。这个念头在我脑中一闪而过，马上又被打消了，我问道："那时你还常和小千见面吗？"

"嗯。别人组织聚会时会偶尔聚一下，那次她突然把男友带来，吓了我们一跳。她说要和那人结婚。"这么说，至少已经是四年前的事了。由起子接着说："听说后来他们分手了，之后就真的再没联系了。"

"当时手工社团的成员们都祝福她了吗？"

"当然了。听说分手的消息我们都很吃惊，看起来关系那么好，怎么就不在一起了呢。说实话，当时我很自卑。"由起子自嘲般苦笑着告诉我，"那时我还没遇到现在的老公，对将来也毫无打算。想到小千也要结婚，摆脱单身了，我真的挺为自己着急。很多人都在那段时间找到了男友或结婚，小千的男友长得又帅，我为她高兴的同时也觉得自己落后了。"

和城里相比，乡下女人结婚的年龄要早得多。

由起子垂下眼，我看到她短短的睫毛。

基本上看不出化妆，这不单是因为婚后生活安定，她好像以前就很低调，由此也不难推断出她们那个社团其他人的服饰颜色和风格偏好。

我和由起子说好，请她征得其他社团成员的同意，告诉我她们的联系方式。大家都结婚了，如今几乎不组织全员的聚会了。

这次我才真正和由起子告别，坐进了车里。

我转动钥匙，启动引擎，双手搭在方向盘上时，再次透过挡风玻璃看到了塔楼。

这是座让憧憬都市杂志上度假婚礼的新娘们敬而远之、毫无特色、外表一般的塔楼。在我脑中，闹鬼传闻里那一心惦念这里的新娘却是她——望月千笑。我想起由起子的话：她死去了，但灵魂却到达了婚礼会场，直到现在，她还在那儿等待自己的婚礼开始。

想象中，一辆被烧得支离破碎的小轿车在路上疾驰——是她消失时，停在深夜停车场那辆奶油色小轿车。车内后视镜上，能带来幸运的捕梦网①吊坠还在摇晃。

手握方向盘，脚踩油门，火从婚纱下摆向全身蔓延，噼啪的火焰声被引擎声盖过，她听不到。如今她是否已听到了那声音呢？车是否顺利到达目的地了呢？

"瑞穗，听说你给杂志社写稿，是真的吗？真厉害。我听阿姨说的，真没想到。"

望月千笑是个总爱坐在角落的女生。从我记事起就是如此，我从东京的大学毕业回到老家，和她久别重逢时，她仍是这个习惯。

她是我自幼的玩伴，和我同届，我们两家也住得最近。

聚餐吃饭，如果碰巧只剩中间的座位，她就会为难地慌忙后退，或是装着收邮件②似的摆弄手机，或装着摆鞋子，总是想溜走。对初次见面的人，尤其是外貌出众的人，无论男女，她好像都很发怵。就算碰到了外表朴实，和自己风格相近的人，也要等那些高调张扬的人离座时才敢搭话，她就是这样的女生。

---

①北美奥吉布瓦人的一种手工艺品，有祈求平安并带来好运之意义，并可驱除噩梦，让人美梦入睡。
②在日本，使用手机收发邮件很普遍，类似于中国的短信，但有单独的邮箱地址，与手机号无关。

她是个认真的女生。

她背着外国名牌包,明明没酒量还故意逞强,爱听"真能玩儿啊""真够傻的啊"这种褒贬参半的话。被人夸奖"很认真"时却生气地反驳"才没有呢"——她的认真绝对名副其实。

"也谈不上厉害,说是写稿其实都是登在杂志的黑白页上那种没人看的东西,没什么大不了。"

"才不是呢,真厉害啊。怎么找到这种好工作的啊!是不是在东京时碰到了什么好机会?"

"我上学时就在杂志编辑部打工,不时把稿子拿给他们看,后来就被采用了。"

她从没离开过家,高中毕业就进了当地的大学,之后在县内找工作。她所说的"真厉害"有字面上的感叹,但更像是在说一种她放弃的"另类的东西"。不止是她,老家其他朋友说话时也给我这感觉。

这种感觉不是羡慕,而是放弃,是不关心。她们的梦想和欲望很简单,并非来自于职业和环境造就的"外面的世界",只是要在"这里"变得"幸福"。

在这些一起玩儿的朋友里,几乎没有在公司工作的正式员工。

她们大多是一两年的合同工,其中也有人会因为工资、制度或人际关系的原因换工作,但大多数人只要不被辞退就会一直续约,似乎都希望一直待在同一家公司。

虽然没露骨地谈论过工资,但她们的月薪好像都是税后十万日元多点。我在东京的朋友,单身的基本上都是独自生活,但在老家,"啃老"是单身生活不可避免的前提。在她们的人生规划中,少了婚姻就无法前进,只有结婚才能实现"自立"。

有人喜欢参加联谊,善于和陌生人搭讪,但我觉得不擅长的人应该更多。我也不太喜欢这种场合，但上学时的朋友大都留在了东京，联谊对我而言，既是在老家的交流方式，也是隐蔽的工作。

大学毕业后，我不得已回到老家时，接到的第一个电话就是千笑打来的。

她问："现在有男朋友了么？有个聚餐，你也过来吧。"

上小学时，我们上学和放学都在同一个小组，虽然不同班，但休息和放学时常在一起玩儿，关系很好。上了初中，班级和社团都不一样，朋友圈也有了变化，于是彼此渐渐疏远了。后来，我们考入了不同的高中，就几乎没什么话可说了。

在我的记忆里，千笑从小学到初中都是个与男女之情完全不沾边儿的女生。在我们中学，原本也只有风云人物才有谈恋爱的资格。千笑是那种在一旁远远看着的类型。也许她也有心仪的男生，但无法想象她会主动出击。

想到那样的她也到了对恋爱和联谊感兴趣的年龄，我感慨颇深。当我离开山梨县在外求学时，另一个地点的时间也在以同样的速度流逝。

"谢谢你过来，瑞穗你能过来，我真的很开心。"我第一次去的那天，千笑如此说道。

几年没见，她没怎么变。她学会了化妆，确实变漂亮了，但妆容遮不住她的素颜，正因为我知道她本来的容貌，反而觉得人工描画的眉形和眼影颜色太浓艳了，不自然。

不只千笑，那时来自女性朋友的邀请大多是"聚餐"，以新年会、忘年会[①]为名，事先安排了和女生人数相等的陌生男人坐等在那儿。

[①]忘年会是日本组织或机构在每年年底举行的传统习俗，聚会中大家回顾过去一年的成绩、准备迎接新年的挑战。

组织聚会的女生笑着说："就当是庆祝新年，虽然也有男生，但我们聊我们自己的就好啦。"

对约会和男人都不饥渴，是那些男人自己想来的，努力维持这种姿态的人不止一两个。我当时都顺着她们说，觉得那样才叫会说话，才够朋友，想来自己那时也很虚伪。

我当时肯定也在期待着什么。第一场聚会结束，本可从话不投机的男人们那儿解放出来，但这种期待又让我接受了去第二家店的邀请。我怕自己不在时会错过什么，会被这种担心牵着走，说明我们还是太年轻。我、千笑和其他人，那时才刚满二十三岁。

我并不享受聚会的气氛，千笑似乎比我更甚。但不知出于什么目的，她还是一直留在那儿，坐在角落。或许是心中后悔没加入女生们的聊天圈子，也没和对面男生说上话，她肯定不想放弃。

没有"外面"的她们真的很悲哀，我同情她们，同时也感觉到自己的格格不入。

我没法在"这里"变得幸福。我要回东京，留下价值观不同，没有那种想法的她们。我知道自己是一个混入其中的异类，间谍，叛徒。虽说近朱者赤，但我相信如果太黑太硬就不会溶解，只会维持原状。

住在山梨县时，我写了很多文章：《聚会中受欢迎的女生，不受欢迎的女生》《从他的行为看透他的真实想法 》《他是真心还是假意》《立志成为有品位的聚会女王！》《实地采访有意男生：希望再见面》，几乎所有的文章都参考了我和她们的行为和对话。写这种可有可无也成不了书的杂志稿，感觉就像文化快餐。

但我从没把千笑当作具体的例子。

与她相比，能挖掘到素材的大有人在。倘若没心计，容貌又不出众的女性，在联谊上很难一举博得陌生男人的好感。

我唯一清楚记得的是，她每次都最后一个起身，确认大家是否落了东西。为了找下半场的地点，组织者们都会先走，我也常紧随其后。那天偶然迟了一步，发现千笑正低着头仔细查看座位下面。那是日式座位，尽管没人看到，她还是弓着腰，蹲着挨个儿确认，都确认完了才像其他人那样起身出门，慢慢地套上长筒靴。有人招呼："小千你快点儿！"她也只怯生生地笑着说："对不起。"

后来我有意关注，发现这是她每次聚会必做的功课。就算桌子上只剩个烟盒，她也要拿起来看看是不是空的。我很佩服她的细心和善良，和她搭话说："你真了不起。"千笑发觉自己被人看到，害羞地笑着说："之前在居酒屋打过工，才有了这个职业病。"

我很想把这份细心写成文章，但这种不为人知的小小善举，旁人就算看到也不一定能产生共鸣，无法写成文章，过了一段时间我也就忘记了。

那之后我全然未曾想起过这件事。直到今年四月，有人在望月千笑自家发现她母亲望月千草因腹部中刀身亡，直到妈妈从老家打来电话告诉我这件事，直到我看到千笑的名字被报道出来。

十月四日
甲府市内 家庭餐厅
北原果步 老家的玩伴
在餐厅的停车场停车时，我收到了一封邮件："我已经到啦。"下车一看，北原果步笑盈盈地站在车前，她的车没换，还是之前一起玩儿时开的那辆二手车。

在千笑最初邀请我去的联谊会上，我认识了果步，她身材娇小，长了一张娃娃脸，手臂和腿都像少女般纤细。

带她去联谊会时，如果有男干事问"这次来的是什么样的女孩子"，一句"涩谷系美少女"就是最贴切的回答。她总是最有人气的女孩儿。

"好久不见啊，果步。"

"可不是吗，好久不见。你突然说要回来，吓了我一跳，把老公丢家里不管能行吗？"

"能行能行，偶尔一次没关系。"

"哎哎，瑞穗你换车啦？"

"啊，借我妈妈的开一下。我的车在离开家时就卖啦。"

我们边聊边往远处挪步，背对着车，直到牌照上的"わ①"字看不清为止。

"这样啊。瑞穗你以前开的那辆车我也想买呢。红色的，又帅气，一共也没跑多少公里吧？真可惜。"

"啊，你真想要吗？要是提前跟我说一声就好了。"

果步向来都很温和，如今也是说说笑笑，避免触及关键字眼，我虽然喜欢她这点，却也有些为难。她在等我说明来意。

"最近工作怎么样？我时常翻翻杂志，看上面有没有登你的文章呢。你还是那么厉害，一点儿没变。"

"才没有呢。我不想一直写短篇，想认真找一些自己真正关注的题材，做些能出书的工作。"

"现在在关注什么题材？"

我的目光正好停留在停车场里的一辆家用轿车上。年轻的妈妈

---

① 日本牌照是"わ"打头的都是租来的车。

正要抱孩子下车，一双小手从车门里伸向妈妈，能看到后座的儿童安全坐椅。还没看到孩子的脸，我就低了头。

我不知如何回答。果步用纯真的大眼睛盯着我，我在她面前无法隐瞒，事先铺垫了一句："也不是全部内容。"接着回答，"婴儿邮箱。"

我觉察到，果步好像受惊般屏住了呼吸，又说："我之前就挺感兴趣。现在说是有可能关闭，在引起了多方关注之后，我就更感兴趣了。"

"那里，年内应该还会开着吧。"

报纸每天都会大篇幅地报道，果步好像也知道。我摇头回答："还没正式决定呢。只是听说，我也不清楚。有说要开到明年的，也许能一直开下去也说不定。"

"调查这个，是因为你自己的事？"

我听出果步的声音很紧张，终于意识到自己的话听上去像是在自虐，甚至会伤害其他善良的人。

"也不是毫无关系。嗯，没错，起因就是这个。"含糊支吾之后，我做好了向她说明的准备，对果步苦笑道，"对不起，这么久才跟你联系。现在心情总算平静了一些。"我加上这句，不出所料，果步脸色变了。

与朋友的相处之道，博得其好感的诀窍，只有一条。就是要实在，要勤于汇报近况，尤其要汇报和男人的关系，不能和女生要心眼儿。有心机的人装不出单纯。有些朋友能看出我有心机，不太喜欢我，但她们和果步的关系一直很好。果步和我不一样，她很真诚，所以就算看出我有心机也没和我断了联系。

出淤泥而不染，自从我认识她，才知道这世间竟存在如此纯洁无垢的人。

"瑞穗……"果步叫我名字时带着哭腔,她伸手揉搓我的头发。"别动,干吗,干吗?"我笑着抬起头,却发现她眼里闪着泪光。

"很难受吧?虽然瑞穗你很坚强,在邮件里写得那么平淡,心里其实很难受吧?"

"也没那么严重,抱歉当时没接你电话。"

流产这件事会发生在自己身上,我至今都没法儿完全接受。

结婚和怀孕都赶在了三十岁,但我当时并不期盼。相比而言,我更怕这会成为工作中的障碍。

果步缓缓握上我的手。这一经常发生在女伴间、看似是小花招的甜腻的亲密动作,我却并不觉反感,反倒觉得很舒服,因此变得不那么紧张了。"咱们进店里聊吧,有你的联络可真开心啊。"果步的鼻头红了,笑着说。

我二十三岁回山梨县,二十八岁赴东京准备结婚,这之间的五年是我和果步相处最多的时期。

我在三年前的夏天邂逅启太,也就是现在的丈夫,我们前年决定去东京订婚。听已婚朋友说婚礼和搬家赶在一起会忙死,我们接受了这个忠告,先找了新房子一起生活,安定下来才开始准备婚礼。前年春天我离开山梨县,结果直到今年三月才举行婚礼,隔了将近两年。其间都借口工作忙,一再拖延,但在我和启太的意识中只有一点是确定的,就是要赶在我三十岁之前办婚礼。

婚礼选在三月三日,星期六。而我的生日在两周之后的十七日。

"这个踩在二十九岁尾巴尖儿上的新娘。启太,娶她真是难为你了哈!"学生时代的损友们吐槽说。

千笑也来参加婚礼了。从离开山梨县到发请柬的这段期间，我和千笑几乎没见过面，但她那天还是来了，笑着叫我"瑞穗"。

这仿佛还是不久前的事，而千笑的案件就发生在今年四月，婚礼之后的那个月。

我还是头一次从"案件"这种不寻常的报道里看见熟人的名字，更何况这个人是千笑，让我根本无法相信。报道中的她和我认识的真人"小千"没法儿重合，丝毫没有现实感。她的妈妈，我认识的那个阿姨已经去世了，这件事也如此突然，让我无法接受。

但无论发生了多么重大的案件，哪怕人命攸关，工作和家务活儿还是一样要做。

日常生活的惯性是强大的。

内心深受打击，但日子还得照常过。上个月，我发现自己怀孕了。

朋友出大事时，我也不得不过自己的生活。那时，我是这么想的。

"说我的体质很难供养卵子。"

我直接引用医生的话。当时医生习惯性地从旁边拿过一张稿纸，边讲解边画图："这个是卵子，这个是胎儿成长的房间。通常情况下是这样，但你的情况就……"

从水吧端来的花草茶，颜色红艳得好似毒药，散发出浓烈的玫瑰香气。果步沉默地听着。

"医生说也不是不能怀孕，只是着床的受精卵很难长大，要碰运气。医生还说没那么严重，不用治，没准儿下一个卵子就正常了。但反过来说，就算治也不见得就能治好。只是再过五年，就没法儿保证身体还像现在这么健康，而且病情也有可能恶化，让我还是趁年轻尽可能地去努力。"

"就算知道不行,也要这样?"

"嗯。"我点头,嘴角不听使唤地笑了,"医生说就算不行,也要反复尝试,绝不能悲观,让我加油。"

"加油"这个词真好用。受精卵形成后,在体内还没成熟就凋零了。虽然我还没太沉醉于怀孕的喜悦中,还没夸张到叫他"小生命"的地步,但内心却还是无比沉重。

我想起幼年曾和哥哥挖到的独角仙幼虫。巨大的纯白色幼虫非常漂亮,小伙伴们都到附近去找,基本上人手一只,拿回家后把它埋在虫笼的腐叶土里。

有一天回家,我发现虫笼不在房间里,虫子和土被扔在了家附近的田里。幼虫似乎是被太阳晒干了,通体变黑,已经死掉了。我知道它之前雪白漂亮的样子……是我们杀死了它。

加油。要反复尝试。只需一个电话就让启太欣喜的面庞布满阴云。幼虫那蜷曲的身体,很像电视和书上经常看到的胎儿形态。

"我觉得下次肯定没问题。喂,瑞穗你要是认输,命运就会朝不好的方向发展哪。我啊,看到你才觉得,命运这种东西不是等来的,要去争取,现在的工作和启太都是你争取来的。"

果步说这些话时没有笑。我回答说:"谢谢。"

知道自己怀孕时,我真当了一回事儿,按通知的先后顺序在脑中列了个人名金字塔,从上到下,基本上是一鼓作气地进行了排列。——我还记得当时也想告诉千笑,但却发愁不知该怎么告诉她。

我有件事想问问千笑。

在婚礼后,案发前不久,千笑给我发过一封邮件,但我当时都没顾得上回复,忙这忙那给耽搁了,其间就出了那件事。从那之后我与千笑没再联系,但如今我却很想问问她。

想起上个月的情形，我苦笑起来。那时的我虽然感伤，但肯定也在为怀孕而高兴。

得知自己没法怀孩子，在听医生说"情况不太乐观"，确定手术日的那天，我无所事事地走在回家路上。附近有家咖啡馆，我经常在那儿写稿。从店前经过时我停下脚步，嗅着店里飘出的咖啡香气。之前还决定接下来几个月要忍住不喝咖啡，如今也无所谓了。我刚要往里迈步，又想到自己身体里那个"长不大的东西"，他还在呢，还在。

连给启太打个电话这样的事都做不到。我没进店里，径直走到附近公园的长椅上一屁股坐下，呆坐着抬头望天，然后哭了。宁静的工作日白天，看似放学归来的小学生们在游乐设施上玩耍。还有推着婴儿车的主妇。旁边的长椅上坐着一对学生打扮的小情侣，他们发现我在哭时吓了一跳。但我的哭声还是止不住，不停地抽噎。

都是我的错，我想。

我说过好多次不想要孩子。"本来还能好好工作几年，这么一来计划全打乱了。我知道这是迟早的事，但比想象中早太多了。"我还这么说过，"结婚也好，生小孩也好，原本我就不怎么期待。世上有那么多不想工作，只惦记结婚生孩子的女人，现在怎么偏偏让我怀上。"

以成为平凡女人为耻，我虚伪地大声咆哮，虽然讨厌这样的自己，但我还是这么做了。说过的每一句话最终全部反弹到自己身上，我败给了自己的言行。

无论如何都做不到的事，实现不了的愿望。别人都能做到，我却不行。

捂嘴强忍或是号啕大哭都无济于事。我之前觉得愿望都能实现，才对人生完全没有产生抵抗力。原来我一直都没有习惯人生。

那时，我又想到了千笑，然后恍然大悟。

"没事的，瑞穗。"

"嗯。"

"难得回来就多放松一下。跟妈妈她们撒撒娇，也多和我见面啊。你去东京后真的挺想你。这么一来，你又能来我家吃饭啦。"

"嗯。"

"肯定没事的。"

那天启太也像果步这样一直说"没事"，他抱紧我不停哄我，但后来只是一语不发地抚摸我的脸，抚摸我因流泪而发热红肿的眼皮，还有被泪水打湿的脸颊。直到昨天，他还每天都抚摸我的小腹，今天却没有碰。我停住了如怪兽吼叫般的痛哭声，请求他。

摸摸我的肚子。

启太静静地点头。第二天早上，他已经不说"没事"了。我发现他强忍着声音和震颤伏在我头上哭了。我想，我真的很想要孩子。

"我想听你说说千笑的事。"我开口。果步听了我的话，缓慢地眨了眨眼，看着我。老家当地这些久未联系的朋友们会如何谈论她呢。

"警察也去找你了吗？"果步小心翼翼地问。

"来了啊。说她可能会逃到东京，估计山梨县内外，但凡千笑认识的人都找遍了。"我点头回答。千笑一直住在山梨县，应该没有那么多朋友在县外。警察很早就去了我的公寓调查。

我毫无隐瞒地告诉他们我很担心，也表示对此难以置信，希望能得到些消息。他们发现千笑没在我家附近，只泛泛问了些问题就回去了。

那个警察留下了一张名片，让我有消息就通知警方。虽然他语气诚恳，但眼中似乎闪着冰冷的光。我记得他姓早崎。

"警察也去找果步你了吗？"

"没有，没来我家。但是好像去找政美了。问她知不知道千笑会去哪儿。"

"案发前你和千笑有联系吗？"

"完全没有。邮件和电话都没有，最后一次见面是在政美婚礼上。瑞穗，你俩是老朋友了，也没见面吗？"

"我也和你的情况差不多。婚礼时她是来了，但当时我正忙，几乎没说上话。虽说我们老家离得近，但也一直没机会见面。"

二十岁年轻人的联谊会，联谊次数取决于身边是否有强有力的组织者。我们的"政美"可谓名副其实，就算她自己有男友，可还是会去张罗联谊会。真的会有这种女生，她们享受的是联谊本身的气氛，且毫不掩饰，就是为了玩儿。

千笑上短期大学时，朋友叫她去喝酒，她在酒桌上认识了政美。之后只要政美叫她去喝酒，她几乎都会去。聚会需要凑人数时，千笑又叫上了我。我、千笑、政美和果步四人是在某次聚会上认识的，之后便常在一起玩儿。

"警察都去调查了，难不成政美在案发前也常和千笑见面？"

"嗯。好像有联系，偶尔会见面。但政美也没觉得有什么不对劲儿，她和我们一样也很吃惊。"果步叹了口气，"她说，结婚以后，两人发邮件和见面的次数都少了，要是多找机会和千笑聊聊就好了。上个月我们一起吃饭时她还哭了。"

遇到朋友的朋友，当天就能把对方当作朋友，旁人看来，政美在交际圈中乐此不疲。她认识的人多，朋友也多，千笑对她来说到底算多好的朋友呢？我不知道，也许连政美本人也不知道。出了事之后才突然意识到千笑的存在感并为此感到后悔的，肯定不止我一人。

"已经过去多久了？"果步问。

"快半年了吧。"我回答。

从四月二十九日，千笑父亲在家中发现妻子尸体那天算起，已经过去五个多月了。

"已经这么久了！"果步失声叫道，然后她低了头，像是在回味那段逝去的时间。"千笑去哪儿了？现在在做什么？为什么会发生那种事？我一直都没法儿相信报纸和电视上说的是那个千笑。那么认真善良的女孩儿，怎么会呢？提到她时，之前一起联谊过的男生差点儿就想不起来了，还说：'唉，我真的和这个嫌犯一起喝过酒吗？'她给人留下的印象太不一样了。"

果步也许是原样照搬那个男生说的话。话中除了无意中使用的"嫌犯"二字，还残忍地表达了说话人潜意识中的感情。对他来说，不是印象不同，而是没有印象。这也是千笑在联谊上感到无地自容的原因。

"瑞穗，你老家那边也闹得沸沸扬扬吧？"

"嗯。因为在乡下，大家真的都很吃惊。"

"你妈妈没事吧？"

我上小学时，妈妈和千笑妈妈在学校活动和家长会上熟识，虽说随着女儿长大，见面机会少了，但还会一起参加地方活动和妇女协会活动。

"妈妈受了些打击，但没大事儿。"我没多说，果步也没有再追问。

"其他人，还有提起千笑的吗？"我问。

"一起联谊过的人都在议论。瑞穗你没在这儿，所以不知道，一时间掀起了轩然大波。大家真的都惊呆了，说什么的都有。但那时几乎没人和千笑保持联系，聚会和联谊也没那么频繁了。"

"是说聚会次数少了吗？"

"嗯。大家都挺认真，就都有了结果。政美一开始还说'不想安定下来'，后来也结婚了，根本就不组织聚会了。也是没办法，孩子都有了。"

说出最后这句话时，果步慌忙地顿住了呼吸。她似乎想含混过去，慌忙紧接着开口："啊，但政美能安定下来也是件好事。已经没什么联谊了，就算有，来的也都是些小男生，我现在都找不到约会的人了。好烦啊，你有好的男人给我介绍下啊。啊，但瑞穗你的朋友应该都在东京吧。"

"无论东京的还是这边的，有好男人肯定先给你介绍。我没什么好的人脉，倒觉得对不住你。"

联谊会盛行的那段时期，我真没留下什么好人脉。觉得还不错的人早就有了合适的对象，不是在联谊上遇到的，而是大学同学、单位同事或客户，这样的邂逅就算在婚礼上被人问也可以毫无顾忌地说出口。或许真是这么回事儿，连我自己也是，联谊过那么多次却没碰见一个合适的。我和启太的相遇也和联谊不沾边儿。

"我能问一句吗？"果步有些迟疑地说，"我知道你担心。你和千笑关系那么好，我也一直觉得你们是好朋友。但你真的要去找她吗？"

"嗯。"

我和千笑的关系确实比以前疏远了，但那天我收到了她狂风暴雨般的邮件,她在邮件里说:别告诉任何人,也别跟任何人说我发过邮件。对瑞穗你来说也许是小事,但对我来说很重要,真的很重要。

因为收到了那些邮件,我才不想再联系她,连自己的婚礼请柬都犹豫要不要发给她。

案发前,她还给我发过一封很短的邮件,但我没回复她。

"是因为ZUI E GAN吗?"果步开口问。

花了一些时间,我才把果步说的音节转换为"罪恶感"这个词。我抬眼看时,她又接着问:"因为是你把大地介绍给她的,所以觉得对不起她?"

"不是,那件事和我没关系,我才没这么想。他们俩的事是他们自己决定的,我是个局外人。"

我这么回答,嘴角却开始抽搐。我说谎了。其实我很后悔,后悔当时把大地介绍给千笑,也后悔没和千笑保持联系。

"大地说什么了?是说早就不和千笑见面了吗?"果步问。

"我还没跟那个人谈过。如今倒是想找他,但他电话不接,邮件也不回,一直没逮到他。"

"他肯定很受打击吧。"

"……嗯。"

"之前,瑞穗你就挺担心的呢。"

我没有点头,只是暧昧地移开目光,在心中忏悔:那并不是担心,而是罪恶感。我没资格去体会罪恶感,但我却知道这种感觉。

我很少组织聚会,唯独那次联谊是我组织的。那个男生在大学和我同一社团,毕业后就职于一家大型饮料公司,总部在东京,期间被派到山梨分公司工作时,他给我打电话说:"哎,瑞穗啊,给我介绍个女孩子呗。"

千笑的失踪，对他来说也无疑是个打击。但这个打击是否与果步所想的一致呢？

"果步，政美的手机号没换过吧？我想见她，但已经把她手机号删了……你知道的话能告诉我一下吗？"

"行啊。"果步眨了眨眼睛说，"你要见她吗？没关系吗？瑞穗你对政美……"

"我想问问她关于小千的事。"

政美办婚礼时邀请了我，而几年后我的婚礼却没邀请她。这严重破坏了规矩，我知道她肯定会生我的气。我和启太订婚后回东京时，不愿再像之前那样虚度光阴，也厌倦了朋友之间的烦琐世故。结婚没告诉我啦，先告诉谁啦，最近一点联络都没有啦——诸如此类。女生之间的交往方式，说到底和初中时别无二致。

"行啊。……这么说，难道你调查千笑的事也和自己有关？案发时你不是也没这个想法吗？事到如今为什么要……"

"确实是，如果没流产，可能也不会想做这件事。"我老实回答。我发现，果步听到我直接说出"流产"这个词，整个身体都僵硬了。

"的确，我的孩子和小千的事没有直接关系，但却让我萌生了这个想法。我之前要是多为小千做点什么，也不会发生这种事。也许是亡羊补牢，可我不想再耽搁了，我想找到她。"我接着说。

"因为是朋友？"

果步的声音一下子滑入耳中。她这么纯粹的人，自然会问出这句话。我感觉笑容浮现在自己嘴角。各种感情交织，我无法坦然微笑。

"如果可以这么回答，那就是。"

"为什么不能？当然可以这么回答。千笑总是很依赖你，你不也一样……"下一个瞬间，话说了一半的果步突然"啊"了一声，像是意识到了什么,她看着我小声问,"难道也是为了工作?"

你要写这件事吗?

她眼中浮现出责备的目光。你连朋友也写?她不是陌生的犯罪嫌疑人,也不是电视上的明星艺人,她是你的朋友望月千笑,你连她的事也要写?

果步毫无保留地为朋友着想,她真的很善良。她一视同仁地对朋友好,对我,对政美,对千笑,都一样地关怀体贴。由于人数限制没能邀请她参加婚礼——对我的这个借口,她大概也能汲取到更深一层意思,笑着接受了。

但我现在不想解释,也不想找借口。话说出口,就是对千笑的背叛。

"山梨县弑母事件"在老家很受关注,但在东京只是个"有人被杀"的小新闻,已经不再追踪报道了。而且,在警方紧锣密鼓的搜索下,嫌疑人仍行踪不明,失踪长达五个月以上,舆论现在已经倾向于嫌犯生还希望渺茫的说法:她活不下去了,犯下如此滔天罪行,肯定没法原谅自己,在某个地方自杀了。新闻标题是"弑母",案犯自然指千笑,这在报道中已是板上钉钉的说法了。

我也听别人私下议论,说虽然没找到尸体,但尸体肯定在富士山下的"自杀森林"里。

已经快过去半年了。

我开口说:"想找她有很多理由,但其中一点是我想知道……"果步眯起了眼睛,我继续说了下去:"她为什么要杀妈妈,在那个家里到底发生了什么?"

很久以前我就认识她妈妈。她们母女的关系很好,总是拉着手相视而笑。

我们在沉重的氛围中走出家庭餐厅，就要在停车场分开时，果步又返回我身边。她抚摸着我已经空无一物的小腹，再次对我说："没事，没事的。"去收银台结账之前，她的声音一直很僵硬，而说这句话时似乎又恢复了原有的温度。"瑞穗你没事的，肯定没问题。"

　　"谢谢你，果步。"

　　我是不是吓到她了。下次再约她时，她还会来吗——对此我毫无把握，所以决定现在就问她："你还在和那个男人见面吗？"对我的询问，果步低了一会儿头后，回答道："还在见面。"

　　我是不是吓到她了。

　　她看我的眼神，让我比刚才更强烈地感觉到这点。

　　"要是放手，整整六年就白费了。"她说。

　　"太可惜了哪。"

　　"我自己也这么觉得。"

　　"刚才你想说什么来着？"

　　"唉？"

　　"说找小千是因为她是朋友时。你说小千很依赖我，我也总会……果步，你想说什么来着？"

　　"啊。"果步告诉我的那个词是"护着她"。

　　她要走了，用力挥着手跟我说："瑞穗，拜拜喽。"灯光从停车场高处投射下来，黑色的影子笼罩在她脸上，模糊一片。

　　果步去打胎那天，我几乎没有同情她。

　　果步与比她大五岁的前辈确定关系，是她与公司的合同到期，正打算寻找下家时的事。那个男人请她到夜景餐厅吃饭，送她花的时候直接说"我很早以前就喜欢上你了"，狂轰滥炸般的告白让果步飘飘然，男人的话就像催化剂，让果步心中的爱情故事难以抑制地急剧膨胀起来。那时她也给我打过好多次电话。

"之前我就很喜欢他,听说他有老婆才放弃了。现在就好像做梦一样。真的很开心。"

我喜欢纯真善良的果步,不想被她疏远,才没泼冷水。在当时,所有人都会这么做。逆耳的忠言一概不提,完全顺着对方的意思说。

"挺好的啊,既然你们两情相悦,也没什么可说的啦。"当时我对果步说。

就算是公认的"涩谷系美少女",也不一定是恋爱中的老手。

对方像是算计着果步离职的时间,瞅准了时机告白:"想到以后可能见不到你了,我就再也忍不住了。"果步对此没有怀疑。那男人嘴上一直说要和妻子离婚,但却有了第二个孩子,为此果步虽和他起了争执,却也被说服了。

"他说因为妻子想要,他也没办法。"果步用袒护那个男人的语气向我哭诉。当破绽被修复后,果步也怀了他的孩子。她给我打电话,表面上故作为难,实际上却像是在开心地描绘梦想。不知果步是否还记得那个电话,不知她是否已发觉当时太天真了。

"真让我吃惊。他说让我生下来。我说那怎么生嘛,生完怎么办,他马上说因为太爱我了,所以那些都不在乎,还说已经不爱他妻子了。"当时她在电话里说。

我觉得她不是找我商量,而是在炫耀,于是心想,那随便你好了,就没多说一句话。当时我还纳闷那个男人究竟出于什么目的,结果第二天就暴露了:是为了哄她高兴。为了顺当儿地办成事,就先得把女人哄高兴,这就是这个男人的心机。虽然果步不愿承认,但还是悲哀地承认了事实。于是她和前一天判若两人,大哭着向我倾诉。

"他说现在是办离婚的关键时期,没办法。"

说没办法。说没办法。

这个结果，本就是果步自找的，也是两人做出的决定。但从此以后，果步逮住机会就向对方发泄："是我们杀了他！""给那孩子谢罪。""你说不是你的责任，但每当我看到别人一家三口在一起，心口就被勒得生疼，忍受不了。""虽然现在没了，但他毕竟曾在我身体里住过。"

堕胎手术后第一年的"月命日①"和每年的"详月命日②"，她都会为未出世的孩子祈福吧。不会像最初那样大张旗鼓地办仪式，只是安静地悼念。

我觉得果步一直都沉沦其中。堕胎这件事，虽然正中那个男人的下怀，但更遂了果步自己的意愿。她口中的"母"、"亲"二字非常单薄，还没脱离小孩子过家家的游戏，只是一种没事找事的冲动，也是为了消磨无聊时间的活动。在我看来，悔恨和罪恶感全都是她为自己佩戴的装饰品。

如今，我失去了之前所拥有的，每当看到带孩子的母亲或是大肚子孕妇，我也会驻足。

果步，对不起。

我不停朝她挥手，直到那影子般的背影钻进车里。比她朝我挥手的时间还长。

"瑞穗，快上车吧！"果步冲我喊，她好像有些吃惊，却微笑着。

果步抚摸我的小腹，对我说"没事"，但"你的心情我能理解"这类话，她却一句也没说。

---

① 去世后每个月的同一日。
② 中文的"忌日"与"详月命日"近似，指去世后每年的同月同日。

刚进旅馆房间手机就响了，吓了我一跳。从包里掏出手机，看到来电显示后我更吃惊了。一时犹豫接还是不接，到最后还是接了。

"喂。"

"喂，瑞穗。"

"呃。什么事，妈妈。"

跟平时一样，接到妈妈电话时我呼吸都变轻了。胸腔急剧起伏，肩膀也蜷了起来。

难道她知道我回来了？我让启太保密，跟他说接到老家的电话就马上告诉我。我把装着电脑和资料的包放在床上。

"也没什么事……"电话那头说，"不知你怎么样了。最近也没联系。"

"我挺好的啊。现在也在工作呢。"

我结婚后，妈妈常打来电话。她故作亲密的关切语气让我感觉很陌生，不知如何应对。

"这样啊。"

这句话说明没露馅儿，她并不知道我回来，我心里一块石头落了地。这片生养我的土地太狭小，倘若父母的熟人看到我，一眨眼的工夫便会传到父母耳朵里。

这个房间我已经住了三天，但上个房客残留的烟味儿还沾染在墙上和床上。车辆在站前大街上行驶，车灯从窗帘透射进来。我离开窗子，坐回床上。

"我说啊，写稿是不是会影响情绪？你可别勉强自己啊。要不就换个工作吧，也能换个心情，东京不是也有好多别的工作吗？行政类或服务类的工作都有啊。"

"不知道呢。现在这么不景气，而且我都三十岁了。人家要是问我有什么技能……说实话我什么都不会。这些年积累和培养的，除了写稿的经验也就剩自尊心和好胜心了。"

"好胜心这个词啊，说的就是你。"妈妈像是怔住了，叹了口气然后接着说，"不过说真的。妈妈啊，还挺喜欢你好胜这一点。"

八年前，妈妈在家打扫时不小心滑了一下，从楼梯摔了下来。医院诊断为右腿粉碎性骨折和颈椎挫伤，需要四个月才能康复。虽然医生说不会留后遗症，但妈妈住院后十分担心。她很不安，把我叫到跟前说："瑞穗，你能不能回来工作啊。妈妈很不放心。你回来吧，别在东京租房了，就住家里。我给你买车，还给你做饭。"

大学刚毕业半年，我就自诩为自由撰稿人，然而这份工作的收入微乎其微，我只能在餐厅打工勉强维持生计。"没办法，因为妈妈受伤了，她希望我回去。"——我找了各种借口搪塞旁人，选择了回家这条路。

之后我曾多次想，自己当时为什么会决定回家呢。每次思考都会得出不同的答案。

但必然存在一个本质性的答案。妈妈痊愈后，我也一直待在老家，直到启太这个"新的框子"出现我才重回东京。如果没有能把自己圈进去的"框子"，如果没有归属，我心里就感觉不踏实，动弹不了。

"之前《CAPA》上有好几页都登了你的文章，你爸爸可高兴了。说要拿到公司，让那些年轻人也看看。"

"嗯。"

父母把我的文章都收藏起来了。

在老家客厅的书架上，有一格摆的几乎都是女性杂志。按照发刊时间从右向左排列，右端杂志的纸张已经微微泛黄。书架上陈列的都是厚画册和晦涩的近代文学小说，唯独这一格显得很突兀。

上大学时，第一次有杂志刊出我的文章，我很开心地给家里打电话，告诉父母哪天发售，在哪本杂志的第几页。他们从没听说过这本女性杂志，像是在听外语，边接电话边做笔记。那次刊登的是提供恋爱建议的文章，是从读者投稿里的趣事改编而成的。

　　"上面又没署你名字，别人怎么知道这是我女儿写的啊？"妈妈一开口就发表了此番感想，"这家杂志社虽然登了你的文章，也给不了你职位吧？"

　　我的心情"噗"地一下泄气枯萎了。

　　刊登处女作的杂志已经年代久远。它的封面模特如今已被世人淡忘，几乎不在媒体上露面了。虽然显得格格不入，这些杂志却一直都被保留着。那是段压抑的时期。父母不问内容，即使登在SEX专刊上，他们也要找来插在书架上。因为不问内容，才能叫"收藏"。既然他们这么想，我也就顺水推舟，凡是有我文章的杂志都会告诉他们。从这点看，我着实不算是好胜的人。

　　"爸爸让公司的人看那种杂志，不会给人家添麻烦吗？"

　　"那些做行政的女孩子们都夸'常务董事的女儿真厉害'，她们说平时常看这些杂志呢。"

　　这家建筑公司由伯父经营，父亲任职董事。公司名是我的旧姓"神宫司"，我从小就常被同学嘲笑家里是黑帮。现在，公司里穿淡紫色制服的女孩子们大都比我年轻，记得小时候去那里玩儿时陪我的都是些大姐姐。时间和年代都推移了。

　　"下次什么时候回家？"

　　妈妈装作若无其事地问，这个月她总问这个问题。之前她说过："东京的话，乘电车也就一个半小时，就算嫁过去也挺近的啊。"现在她问我的语气，跟说那句话时的语气一样。

"不知道呢。"我回答,"启太的工作也很忙,丢下他一人也不太好。我知道你们都担心我,我没事。"

住在山梨县的老家时,我除了写稿什么都不用管。熬夜写稿,然后昏昏沉沉一直睡到中午,每隔三天还去参加一次聚会或联谊。住在娘家时从不会感觉手头儿紧,当时以果步和政美为首,大家都管这叫"女儿工资"。"这跟打工挣的工资一个道理。"她们笑着说,"为了不让妈妈担心,'陪在她身边'就是工作,这是合理的等价交换。"

哥哥考入东京的工科大学后又读了研,毕业后找工作、结婚,还生了小孩儿。他们目前还没有回山梨县的打算,但父母闲暇时关注的焦点正渐渐从我身上向小侄子夏喜身上转移。

在父母看来,哥哥非常优秀,是个让他们引以为豪的儿子。而我丈夫启太和哥哥是同事,只是入职较晚。

松叶电机,人称"世界的松叶",名字朗朗上口,无论城市乡村都家喻户晓。当初哥哥若不是进了这家公司,估计父母说什么也不会让他留在东京。

"启太还没回家吗?工作还是那么忙啊。倒是听你哥哥说最近下班时间早多了。"

"哥哥在春季人事调动时不是换部门了吗。启太还挺忙呢。看样子今晚也要十二点左右了。"

"要那么晚啊。真让人不放心。"

"年轻的上班族,在哪儿都一样。"

启太是哥哥带来的,让人觉得很靠谱。父母一见到他就十分中意,所以我才能如愿离开那个家。

我单手拿着手机,看了下手表确认时间:十点半。我想等启太到家时再给他手机打个电话。

我想寻找千笑,想瞒着父母回老家——最初和启太说起这些时,他没表现得太吃惊,虽然没说赞同,至少没强烈反对,他答应了我的请求,给富山老家也打了电话。

别人都夸启太能干,对此我也完全赞同。我一直惦记着戒指,因为怕落在旅馆里,昨天和今天一直戴在手上没摘过。

"等没事儿了就回去。"我说。

"真的?一定要回来啊。妈妈等着你们。"

这和蔼的语气,似乎是费了好大劲儿装出来的。我听得出来她努力了,但语调生硬,很不自然,传达出完全相反的意思。她总是这样。

我挂断电话,突然感觉心里堵得慌。在解脱之后,自我厌恶的情绪更强烈地将我包围。因为妈妈声音中的畏惧感,因为我能听出她的畏惧。

我把手机扔在床上。

我已经知道了。

衣柜顶上,有用乳白色贝壳装饰的妈妈的首饰盒。放在里面那封信,我看过了。我们这对母女,从没亲密地牵着手购物,也没一起做过饭。

记得之前我说"小千家真好"时,千笑盯着我的眼睛,似乎很吃惊。

我从包里取出电脑开始工作,马上就到交稿期限了,不知酒店前台的传真机半夜是否还能用。

"我们,对'新人'类OL痛心疾首!"

这篇文章汇总了OL们在指导新员工时遇到的烦心事。它在我目前的工作中占的分量最重,下个月就要发刊了。对于我这种名不见经传的作者,编辑说的交稿期就是真正的截稿日,毫无商量余地。

——我已经三十岁了。

我反复琢磨着妈妈刚才说的话。

回老家后，我写的几乎都是这类文章：不限地点，无须现场采访和摄影。无论人在哪儿，只要能上网就行，主要是提供恋爱、健康和心理咨询，统称"生活专栏"，几乎每家杂志都有。当时我担心自己浸在老家这盆温水中会完蛋，所以时刻提醒自己早动笔、提前交稿，多积累经验。多亏这种担心让我积累了好口碑，好几家杂志社都愿意找我写稿。虽然都是些小活儿，但从没间断。

我还替明星和模特写过自传。自传以照片为主，文字很少，和绘本差不多，不知粉丝们读不读，也不知他们本人是否会读。我从没采访过本人，只看了一遍别人给我的资料就动笔了，然后交给事务局校正，事务局的人用红字标出的部分，我照单全改，仅此而已。

能写"人"的记者凤毛麟角。我还听说，知名歌手和女星接受采访时，都会指定某些记者。那些让被采访者放心并获得他们信任的人，才称得上是职业写手，只有他们才能让那些名人开口。

和人打交道，真难。

我在包里摸索着，掏出一本A4的硬皮册子，封面印着"盐山市立盐山第三小学毕业纪念合影"。这是我们成长的地方，现在已经与市区合并，连甲州市也涵盖进去了，当时还是用旧称：盐山市。

册子最后一页印着所有毕业生和教职工的住址和电话。我看着其中一个人的名字：添田纪美子。她是千笑上小学六年级时的班主任，是我们隔壁班的老师。记得当时我们班主任是个教体育的男老师，我还很羡慕千笑的班上是温柔的女老师。

如今为保护个人信息不会连住址都写上，但我们小学毕业时还是允许这样做的。

我突然想起果步问我那句"难不成，也是为了工作"？

和人打交道，真难。

要写出来吗？果步眼中有这样的疑问。我在心中默念，无须向任何人解释，我只想查明真相。

开始工作前，我确认了电话留言和邮件，柿岛大地今天依然没有联系我。明知也许是徒劳，我还是拨电话给他留言："我是瑞穗，听到留言请回复。"

既然知道是做无用功，为什么还要打？如果有人说这是自我满足的仪式，那或许就是这么回事。明知如此，但我能做的也仅此而已。

望月千笑。我自幼的玩伴。

她出生于山梨县甲州市。案发时三十岁，三个月后的八月七日迎来了生日，现在三十一岁。父母务农，主要种植樱桃。她是家里的独生女，在本地读初高中，并考入县内的私立短期大学。毕业后以一名合同工的身份就职于建筑公司"相良设计"，办公地点就在甲府市。工作内容是票据整理，资料管理，还有端茶倒水，扫地擦窗之类的杂务。她不是专门职①，干的活儿也和设计不相干，不需要资格证，但要说工作态度和人品，她完全称得上"认真"二字，为人老实本分，交给她的工作都能不声不响地做好。合同每年一签，一直续约，直至案发前她都在这家公司工作。

就是这样一个女生。今年四月二十九日，有人发现她妈妈望月千草在自家腹部被刺身亡。死因为失血过多，伤口只有侧腹部一处，却是致命伤。凶器是刀具，是望月家厨房日常使用的菜刀，刀上有望月千笑和她母亲两人的指纹。虽然警方也一度怀疑是自杀，但本应回家的女儿千笑失踪了，在浴室更衣室的垃圾桶里发现的血衣也

---

① 在日本，专业性较强的职位，多数情况下需要国家级资格证书。

疑似是千笑的衣物，从现场判断，他杀的可能性极高。

最先发现尸体的是望月康孝，千草的丈夫，千笑的父亲。案发时他去了町内会①组织的热海两日游。晚上七点，他回家时看到了全身是血、倒在客厅里的妻子。前几年奶奶去世后，望月家一直是一家三口生活。据推测，千笑母亲的死亡时间在二十九日黎明至清晨之间。

警方从更衣室垃圾桶中的衣服上检出了两种血液样本，推测来自于母亲和疑犯。也许犯人行凶时遭遇反抗受了伤，另外经确认客厅榻榻米和浴室排水口都有少量血迹。

门没锁，家中并没有被胡乱翻动的痕迹，但母亲的印章、存折和信用卡却随女儿一起消失了。警方认为千笑有重大作案嫌疑，如今正在公开通缉。

望月家离车站周边的繁华地段较远，建在山对面的一处缓坡上。四周是农田和马路，与邻居家相距五十米左右。房屋后面是神社。附近居民并未发觉望月家有何异常，况且本来离得就远，推测的案发当天他们也没有听到任何异常声响。

案发后，千笑去了银行和邮局的自动取款机，从妈妈和自己的卡里取钱，都是单日最高额度，三家不同银行的合计取出的金额高达二百万日元。取款机的摄像头录下了当时的情景，她似乎拖着右脚，身体前倾，缓慢地走着。黑白影像很模糊，没法儿完全确定那就是千笑，她面部毫无表情。

电视上播放最多的画面是药店停车场里的自动取款机在正午时分拍下的。她的车也被遗弃在停车场，从千笑对母亲动手，到她来

---

①町内会是市町村之下的基层自治组织，不属于行政机构范畴，目前全日本共有近三十万个町内会。一般为传统街坊的居民自治组织，类似于中国的居委会。

这里还有半天间隔，这段空白期间到底发生了什么呢？

如今我知道了，杀害母亲并离家出走的望月千笑，她最初的目的地——是小学恩师的家。

十月五日
甲府市内　山梨县立社会教育中心
添田纪美子　千笑小学时代的恩师
她在电话里说"可以见面"时，我很吃惊。

我只是试探性地问她能否见面聊聊，其实并没报太大希望。

教过的学生被警方通缉，同级的女生要去寻找她。我担心添田会把这当成小儿闹剧，不会放在眼里，因此早就做好了要三顾茅庐的心理准备。

添田说的社会教育中心就在甲府电车站后面，背对繁华街道，坐落在公园旁边。这座建筑的墙壁非常老旧，似乎多年未曾修缮过，上面还留有零星的涂鸦，字迹拙劣，像是出自孩子之手，很是显眼。因为白天都要上学，这会儿不见任何孩子的身影，很是寂静。

我走进门，看到四面都是落地窗，空间很大。摆放着桌椅，布局有点像休息室。午后的阳光照进来，有老年男子和看似努力备考的主妇，都戴着耳机坐在那儿专心读书，起劲儿地记着笔记，这些人貌似都是附近的居民。

好像没有专门的接待台。我找到办公室，刚要再往里走时，身后传来了开门声。

有人问："是神宫司吗？"

我回头一看，一个小个子女人站在那里。她看起来面熟，比我记忆中的年纪要大，但还是能认出来。

是添田纪美子。

她站姿挺拔，根本看不出已经七十出头了。她个头儿比我矮，却有十足的威严，说她是老师，旁人丝毫不会怀疑。

"您好。是添田老师吗？"

"是我。准确说我现在已经不是老师了，但有些学生会一直这么称呼我。"

听到她如此得体的回答，我放心了，鞠躬说："我是神宫司，这个姓是旧姓，现在已经结婚随夫姓了。"

"我看了相册，你是隔壁班的吧。我和千笑在二班，你是一班的，在小泽老师的班。"

"是的。"

"这边请。"染成茶褐色的白发在她背后飘摇。她走在前面引领，由于光线的反射，银色的发丝就像在发光。"这里还好找吧？"她问，话音稳重。我以为她要带我去刚才的办公室，但我们却顺着休息室中央的楼梯来到了二楼。

"还好，虽然第一次进门，但之前好几次都从这儿路过。"

"县[①]里和市里的宣传报上常有活动通知，也会请当地居民过来教手工或是花艺。退休后，有认识的老师介绍我来这儿的，每周三次，主要做些事务性的工作。"

我边听她说边抬眼看，楼梯两侧墙上挂着布艺作品和活动照片，那些作品看似都出自学生之手。

我们走进二层会议室。这间会议室似乎不对外开放，房间的墙壁、

[①]日本的都、道、府、县是平行的一级行政区，每个都、道、府、县下设若干个市、町（相当于中国的镇）、村。县相当于中国的省，比市大。

地板，甚至连空气都让人觉得冷飕飕的。关上门只剩两人时，添田回过身，指着一把椅子示意我坐下。桌椅摆放成开会时的U字形，我们在U字形的一端半对着面坐下来。

"想喝点什么。楼下自动贩卖机的饮料可以吗？"

"我不用了。老师您呢？"

"我也不用。"

对视微笑后，是一段不自然的空白。添田像是在等待，确认没人偷听。"那么，"她开口道，"你说要去找千笑，是真的吗？"

"是的。"

记忆中，从小学时起添田老师一直都被称为"阿婆"老师。千笑经常想起她，说她慈祥。和朋友吵架，受他人排挤时，只要去找添田老师就没事了。因为她总是无条件地为学生提供避风港，得知了这个称呼，她只说了句"学生们确实都是孙辈嘛"，就欣然接受了。

她脸上的皱纹比过去多了。但不知为什么，我一面对这张脸，记忆就追溯到了往昔。

"瑞穗！"有人叫我。

黄色帽子，红色双肩书包，上学路上带队用的小黄旗。我是组长，负责带低年级学生排队上下学，千笑是副组长。副组长本该去照看队尾的学生，但我俩总想说话，就并肩在前面走，几乎不顾后面，快走到学校时，怕被老师看见才重新排好队。我们聊天能聊很久。

聊朋友，聊喜欢的男生。如今我们都已长大成人，这些话题却半点儿没变。

"你是怎么知道我的？"添田问。

"我看了报纸上的专题报道。今年六月,也就是出事后不久,有个专栏详细地追踪报道了小千失踪前曾去过的地方。"

我犹豫了一下该怎么称呼千笑,最后还是决定像平时那样叫她"小千",我想让添田从侧面了解我与千笑的关系,让她知道我并非一时兴起。

这起发生在我老家的杀人案,在全国范围的报道与之前相比势头渐小,但在老家当地受到的关注却未减少。可能是对地方报上的那条新闻还有印象,添田点了点头。

有关千笑的消息只有一条得到了证实,就是她在案发当天去拜访了小学恩师。文章虽然也提及了其他目击者的证言,但大多数都缺少证据,无法确定是千笑本人。

我断定文章中提到的"恩师"无疑就是添田。小学时,我从千笑口中听到的频率最高的名字就是"添田老师"。

"您为什么答应和我见面?"这次换我发问了。

如今花样繁多的电话诈骗无孔不入,四处横行。我先给添田写了封信,字里行间十分谨慎,尽量避免被她当成可疑人员。我在传统的竖版信纸上写下自己和千笑的事,期待她能回信,却没想到她竟会同意与我见面。

添田一直缄口不言,双手交叉在一起放在桌上。她盯着自己的手,终于缓缓开口说:"因为我觉得你很勇敢。千笑失踪这几个月,警察一直在找她,却一无所获。我说句失礼的话,倒是你,为什么要找千笑呢?那些大男人全体出动都没办成的事,单凭你一人就能做到吗?"

添田这么想也在情理之中。但我从没想过要与警察一较高下,我说:"您说的我都懂,但我知道千笑的相貌和声音,案发很早前就知道，早到完全想不到会发生这种事。也许一个人力量有限，也许这个想法不自量力。但我相信功夫不负有心人。"

"我先从最基本的确认一下，你——神宫司，认为千笑杀了她妈妈喽？"我一下子安静了，添田看着我说，"因为你刚才说'完全想不到会发生这种事'。"

"虽然很难相信，但现在认为肯定是这样。"我谨慎地选择措辞，给出答案。真相如何其实并不重要，添田现在的想法才重要。如果她相信千笑是清白的，而且只想与意见相同的人说话，那今天的见面机会就白费了。我接着开口："老师您的意见呢？"

"我？"

"——抱歉，不好意思，我可以录音吗？"

"请便。"

我拿出IC录音机放在桌上并按下录音键。除此之外，为了不遗漏谈话中的任何细节，我集中注意力盯着添田的脸。她摇头说："千笑和杀人案真的沾不上边儿，我没法儿把她和这件事联系到一起，没法儿相信她杀了人，而且杀的是自己的母亲。那孩子绝不会做出这种事。现在我也这么觉得，肯定是什么地方搞错了。"

"那么，您……"

"可是，神宫司，"添田的脸色凝重了，她再次看着我说，"那孩子来我家时，全身都在颤抖。"她有些欲言又止。

我刚要开口的那一瞬间，她接着说了下去："真让人担心。她的手抖得那么厉害，茶杯里的茶水都洒了出来。最初我还以为她在闹着玩儿，故意装的。但我还没开口问，她自己先意识到了，把手藏了起来，连茶也不喝了。我这才发现她是在拼命控制着……既然如此，我就没再多问。"

她长叹一口气。

"若是没看到那情景,我到现在也会坚持己见,认为千笑的案件并不属实,认为她不会做那种事。"添田的声音逐渐弱下来。我找不到合适的话催促她说下去,只是附和:"是啊。"过了一会儿,添田又回到了话题中,开始慢慢述说。

"虽然警察也问过我好几次,但我真不知道千笑那天为什么会来找我。她没说什么不对劲儿的话,也没对我坦白什么。"

"小千常去家里找您吗?"

"以前倒也没有。"添田马上回答,"从去年春天才开始的。那孩子小学毕业已经十多年了,相对而言,来我家算是最近的事。之前连贺年片都没寄过。"

她特意说明这一点,大概是因为有些学生在毕业后常给她寄贺卡,那是一些露骨地表现亲密,令她心生怀念的学生,而千笑不是这样的学生。

"您和她是怎么再见面的?"

"在这儿的手工教室。每周六下午都有活动,去年三月千笑来了。"去年三月,是我发现联系不上千笑的那个时间。添田继续开口:"我经常帮忙准备会场,接待来访客人。有一次,那孩子跟我搭话,问:'是添田老师吗?'她自报家门叫千笑,但我一下子没想起来。虽然很失礼,但毕业十多年还是头一次再见到她。"她看着我,似乎在自我辩解。"孩子的脸突然变成大人,大家的变化都太大了。尤其是女孩子。千笑也不例外,出落得亭亭玉立,但隐约还能看出小时的容貌,过了会儿我总算认出她来了。回家后,我还翻出了当时的照片和毕业留言。"

"千笑在小学时并没有给您留下十分深刻的印象,我可以这么认为吗？"

"也不是这样。只是，怎么说呢。任教时间一长，惦记的都是现在正在带的学生。那些已经撒手的毕业生，无论多听话，多让我操心，也都会被封存在记忆中，不会无缘无故地想起来。但话说回来，只要再见面，就连当时的细枝末节都能回忆起来。千笑的事，我记得很清楚。"也许对警察和媒体都说了同样的话，添田叙述得有条不紊。

"在您看来，千笑当时是个什么样的学生？"

"保守、踏实。不是和谁都能马上玩儿在一起的那种学生，但和人交往时却很用心。去年我在这儿碰见千笑时，她身上的这几点也没变。懂礼貌，又客气。"这是千笑给所有人留下的共同印象，添田低下头，然后小声追加了一句，"她有些神经质，想得太多了。"

"……是。"我也有同感。

"你俩虽然不同班，但关系那么好，你也应该知道吧。六年级时，那孩子在班上挨了欺负，被男生们嘲笑哭了，好像是说她穷。"

——经常说我穷，欺负我。

忽然之间，千笑真实的声音在我的记忆中复苏了。

这突如其来的冲突感让我一瞬间屏住呼吸。她的声音从耳后传来，使我有一种酥麻的感觉。虽然没有旁人在场，添田却不由自主般压低了声音。"都是些孩子罢了。"她的语气像是在袒护，"说班里谁家最有钱，谁家最穷……就是这些话，是一群不懂事的孩子说的话。如果家里经商，父亲被称为社长，那个孩子就在班里排第一。"

"小千家里穷吗？"

"好像是因为她的父母务农……简直是胡说八道。"添田马上接着说，似乎在强调自己并不认同这句话，"我气坏了。还为此专门插了一节课，讲农业是多么重要和不可或缺，特别强调了山梨县因为出产水果而广受全国好评。那些孩子为什么要说那种过分的话呢，真让人生气。其实从古至今，很多务农的家庭都是养尊处优的。虽然不是富豪，但基本上都是注重邻里关系，有土地的富裕家庭，千笑家肯定也是。"

"是。"我只能点头称是。这是个沉重的话题。

千笑的家既不穷困也称不上富裕。

无论事实如何，那些话无疑给千笑造成了伤害。

当时千笑的哭泣，还有长大成人后，她时常在别人面前揭开伤疤，这些我都知道。

瑞穗，你听我说，我……

"我以前听小千说过，是老师您帮她平息了这件事。"

添田无力地垂着头，我这句话也有鼓励她的意思，但她却摇了摇头说："我以为我们经常聊天，她都想通了。但其实我并没解决问题。"

"后来她没事了。我们虽然不同班，但小千跟我聊天时不总说她受欺负的事了，她聊的更多的是老师您，说您经常热心地陪她聊天，她很喜欢您。"

千笑本人受伤多深暂且不提，但这并非添田造成的。

我接着说："小千之所以能记得您，在这里一见面就跟您打招呼。是因为她那时很开心，您给她留下了很深的印象。"

"若是这样就好。"添田无力地笑着，像是要重整呼吸般长出了一口气说，"因为发生了那些事，千笑的事我记得很清楚。在手工教室见面后，我们经常聊天，其间她帮我装饰作品，做幕后的准备工作。

快入夏时,她下课后也会留下教其他学生。千笑在手工方面很有造诣。"

"您说得是。"我应和,当听到千笑和手工的事时,我感到很不可思议。我们认识这么久,却从没听她提起过这个爱好,这是她不为我知的一面。

添田继续说:"从那时起,她时常去我家吃饭。我现在一个人生活。丈夫已经走在我前面了。儿子儿媳虽也在市内,但没住在一起。我嫁得远,和娘家亲戚也没什么联系了。平时基本上都是一个人。因为孙子上大学,经常过来玩,倒也没那么寂寞。千笑也是和我孙子一般的年纪呢。"大学生和我们的年龄有十岁的差距,但也许在添田看来差不多吧。"有次我们一起下课,正好有人送了我些葡萄,我就邀请她去我家,想让她带些回去给家人尝尝,我记得她家好像没种葡萄。"

"您最近和小千妈妈见过面吗?"

"当班主任时,倒是在家访时和家长会上见过。"添田摇头说,"之后就再没见过了。当然,从千笑口中听到了许多关于她妈妈的事。我还说让她把妈妈也叫来上手工课,好久不见,挺想见见她的。"

"千笑的妈妈给您留下了什么印象吗?小学时的印象也行。"

学生家长不像学生本人每天都能见到。这些年,添田见过的学生家长应该也不少,不知她能不能马上想起来。

"神宫司,你见过千笑妈妈吗?"

"见过,小时候我们经常去对方家里玩,我俩的妈妈也常在一起聊天。"

"最近见过她吗?"

"没有。"

到千笑家玩时见到的那个阿姨。温柔地牵着千笑的手来学校报道的那个阿姨。

说话间，本已全然忘记的声音和相貌突然清晰真实地浮现在我眼前。我胸口一阵疼痛。那没涂匀的粉底，不太高明的妆容，还有，满不在乎露齿而笑的嘴。

运动会上，妈妈撑着阳伞透过相机镜头看我时，坐在旁边的她大声说："快看快看，您家的瑞穗是班里最可爱的呀！"

妈妈放下相机，视线游移着，似乎不透过取景器就找不到我了。在茫然呆立的妈妈身边，已经找到我位置的千笑妈妈又大呼小叫起来："瑞穗！跟你妈妈挥挥手啊！"

"妈妈可真是的。"

我们坐成一排，头戴玩具小兵人的尖帽子。在离我不远处，千笑十分难为情地双手合十，做出"抱歉"的姿势。

我一点也不在意，完全不，甚至还对千笑母女心怀感激。过了许久，有些迟钝的妈妈终于发现了我，朝我这边轻轻挥了挥手。

旁边，千笑妈妈的右手一直高高在上地举过头顶。

"她妈妈真是个开朗大方的人呢，待人也亲切。从千笑身上真看不出她妈妈是这样的人。"

"是。"

"她常来找我聊天说：'我家千笑心思重，让人担心。'她父母都是开朗、实在的人，一家三口的关系也很融洽。"

他们是相处融洽一家人。只要认识望月家的人，就会这样描述她的家庭。

"不是因为出了那件事,我才说这些。但这家人的关系比一般家庭要好得多。千笑老实又单纯,什么事都会和父母商量,工作啊朋友啊无所不谈。她来我家,快回家时一定会打个电话,然后就聊上了,有时都能听到电话那头她妈妈的笑声。她们母女关系很好呢。"

"我也一直这么觉得。"

看我点头,添田眯起了眼,盯着我的眼睛短短"嗯"了一声,说:"是啊,这些你从小都看在眼里吧。"

我妈妈刚听到那件事时的震惊无法用语言形容,众所周知,望月家的母女关系甚至可以说是"理想"的。

添田似乎很怀念,目光透过窗,望向远处。

"千笑那天来我家之后……"她说的是案发后那件事吧,那个全身发抖的千笑。添田的声音压低了。"第二天就在电视里看见了她妈妈的事。我吓了一跳。千笑失踪这件事也很让我吃惊,一时间我觉得呼吸都快停止了。"

当时,添田慌忙往千笑的手机打电话,但拨号音已经停了,电话被转接到语言信箱,无人接听。她仓皇无措,烦恼之余找来儿子儿媳商量,当天,儿子儿媳陪她去了附近的警局。

"她的伤怎么样?听警方说,案发时小千自己可能也受了伤。"

"说来惭愧,我没发觉她受伤,也许她刻意掩饰了。后来看她取钱的录像,才想起当时她好像是拖着脚走路,我很吃惊,她在我家时可能一直都强忍着。"添田长叹了一口气说,"警察来我家调查时才发现那孩子坐过的坐垫上有血渍。她当时肯定很为难,坐垫被翻了个儿,像是故意把有血的那面扣在底下。弄脏了坐垫,她心里该多窘迫啊,我一想到千笑当时的处境,心中就一阵酸楚,都不忍心去动那个坐垫。"

她的手捂在胸前。

据说在案发现场提取的疑犯的血迹与千笑残留在坐垫上的血迹一致。被千笑丢弃的那辆车的座椅上也发现少量血迹。

"……是。"我回答。

添田似乎很痛苦,她摇头说:"我真不知道千笑为什么会来我家。她是想和我商量还是对我坦白,警察也多次问我这个问题,我起身时,那孩子突然很不安地叫了声'老师'。我一回头,她说的却只是回忆琐事和天气。也许她那时真的有话要说。"

想说实话却要强忍,这很难做到。当人们有秘密时,都会有种不管对方是谁都想一吐为快的冲动,何况千笑心里装着的又是个天大的秘密。

"小千这次过来,没事先跟您打招呼吗?"

"当天早上联系的。很早,还没到七点半,她打来电话说就在附近。"

"她之前那么早给您打过电话吗?"

"没有,而且这是她头一次在周末来我家。虽然注意到了这点,但她说是顺路来看我,我就没多想。那天我和儿子家约好快到中午时一起出去,和千笑见面时也因为这事儿接了个电话,有点忙乱。这么想来,当时的气氛也影响了千笑,让她感觉不自在了,话到嘴边也没能说出口。"

——我,回去啦。

在她的描述中,起身而去的千笑轻轻微笑着。她两手背在身后,也看不出是否还在颤抖。

——谢谢您的款待。

有空再来玩啊。——听了添田的话,她温柔地微笑着,但不知她是否点头了。千笑离开了。

想象一下。

无论是她自己犯了罪，还是别的什么，当千笑下决心把心中沉重的负担和盘托出时，电话铃响了。添田起身接电话，从电话那边传来她家人温暖的声音，也许是她儿子的问候，也许是她上大学的孙子的朗朗笑声。千笑心里会是什么滋味呢？

"案发后，您见过千笑的父亲吗？"

"没有，之前就没怎么见过。出了这种事，他父亲肯定也很难熬。"

听我父母说，千笑父亲的身体急剧衰弱，惨不忍睹，案件还没下定论，他就挨家挨户去给邻居道歉："给您添麻烦了，真的非常抱歉。"

如添田所说，农家真的非常重视邻里关系。来我家道歉时，我父母觉得承受不起，问他是否有能帮上忙的，她父亲含泪拒绝，只是像复读机一样反复地说："对不起、对不起。"

千笑父亲和她母亲一样，本也是个开朗、干脆的人。父母告诉我，看他来道歉时心里很难受。虽然我没亲眼看见，但听了父母的描述，觉得儿时记忆中的千笑爸爸突然变矮小了，我心里也和父母一样难受。

"千笑爸爸如今还住在出事的房子里吗……"添田略有迟疑地轻声问。我摇摇头。

这也是从父母那里听说的。出于邻里之情，出事后我爸爸也多次和千笑爸爸联系，此时我对父亲的做法有了重新认识。

"他好像去亲戚那儿住了，只偶尔回家看看。"我回答。

"今年的樱桃，也许没法收获了。"添田冒出这句话。

如今是十月，根本就不是樱桃挂果的季节，但添田眯缝着眼倚窗眺望，好像看到了那片虚空中的樱桃园。

案发后，我也去过出事的房子一次。之前去过那么多次的地方，如今的感觉却截然不同，让我觉得阴暗而陌生。

"请您告诉我。"我说，添田缓慢将视线移回这边，"如果那天小千把一切都告诉您，如果她把自己所做都如实向您坦白的话，您会对她说什么？"

"多半，"添田没太多考虑，却能看出带着几分犹豫，回答道，"我会劝她自首，也许她也希望我这么做。也许她太胆小，心里正期待着有人这么去劝说她。"

添田没落泪，但眼圈发红，她没有太激动，而是冷静地说出这些话的。

她确实会这么做。得知学生出事，她心中虽有疑惑，却还是诚实地去报警了。从这点也能看出她的自律性很强。

"那么，小千离开您家后去哪儿了呢？您觉得她有可能去哪儿？"

"我不知道。"添田冷不丁地抬头看我，用未曾有过的坚定眼神，挺直了腰。一瞬间，我清楚地知道了她的想法。

添田为什么会答应见我。

她不是想给我提供线索。正相反，她是想知道问题的答案：教过的学生从自己这儿逃跑，那个学生她在想什么？她如今在哪儿？

"那之后发生了什么我完全不知道。神宫司，你呢？觉得她最有可能去哪儿？"添田抬起眼睛，就像看着渺茫希望中的一根救命稻草。"那孩子可能去找的朋友和能投靠的地方。你们是朋友，你知道这类地方吗？"

"我正在挨个儿联系我们共同的朋友，要是有什么线索会告诉您。"

添田对我的回答明显地表现出了失望,她说:"这样啊。"上下嘴唇抿在了一起。但对我来说,这个回答已经竭尽全力了。

"我不觉得自己比警察强,但我还是会寻找她。我的朋友们都很担心。"

"嗯。"添田点头,手在胸前的兜里掏着什么,发出"沙沙"声。她掏出一张类似名片的纸,犹豫着说:"不知能不能帮上忙。"随后递到我眼前。

"山梨县警察本部刑事部搜查一课"这行字映入眼中,还印着似曾相识的菊花图案,姓名是盐田利之。职务是警部补[①]。似乎不是找我的那个人。

"是来找您取证的警察吗?"

"是,千笑的案子如果有想问的可以试着联系他。这个人认真,也和气,有些事若是问他,他应该会耐心地告诉你。"

"非常感谢您,但是……"

添田应该还不知道警察也来找过我。她的手覆在我拿名片的手上,牢牢盯着我的眼睛说:"拜托你了。"已有皱纹的手却令人感到温暖而光滑,"不知能否派上用场,你先拿着以防万一。要是有任何关于千笑的消息一定要联系我。"

添田的手加重了下力道又松开,问我:"还有其他事吗?"

"没有了,真的非常感谢您。"

其实还有一个问题,也是我最想问的。

但我还是咽了回去。这个问题连我自己都无法回答,在答案浮出水面之前,我也无法回头。

[①]日本警察的职务之一,主要负责担任警察实务与现场监督的工作。

下楼梯时，添田说："这是千笑的作品。"墙上挂着一排拼布和刺绣作品，每幅作品下面都有作者的名牌。

添田的视线落在一块白色蕾丝布料上，它上面绣满了纤细的花朵，与其他作品不同，这幅作品既没署名又摆在角落，让人觉得是优秀范本，从新人的作品中脱颖而出。微微泛黄的边角似乎在诉说挂出的时间已经很久了。

"不想被人追问，才把名牌取掉了。作品这么漂亮，这儿也从没人觉得千笑不好，就一直这么挂着了。"

"我可以照下来吗？"

我对手工不感兴趣，也判断不出作品好坏。但却非常清楚地知道千笑这幅精细的刺绣作品是耗时许久一针一线绣出来的。

添田爽快地应允。我从包里取出数码相机，快门声响彻了楼下大厅。

"我真的很担心……"我身后传来添田的喃喃自语。

回酒店打开电脑，我开始整理今天听到的内容：小学时的望月千笑，开始往返于手工教室的千笑，案发后马上去了添田家的千笑。

添田是唯一在案发后见过千笑本人的人。我把添田说的小学时的千笑和去年在手工教室时的千笑录入文档，在这两个时期之间出现了很大一块空白：中学和高中。还有二十岁后的千笑。接下来要填补的这部分内容，我比添田更清楚。

"经常说我穷，欺负我。"虽然是揭自己的短，声音里却听不出卑微，所以才能当作聊天的话题。

联谊会上，我和千笑的座位中间只隔了一个男生。

所谓联谊，就一定要不停起哄、讲恶俗的笑话，绝不容许有人破坏气氛。那天来的男生们都被这种温和的紧迫感推搡着,坐在旁边的男生对八卦新闻插不上嘴,就开始嘲笑情绪低落的我。

"喂,神宫司组,别绷着一张脸。我问你哈,你是真想找男朋友吗?"

二十五岁以前,在老家的联谊会上,好男人的评价标准只有一条,就是长相。职业和智商都是次要的。也许是组织者政美好这口儿,她叫来的男生大多只有长相。其中不乏对未来毫无规划、只会侃侃而谈却没有固定工作的男人,也有很多只注重发色和眉形,脑袋里只想着女人和名牌的男人。

我知道了。为什么当时那个男生会挑我当嘲笑对象。常参加联谊的男人,除了心仪的女生,对普通的女生连名字都记不住。神宫司这个姓氏虽然在其他地区鲜有耳闻,在山梨县却很常见。

发觉我不太高兴,政美插嘴道:"你刚开是开玩笑叫'神宫司组'吧?你可小心点儿,瑞穗的老爸就是'神宫司组'的社长,这可不是闹着玩儿的!"

"不是社长,比社长级别低。"我懒得多说。

公司经常在施工现场挂出很大的招牌,另外作为赞助商,也会在庙会和烟花大会上打出公司名,既显眼也好记。"不会吧,这女生难道是个千金大小姐?"听到周围男生的议论,我摇了摇头。

"没你们想得那么好,我从小就因为公司名被人嘲笑家里是黑帮,真是烦透了。"

"那有什么。其实你心里还挺得意的吧,家里有钱多好啊。"说话的男生对别的事完全不上心,一听这个马上就精神了,真是莫名其妙。我嘴里一阵发苦。心中很恼火:我才没有因为名字而得意。

就在这时——

"我也因为父母的身份被人欺负过,我呀,跟瑞穗你正相反,被人说是穷光蛋。"之前一直默不作声的千笑开口了。她的表情像在微笑。千笑眼睛细长,所以看起来总是一副笑脸,笑容总是习惯般地凝固在脸上。

"我们一样呢。"她说。温柔的语句背后,却是干巴巴的声音,我记得十分清楚。

"他们经常说我穷,欺负我,瑞穗你也记得吧?"

后来我们聊了什么,气氛如何,我已记不清了。

回家时,那个载着对我百般揶揄的男生和千笑的车驶向了与千笑家相反的方向,不久后再见到政美时,她似乎很开心地跟我汇报说:"我听到个超意外的八卦,好像是千笑主动约的那个男人。我还以为她很纯呢,真让人吃惊。我真不想听到那么生动的描述,是那男人跑来告诉我的。"

据说他们之前见过几次,那次是千笑约的他,千笑一直说喜欢他,就算不交往也行。男方没拒绝,心里反倒觉得自己走了桃花运,像炫耀战绩般跟政美说了。

我感觉如坐针毡,如果千笑得知这不过是她自己的一厢情愿,心里该多难受啊。看着沉默的我,政美很是无聊,但我没法点头赞同。

千笑确信别人不会知道,她胆子很大,也把这视作与那个男人之间的秘密。到头来却被男人当作笑柄去取悦其他女人。

这种事经常会发生。从某种意义上说,千笑确实比大家说的还要纯情,更确切地说是晚熟。她的胆大并非是巧妙地周旋和玩弄,而是真心想和对方交往,却只能靠身体去挽留。这点我们都知道。

后来,我多次安慰因那个男人而哭泣的千笑。"没关系,没关系。你一定会遇到更好的人。"我抚摸着她的后背开导她。

不仅是千笑。那段时期我见过许多这样的女孩子,她们为了成为心仪男生的女友而奋不顾身。

我刚打开电脑,手机短信铃就响了,是果步发来的。

"最近好吗?谢谢你上次来找我,那时你提到政美,我给她发了邮件,她说可以见面,我也会一起去的。咱们好久没聚了。"

我并没让她帮忙,但她却帮我约好了,还说要陪我一起。

我回邮件表达谢意,肩膀刚放松了一下,又有了一种讨厌的紧张感。要和政美见面。我以为不会再见到她了,才删了她的手机号,和过去的一切告别,而今却要原路返回,说实话真是痛苦至极。本不可能实现的逆转,而我却正试图这么做。

我点开另一个文档,盯着上面列出来的名字和联系方式,名单上是接下来要见的人和想见的人。我在接下来要见的"政美"下面追加上"盐田警部补",是今天添田给我的名片上的名字。

名单顶端是最重要的名字"柿岛大地",我至今还没联系上他。

临近十二点,启太打来电话,道歉说昨天没接到我电话,之后我们聊了几句。我又给他父母家打了电话。挂断电话,我开始做些零碎的工作。发出原稿,在等待编辑提出修改意见时,我拿起房间的报纸翻看着。地方版报纸是收集网罗县内婚嫁丧娶等各类新闻,并将其广而告之的唯一媒介,附近居民都会订阅。我的目光几乎是无意识地落在"出生"专栏。

翻开页面,一行标题跃入眼帘。

"是拯救生命,还是助长弃子之风?"

标题旁边紧挨着一行小字"婴儿邮箱"。这是富山县高冈育爱医院的医疗设施,没法儿抚养孩子的父母们无须露面就可以匿名寄养婴儿。拉开墙上的抽屉,就可以把婴儿放进里面的保育箱。

没有摄像头，旁边还有院方的留言。

"如果您想再认领孩子，请随时与我们联系。"

院方最初考虑设立"婴儿邮箱"时引起了多方舆论，也长时间占据头版头条，为了平息舆论才最终决定设立，那之后，媒体便像失去了兴趣般一下子没了声响。

今年是设立的第五年。到了这关键的一年，那些质疑其存在必要性的声音像苏醒了般高涨起来，从报纸上大篇幅的报道就能看出来。

启太已经有点神经质了，他似乎想把这一切从我眼皮底下隐藏起来。

有段时间，他换台特别频繁。

"婴儿邮箱"是俗称，富山县的医院为其正式命名为"天使之床"。文章中写到，院方称，鉴于实际使用率很小，反对声也依然存在，正在重新考虑是否要沿用下去。国内如今只有高冈育爱医院有"婴儿邮箱"，如果迫于报道和一些传闻而关闭，"婴儿邮箱"就会从日本消失。

现在是十月，今年年内应该不会关闭。真想不到，历经艰辛才开始的尝试，还有短短两个月就要被定生死了。

想要孩子的父母，不得已而遗弃孩子的父母。我没想从当事人的角度考虑，却突然被一些细节所触动了。我剪下有文章的这页，叠好了报纸。闭上眼睛后，觉得身体很沉重。

我已经向高冈育爱医院提出了采访的申请。脑中浮现出院长的脸，设立"婴儿邮箱"时和现在，她都是舆论的众矢之的。她的表情没有变化，只是冷静地重复院方的立场，被称为"铁女子"的她一时受到了媒体的关注。

"这不是助长弃子之风吗？"无论媒体声音如何强硬，她都坚持回答:"孩子的生命比什么都重要,活着比什么都重要。"我能见到院长,和她说上话吗?尽管可能性很低,但还是值得一试。

上学时,只要和千笑在一起,就觉得时间过得飞快。她就是这样的朋友。

我们在学校里聊天,放学后留在教室和图书馆里聊天,回家路上也聊。放学后我要学很多东西,还要上补习班,没法儿总和她一起玩,但一有时间我就会去她家找她。千笑家旁边是种植樱桃树的温室大棚。进去就能闻到潮湿泥土的味道,我很喜欢那儿。我妈妈总是紧张兮兮,而千笑妈妈却惊人地豁达,就像太阳一样。她把宽檐帽往后一掀,冲我使劲儿挥手,头和帽子之间搭了条手巾,像是耷拉下来的狗耳朵。

我觉得这个打扮简直是太好了。

千笑爸爸也像她妈妈一样欢乐:"呀,神宫司组的大小姐。"语气毫无恶意,她爸爸和我爸爸也完全是两个类型。在门窗大敞的房间里,千笑爸爸穿条短裤大摇大摆地走来走去。他在我们面前也不忌讳,"噗"地出声放屁,然后转头逗乐儿地说:"啊,失礼。"千笑咯咯地笑着,捏着鼻子说:"真讨厌。"手在面前扇个不停。

我和千笑在她家客厅翻箱倒柜,想找游戏道具时,被从田里回来的阿姨狠狠训了一通:"小孩子不许乱动大人的东西,下次不许随便翻了!"虽然我不是她家孩子,却连带着挨了一顿训斥。

我和千笑像霜打茄子般道歉说:"对不起。"不可思议的是,我对阿姨的训斥一点也不反感。

妈妈在家一直教育我:吃甜食会生蛀牙。点心和果汁在我家都是明令禁止的,只让我们吃蔬菜饼干和像馒头一样的无奶油蛋糕,重点是"对身体好",可那都是些小企业生产的难吃点心。

朋友们觉得我家经营者有名的大企业,满心期待来我家玩儿,而我却拿不出好吃的茶点招待,当时心里的那份愧疚感我至今还记得。所以我很少叫朋友来家里玩儿。

虽然千笑来我家吃得很香,但其他人不像千笑和我的关系这么好,就没法邀请。

明令禁止的反作用就是我对甜食的无比渴求。如今想来都无法理解,我竟然去舔食儿童牙膏。我百般恳求父母买来草莓味的儿童牙膏,因为牙膏的颜色像果冻一样。快的时候一两天就能吃完一管牙膏。其实牙膏并不好吃,吃完还会恶心,只能说当时是上瘾了。母亲发现后狠狠骂了我。

在千笑家,我有生以来第一次喝了可乐。

这种一直被禁喝的饮料竟然如此惊人地好喝。碳酸气泡刚入口是微辣的,之后却甘甜无比。虽然妈妈不让我在朋友家吃零食,但每当同学问"你连可乐都没喝过啊"时,我都感觉很受伤。这下他们就不会小看我了。

母亲来接我时,我还没喝完。我听到她在玄关打招呼,慌忙站起身,惊恐地看着千笑说:"这可怎么办?"

千笑被吓蒙了。对她而言,禁喝可乐这件事本身就很吓人。在千笑家,爸爸妈妈在劳作的间隙也会喝可乐和果汁,也会像孩子那样吃巧克力和棒棒糖。

我拉着千笑的手逃跑了,跑进三间温室大棚中的一间,蹲在一棵樱桃树下。

一想到妈妈看到客厅里的可乐罐,想到她穷凶极恶地到处找我,我的肠胃就阵阵作痛,手心儿渗出了汗。我听见一句"在哪儿啊?

"瑞穗，你在哪儿？算啦算啦，神宫司太太"，是千笑妈妈温柔的声音。救救我，我在心中尖叫，救救我，阿姨。

我的手渐渐失去血色，全身起满了鸡皮疙瘩，眼看就要惊叫出声，这时千笑轻轻把手覆在我手上。

"你将来想当什么？"

我不知道她为什么要聊这个。我把颤抖的手慢慢从脸上移开。由于紧张，身体里的水分有种古怪的弹性，手心像是雨后的泥土般印出脸的形状。

千笑在旁边和我一起颤抖着。就算被找到，她也不会挨骂，但她似乎被我的恐惧传染了。我知道我俩的心情一样，那时我想到了问题的答案：我想变成千笑。有个温柔的妈妈真好啊。千笑又喃喃地问："你将来想当什么？"

"……空姐。"我颤巍巍地说。千笑点点头，抚摸着我的背说："肯定能当。瑞穗你绝对没问题。"

"那小千你呢？"

"我，家庭主妇。"

班里极少有人说出如此"普通"的愿望。大家都认为成为妻子和母亲是理所当然的，谁都不会特意把这个当成愿望。

但千笑肯定能成为温柔的妈妈。我很羡慕。

"我们以后生个同学年的孩子吧！"她接着说，声音中充满鼓励。她边说，视线又留意着家的方向，"这样的话，就可以让孩子一起玩儿，还能一起参加学校的家长会，一起去海边和游乐园。"

瑞穗，你在哪儿啊？快出来！

神宫司太太，您要冷静啊。

——像她们那样？

快哭出来的我点点头。嗯，嗯，嗯。

"阿姨，请您不要责怪瑞穗！"伴随千笑撕裂般的惨叫，大人们冲进了温室大棚，妈妈狠狠盯着我，嘴唇歪斜着，说出短短两个字："你这……"向我这边走过来。

我的头被使劲按着，脸贴在了地上。

青草的味道，我曾经最爱的大棚的味道，从今往后，我也许不会再喜欢这些味道了，也许一闻到这些味道，就会让我想起今天发生的事。啊，也许原本不会那样，但也许今天我的担心会让这个担心成为现实。

我看见鼻子旁边有一条蚯蚓，躲在草根的潮虫蜷成了一个小球。

"打扰贵府上了。"妈妈说。"贵府上"这个词，在电视和书里都是第一次听到，更别说是现实中了。

十月九日
甲府市内 家庭餐厅
饭岛政美（旧姓永井）聚会组织者，联谊会干事。

我并不认识政美的结婚对象，在她的婚礼上才第一次见到。

离甲府很远的清里是度假胜地，那里的餐厅和娱乐场所鳞次栉比，除此之外还有各类企业和工厂。政美老公是工厂废弃物处理的承包商，公司是祖父那一辈创立的，他和大伯一起继承了这家公司。虽说年纪只有二十多岁，但头衔已经是专务董事了。

"虽然叫专务，但公司里上至董事，下至员工都要去现场工作。"政美羞涩地挽着新郎的手，一脸幸福。新郎也许不是她最喜欢的男人类型，但政美和这个面庞柔和、毫无攻击性的帅哥倒是非常般配。

当时政美几乎每晚都去参加联谊，据说两人是在某次联谊上认识的，但那次我没去。她是联谊女王，每晚都会排满计划，很害怕没有约会的日子。如此阅人无数，视点犀利的政美，肯定会严格地把"朋友"划分为好几个等级，她给我们打了几分，安排的就是几分的男人。

果步为给我和政美劝和，把见面地点选在了之前我和她刚去过的家庭餐厅。

连锁小酒馆或家庭餐厅是女生聚会的固定场所。乡下也有比较高档的酒吧，但价格也不便宜，聚会时，要是没有男人参加就会尽量从简。我清楚地记得千笑管这儿叫"一般的地方"。我约她吃饭时，她就会问："可以啊，咱们去一般的地方行吗？"她说："瑞穗你好像很喜欢去高档的地方吧。"

不凑巧，果步被工作拖住了。她发了条短信道歉说不知几点能到。我发现自己的神经没有想象中那么结实，快到约定的时间时，我的胃无比沉重。

一辆天蓝色小轿车驶进停车场，悄无声息地从我车前经过，这时我看见了驾驶座上的政美。好久没见，但看到她的脸时，我的感官一齐苏醒了：她的声音，说话的语调、动作、习惯。政美把车停在了离我不远的地方。

据我所知，政美从不开国产车。她很鄙视身边开国产车的女生，然后出声说道："真逊！"那时她开的是一款杂志上常见的德系车。白车配黑色内饰，她说不喜欢内饰的颜色，一开始没买白色，而是特意选了其他颜色的同款车，淡驼色皮座，然后做了全车喷漆，把车身重新喷成了白色后才满意。这是她引以为傲的车。她常说，下次换车一定要换辆更高级的进口车。

政美下了车,她似乎没带小孩。

我下定决心,下了车,站在她面前,先打了招呼:"政美,好久不见。"

政美看向我。我刚觉得她没变,突然又发觉并非如此。她身为中小企业董事的妻子,从公司到家里,连员工的伙食都要做到心中有数,想必很辛苦。妆容没变,甚至比以前更用心了,但还是能看出来她确实比以前老了。

上次见面还是在她婚礼上,后来就没再联系过,我是个连交男友这件事都没跟她汇报就偷偷跑去东京的叛徒。

"啊!"政美叫出声,像是很怀念地眯起眼睛,堆起笑容,亲切地说,"哈喽,瑞穗!"

似乎是被她的笑容传染了,我也不自觉地露出了笑容。她踩着高跟鞋向我走来,脸上浮现的冷冷笑容像是画上去的。

"真是吓了我一跳呢,什么风把你吹来了,瑞穗?"有些咬字不清的话音很令人怀念。但现在的政美已经嫁人生子,是个大人了。

她一直在笑,脸上没有抽筋,我看在眼里,稍微松了口气。她比我想象中一直惧怕的政美要好得多。

"谢谢你抽空过来。"我说。

"果步还没来呢。真尴尬啊,怎么办呢?"我刚要把她往店里让,她用涂了厚重睫毛膏的眼睛看着我说:"你,有什么想跟我说的吗?"

"很对不起,之前没邀请你参加婚礼,没联系你。虽然有些迟了,还是希望你能原谅我。"我决定说真心话。政美依然绷着嘴唇,直盯着我,过了一会儿,她终于像解了穴般快速地向餐厅走去。

"见到我不觉得尴尬吗?"她又问,我边跟上她的脚步边回答:"尴尬……但我想找你聊聊,真对不起,这时才想到你。"

"仅此一天。我已经不喜欢瑞穗你了,因为你不讲信用。我一旦决定就不会回头。你听好哦。我们还是会绝交,这没办法。只有今天一天例外。"

"嗯。"

政美忽然看着我。下个瞬间,她竟然语气轻快地念叨:"不容易哪。"

"什么不容易?"

"你能好好和我道歉。不知为什么,听你道歉我觉得自己也挺过分的。对不起,我刚才语气重了。"说到最后,她的语言和表情突然软了下来。她看着我。感情的风暴刚要吞噬对方,突然又收了回去。真是一点儿没变,我想。

以前我经常听政美用"绝交"这个词,和男生是"分手",和女生是"绝交"。

谁有权势,说什么可以取悦对方,女人都能凭本能分辨出来。我们到处强势地标榜自我,说:"我就是……样的人。"圈占领地,避免自己的个性被同伴践踏和埋没。我们相互恭维"可爱",说对方的男友和喜欢的人"帅气""优秀",对甩了自己的男人和看不顺眼的朋友,一律群起而攻之说"过分"。

幼年时,我觉得二十岁已经是大人了。想不到那些大哥哥、大姐姐会说出"绝交"这种词。

我不认为只有我们很特别。我们确实很闲,除了互相吹捧、互相抱怨便无事可做。许多人的工作都很单纯,没有前途,也学不到东西。政美和果步都如此,千笑也一样。我们聚会时只要提到工作,就是对工作环境的抱怨,还有发牢骚和感叹现状。

"我理解"这个词就是我在这里记住并最常用的附和方法,我们都会互相点头附和:"我理解,我理解,你也这样啊。"

三十岁,对二十岁的我们来说应该更成熟了,但现在我也几乎还是下意识地用"男生""女生"来称呼自己和朋友。我们不是大人,却又无法再当孩子,可以说是尴尬的夹生饭。到四十岁、五十岁,也许一生都是这个状态。

"好,瑞穗你今天请客吧,我想吃汉堡。"

"好,喜欢什么尽管点。"

"嗯。"

没用店员引导,她径直走到吸烟区的四人座,坐在里侧沙发上,转了转脖子。这是缓解疲劳时的常见动作。刚才在昏暗的停车场里没看清,现在看清她涂的是紫色眼影,浓重的颜色显得眼睛有些浮肿。

她掏出烟说:"在家不让抽烟。"把桌上的烟灰缸拉近跟前。"他说家里有小孩,让我戒烟。说到底还不是因为他自己不抽烟。"

"你老公最近怎么样?听果步说你生小孩儿了,男孩儿还是女孩儿?"

"女孩儿,叫RUNA。"

"RUNA?"

"汉字写成'月'。今天是她爷爷奶奶带着。"

"啊,对不起,把你叫出来了。"

"没关系,我要是不想来,一开始就说不来了。"

我们按铃叫来服务生。政美点了两位畅饮,还有一份汉堡牛排。她问:"瑞穗你呢?"我说只要饮品,政美皱眉说:"别让我一个人吃啊,多怪啊,你也吃点什么。"

"我午饭吃得晚。你吃吧,不用在意我。"

"不是。不是客气，我说的是体重、相貌这些女人的事。"她夸张地耸起肩，似乎很吃惊我怎么没理解，"我说的是，你这么做，就会让我担心自己的身材和容貌，让我觉得自己作为女人很堕落。"

政美气鼓鼓地噘起嘴。虽然不太明显，但她下巴的线条确实比以前松弛了。这算哪门子堕落？连这都要在意的女人才堕落。我不禁出声说"不愧是政美"，然后对正在干等着的左右为难的服务生说"没事"，让他走了。

我们先后去取了饮料，面对面落座，只能进入正题了。"关于小千你想问什么？"政美问我。不知果步联系她时是怎么说的。

"你们最近见面了吗？"

"结婚后也偶尔见面。但有了小孩儿就没怎么联系了，最后一次见面是在出事前半年左右。"我上个月和果步见面时听说，政美说到千笑时一直哭，还说之前要是找机会跟她多聊聊就好了。但眼前的政美比想象中要坚强得多，说得难听点儿，她的声音干巴巴的。

"什么？"

我沉默地看着她，却被反问了一句。我苦笑，接着问："你喜欢小千吗？"

政美默然。她捏着第一根香烟戳在烟灰缸里，看着我，睫毛慢慢张合，终于答道："也喜欢，也不喜欢。她人很好，但有时太焦虑了。瑞穗你呢？在我看来，你们关系虽好，但你对她的事却没那么上心。"

"这么说有点儿过分，但或许就是你说的那样。"

"那事到如今你怎么又……"她长出一口气，困惑地微微歪头，桌下的两脚上下交换，之后莞尔一笑，说："你呀，真是看不懂你。婚礼上你没叫我和果步，却邀请了千笑。我之前一直觉得你们是好朋友呢。"

"其实我的婚礼没你家那么大的排场,来的主要是亲戚,朋友很少。"

"嗯,也就是说,抛弃了老朋友,只请了新朋友。"

我沉默,政美盯着我,接着开口:"婚礼是今年三月吧。之前去东京的事你也没跟我说啊。我从小千那儿听说时真的很意外哪。"

"抱歉。参加完你的婚礼后,没多久就搬家了。虽然前不久才办婚礼,但去东京都是两年前的事了。"

"我都知道,小千告诉我了。怎么感觉你有点儿不一样了,瑞穗。"政美盯着我的脸说,"你不再附和别人了,之前我以为无论说什么你都会点头赞同呢。"

"政美你和之前的感觉也大不相同了。"

我们都嘴角露出微笑,但比以前常在一起玩儿时更淡然了。她不会再肉麻地说"瑞穗你好可爱",我也没必要再附和着夸她了。朋友之间的甜言蜜语,就像表面覆盖着焦糖的蛋糕,用叉子轻松一刺就能刺破。因为内心很脆弱,才互相为对方涂上甜蜜的外壳。那时我们闲聊的内容大部分都是这些。

"你的婚礼只邀请了小千,这倒也没什么。"政美说,"你别误会,我对小千没有偏见。你们俩自小就在一起,和我们比起来交情长得多,如果你连小千都没请,我反倒会觉得你太过分了。"

"过分?"

"因为小千把你当作唯一的朋友,而你却不这么想。我担心你不把她放在心上。"

我看着政美,没开口。她突然扭头看别处。

"让我烦躁的是,千笑她太虚荣了。"政美用吸管吸着刚端来的绿色哈密瓜味汽水,不留情面地说,"她只会说男人的好话。无论和谁交往,好的时候喋喋不休说个不停,不好的事只字不提。就算别人担心她,她也只一厢情愿地往好的方向解释。和大地交往时不就这样吗?就算问她也都是好话,总感觉她太乐观了,就像不想面对现实一样。"

政美指的是那件事。那时,我问千笑:"你在和那家伙交往吗?"

"真的在交往吗?"我问。聚会后,我听千笑说起,第二天就去找大地确认:"你和小千在交往吧?我听说了,恭喜。"那男人点头说:"啊,你说那件事啊。"好像说的是件微不足道的事。"千笑啊。嗯,那之后经常一起玩儿。"

我有种直觉——

我们都不是小孩子,要对自己负责。我以为千笑也能马上发觉,但听千笑高兴地说起大地的事时,我心中有种不好的预感:不会有事吧。

人若是真的在意某件事,就不愿意被别人先指出问题来,千笑也不例外,"性格老实"本来就不等于"软弱"。千笑很坚持,她一口咬定大地是不好意思承认,因为他很纯情才没用"交往"这个词。

她的自尊心很强。我被她泼了冷水,犹豫着不再追问了。

男方岔开话题轻描淡写,而千笑却说正和他在顺利交往,两种信息之间出现了很大背离。

大地给我打电话说:"喂,有别的聚会再叫我啊。"而另一边,千笑却说他很温柔,已经见过父母,谈婚论嫁了,关系正在稳步发展。

"我啊,觉得奉子成婚也挺好的。我倒是想尽快当妈妈。"千笑笑着说,"瑞穗你也许不太愿意这么早嫁人。但结婚生子是我一直以来的最大梦想。"

她似乎是要讨好我,才慌忙加上后面这句话。我苦笑,她似乎觉得我对恋爱的态度很保守。

那天她终于说，男方向她求婚，她也要辞掉工作了。

政美说千笑虚荣，但也不能完全归咎于千笑。千笑说的是真的。柿岛大地确实对千笑说过"咱们结婚吧"这句话，也就是千笑所说的求婚。

镶嵌一颗小钻石的金色戒指，千笑很开心地抬手给我们看。政美想拿在手里看，千笑很为难地笑着说："对不起啦，太重要了所以不能摘。对不起，别怪我小气啦。"政美和果步一起嘲笑她"你这个幸福的家伙"，并祝福她。

我很意外。从上大学时起，大地交往的女生都与千笑是完全不同的类型。他之前的女友都是所谓的"女神"级别。是一些容貌出众，能说会道，让人眼前一亮的女生。他来山梨工作前，最后交的女友是K大的才女，那是让大地引以为傲的恋人。他也经常带她参加大学聚会。那个女生在女性杂志做读者模特，她得知我为那家杂志写稿，微笑着说："好巧。"虽然有彩页和黑白页的差距，却没带给我尴尬，是个笑容灿烂的女孩子。

"小千最初也没什么想法，她觉得大地是大学生，太聪明了，有些犹豫。"

"她不喜欢聪明人？"

"你没听她说过吗？她说不想被人小看。确实，我对此也深有体会。"

"啊——"

我想起来了。我记得千笑说过，还记起自己当时的想法。一般来说，女性找结婚对象时都会看重学历，但对我身边的人，这条有时也不适用。在老家,受欢迎的条件是好身材和好相貌。仅此而已。对学历的畏惧,在她们的潜意识中以"不喜欢"的形态屡屡出现。

某种意义上的单纯,在某种意义上却是缺陷。对她们来说,很难想到男人的学历能带来什么好处。

我记得他们两人在第一次邂逅的联谊上并没聊太多。虽然交换了手机号,但仅限于此。过了不久,千笑羞涩地跟我汇报"两人交往了"。

对了,政美好像想起什么,喃喃说道:

"你还记得大地送给千笑的婚戒吗?"

"记得啊!"

不知他们分手后那戒指怎么处理了。感情结束,却只留下名存实亡的纪念,光想象内心就再次隐隐作痛。

"事到如今,就算说出来也没关系了,那戒指多半是很便宜的东西。"她说得如此干脆,我却难以开口。从她声音里听不出丝毫尴尬。政美接着说:"不是说从这里能看出什么,只是当时觉得大地这种男人不该送女朋友这么便宜的戒指。但千笑本人那么开心,不知她怎么想的。"

"我没太注意。但听说那是钻石的啊。"

"钻石倒是钻石,订婚戒指么。但才那么一丁点儿。"

政美拿到订婚戒指时,我们争相而看。CARTIER的单钻。有人问起价格,她答"差一点儿不到一百万"时,着实让我吃惊。

虽不是要和千笑攀比,但政美就是这样的人。在众人面前爱惜地抚摸戒指的千笑,应该也注意到她的眼神了吧。

"千笑怎么会一下子陷那么深呢?"

"因为那男人说喜欢她。"

我觉得政美不会听不懂我说的话。她一语不发地盯着我，我接着说："因为她被告白了，被追求了。小千真的很开心。"

"我明白。据我所知，在大地之前小千喜欢上的都是些坏男人。她人这么可爱这么好，却……"

句尾巧妙地含混过去，像是在表达：我不是在说她坏话，而是在担心她。这样偷换概念，是为了在女人圈子里生存而养成的习惯。我沉默了。在透彻的语句中可以轻易挖掘到政美隐藏的真相：千笑从没和那些男人"交往"过。

在四年制大学毕业或是大公司的正式员工，对我来说都无所谓。在刚开始我还不太中意他这点呢，但大家好像都挺羡慕……

千笑从没说过太露骨的话。但开始交往后，千笑却不止一次清晰而委婉地强调：自己被条件很好又受欢迎的男人追求。

她和大地交往后，女友们马上举行了简单的庆祝会。千笑悄悄靠近我说："之前，瑞穗你和大地组织的联谊……"因为她是在那里碰见大地，我以为她肯定要说感谢的话。因为对大地还有些不放心，我怀着复杂的心情抬起头，千笑接着说："你有比较中意的人吗？"

"嗯。没有特别喜欢的。因为是干事，只顾和大地聊天。但我觉得坐在大地旁边的男生跟果步挺配。他们俩也聊得挺好的。"我回答。

我们对视着，千笑的表情渐渐缓和了。眼睛眯成了月牙。

"你知道吗？那些男生虽然都不说，但其实都有女友了。大地不让我告诉别人，他也够坏的。"

只存在男女间的恶俗小秘密，前提是只告诉你一人，私底下嘲笑其他女人。就像以前政美和男友把千笑当笑柄那样。

千笑好像很开心。

我闭上嘴唇，把马上要说出口的话咽了回去，只是轻声回答："这样啊。"

政美斜着眼,像是看穿了我的想法。终于她开口说:

"瑞穗你从不说这种心情你也理解之类的话呢。小千那时的心情,那种就算没法在一起,也要和男人做爱的心情。"

"你们完全不同。"政美补充说。

烟灰落在桌子上。虽然她语气强硬,用锐利的目光瞪着我,但烟灰却弹落在烟缸外面,从这点能看出她还处于某种紧张状态。是不安、胆怯,还是从责难我而萌生的得意和兴奋呢。

"虽然这么想,但这一线之差还是很大的。瑞穗你绝不会越线,所以你不会了解小千的心情。"

"为什么说这些?"

"因为我不想让你觉得自己和小千一样,一点儿也不想。不想让你装作很懂小千,来说这些话。"

视线中那条无形的紧张的弦断开了。政美移开目光,又把烟举到嘴边。

"我和你都没越过那条线,和她不一样。我们都很有心计,说到底就是从来不缺男人。老实说我不知道你为什么来参加我组织的聚会,到最后你还不是自己找着了对象,而且还是东京的男人。"

"你太高估我了。我也想找男朋友,和启太认识那是纯属巧合。"

"我不信。"

政美又把烟摁灭在烟缸里。汉堡端来了,她没用刀,只用叉子把汉堡切成小块,这次换我开口了。

"那政美你呢,是怎么看我的?当时为什么要邀请我呢?"

"有个与《CAPA》和《LILI》杂志扯上关系的朋友，不是很有面子吗？而且瑞穗你又很低调，能和你搞好关系很是让我自豪呢。"

虽不知这句话是褒是贬，我还是回答"谢谢"。政美又瞪了我一眼。我知道她的意思。

那场面也让我想苦笑。政美单方面的宣传，带来了意外情况，当时很多人通过她找我帮忙写婚礼演讲稿和出差报告之类的东西，但那些人我连见都没见过。都被我回绝了。身为撰稿者的自尊心不允许我代写这些文字，更重要的是，我觉得这类文章都是用来表达本人心情的。要在婚礼上发言，一定得知道新娘的性格，和她有共同的回忆；而出差报告则要写出差情况和工作内容，不了解这些哪儿写得出来呢。

她们每天发那么多封邮件，有那么多话可聊，但碰到稍微专业点儿的东西就一下子蔫了，连一行字也写不出。我也很难理解她们为什么会这样。

我这么跟政美说，但她不接受。说会让自己丢面子。她恳求我"一小时也行三十分钟也行，抽时间帮忙写个吧"。我们之间发的邮件渐渐都变成这些令我反感的内容，这也是令我与政美疏远的原因之一。

自己写不出东西，没法儿用自己言语表达。她们就是这么一群人。

联谊会上，我自己什么也不说。当每个人做了自我介绍，大家的兴致开始高涨起来时，政美就会坐到我身边，对女性朋友和男人们说："瑞穗可厉害了。要是没人问，她从不说自己优裕的家境和作家身份。所以啊，还得要我来介绍。"她从来不忘把我推出来。这像是一种默契，我俩搭档成了联谊会上固定的流程。

真令人怀念。那个与陌生人喝酒聊天的时代已经一去不复返了。那时完全没多想，不知为什么，最近我却开始怀念过去的事，尽管我丝毫不想再回到过去。

"老实说，我真没想到小千能把你叫来。"

"唉？"

"因为觉得你挺时尚。"

政美笑了。

"我之前觉得她的朋友都是些不起眼的人，她说要带个朋友过来参加联谊时，真挺让我意外。其实除了你，她没带任何人来过。"

我条件反射般想起不久前见面的由起子。确实，千笑从没叫过高中手工社团那些人。

"我觉得对小千来说，你是个让她自豪的朋友。虽然也许你没意识到这点。"政美补充上这句，"聊到你在三月举办婚礼，她一直帮你说话。说你本来也想请我和果步，但人数有限制，所以没办法。说你很在意，觉得对不住我们。这些你知道吗？"

她模仿千笑高声说了这些话，随后突然喃喃道："你不觉得她是个坚强无私的好朋友吗？"

有一种胸口发堵的感觉，我屏息忍耐。

离开山梨，回忆当初，我确实觉得自己和她们不一样。在那里，我和这个真相都一直浮于水面。无论我多想融入她们的圈子，她们都不会允许。我望而却步。在这个意义上，把我和她们联系起来，让我顺利获得一席之地的，正是千笑。

她们和我不同。所以我们确实很难有共鸣，会疏远。但我喜欢政美，喜欢果步，喜欢聚会。也因为开心，所以才会去参加。借助千笑的力量。

我的目光慢慢移动，落在政美脸上。她开口了："我也问你几个问题行吗？"

"嗯。"

"瑞穗你的真实想法是什么？我指的不是小千自己，是小千家的事，跟我说说。"

我什么都没说，盯着她。政美继续说，像是在催促我："我啊，很讨厌那家人。"

政美告诉我她讨厌千笑的第二点理由。

"她家人之间的关系真的很好。好到离谱，看着就让人不爽。"

记不清政美是从什么时候开始这样评论千笑家的。联谊会和女生聚会上，千笑不在场时，她像是在一吐心中的不快——"水准低。不懂事。不把别人放在眼里的一家人。"骂人时政美的词汇丰富得出奇。

我想起来了。她最初这么说，是那次和千笑半夜吵架时。

原本不想重提旧话，但我还是开口问："你还在为千笑打电话的事生气？"

"不是生气，只是不能理解。"政美轻笑了下，"案发后，报纸和电视上说她'陪父母购物，帮忙做家务，无所不谈，百依百顺。这么乖的孩子，怎么会做出那种事'，我觉得这都是些朋友和邻居的随口之言，说她们'放假时二人一起准备饭菜，母女关系十分理想，想不到会发生这种事'。"

"嗯。"

"如果这些都是实情，我却从没直接从知情人口中听到过这些话。连她的同事都说，千笑一家三口的关系亲密过头儿了。我其实很讨厌你在这件事上袒护着千笑。"

袒护。

果步之前也用过这个词。大家都是这么看我的吗？

"政美，你认识小千的同事吗？"

"嗯。但最熟的人和千笑没多大关系。我们之前一起喝过酒，过了很久才知道她们在同一家公司，挺吃惊的。"

"那人怎么说的？"我再一次重新见识了政美的广阔人脉，问道。

她回答得很简练："说她是个好女孩。老实，孩子气。这都不可否认对吧？"

"政美你这么冷静，说实话有点吓到我。因为我听说你之前哭了。"

"是听果步说的？"

政美叼着烟，右嘴角上扬，笑着说："果步啊，是个好人，这像她的处事风格。我是哭了，但没你想得那么严重。果步还是单身，一直参加聚会什么的，千笑的案子是朋友圈里的大新闻，她能有余力去关注，但我办不到。我每天都很忙，不像以前那么爱管闲事了。我确实也很吃惊，小千会把她妈妈……但这些年几乎都没见面，母女关系发生了什么变化也说不定，不过我也觉得，从某种意义上看，这事发生在她家比发生在一般朋友家更容易让我接受。"

"你知道为什么会这样吗？为什么小千把她妈妈……"

"明知故问。"

话音未落，就被政美打断了。我肩膀一哆嗦。她嘲讽般的强硬语气让我无法继续说下去。但她的表情马上又恢复如常，说："我不知道是什么原因，但我能接受这事实，不管什么原因都好。你在文章里凭想象写不就行了。"

我沉默地盯着政美。"你是要写吧？"她像是要再次确认，问道，"小千的事，大地的事，还有小千妈妈的事都会写吧？我听果步说的。"

"……我只是在收集。还没想过要不要写出来。"

"说谎吧，你会写的。"

她的声音像诅咒般低沉阴暗。但也没有过多的责难。我一直不明白,为什么她今天想来见我。

"你觉得千笑现在会在哪儿?"我问。

政美只是一语不发地眺望窗外。夜晚,家庭餐厅的空旷的停车场里并没有什么惹人注目的事物。她把目光移回隐约映出自己脸庞的玻璃上。"我不知道……我觉得她没去找任何熟人。况且她也没什么能投靠的人,最后见面时她还是单身。"她突然把脸转向我,"你还没去找大地吗?"

"还没有。现在正在设法联系他。"

"那个人现在怎么样了?"

她若无其事地问,我却能感觉到这问句中满是兴趣,我摇摇头。

"完全不知道。他调到山梨县时,也是因为离得近才联系的。我们原本关系也没那么好,回东京以后一次都没见过。"

"他结婚了吗?"

"谁知道呢。"

也许是觉得没法从我口中套出任何东西了,政美发出了"噗"的一声。

"要是大地没调走,也许他们现在还在一块儿呢。可怜的小千。"

我沉默着。

千笑和大地交往了两年左右。大地决定从山梨县回东京时,千笑得到了大地要娶她的承诺,决定跟他一起回东京。她想辞掉这边的工作,奋身扑入一个新环境。大地似乎和千笑说过一些细节,比如希望她一起去、婚礼在哪儿举行、住的地方在哪站,但却依然没跟我提起过。

在政美和果步这些朋友的眼中,两人发展得很顺利。女生聚会时,千笑偶尔也会把大地带来。她考虑到我,都是选我不在时。

"我是想找女孩子玩,但千笑会吃醋呢。后来发现竟能混进你们的聚会里,抱歉打扰啦。"

据说大地笑着这么说。果步告诉我,两人关系很亲密。

"说'我俩要是生了孩子,肯定很可爱,大家觉得呢',我都有点吃不消了。"

三年前的十一月,我和千笑在政美婚礼上见面,千笑告诉我,来年四月要和大地一起去东京。

我不知道该不该单纯地为她感到高兴。那时我已经决定和启太结婚,也准备再去东京。我想象和千笑在东京见面的情景,总觉得哪里有些不对劲儿。

婚礼上我、果步和千笑的座位挨着,话题刚一深入,气氛就一下子冷了。幸福地憧憬着未来的千笑渐渐没精打采起来。

她说,其实从说结婚到今天,和大地已经有三个月没见面了,联系也只是短短几句电话和邮件。他好像工作很忙。说想见他,他却说"别让我为难"。

别让我为难。

轻易说这种话的男人……我彻底知道了,千笑竟接受了这种交往方式。她已经和大家宣布了要结婚的消息,为了面子和自尊心,千笑把自己逼到了没法和任何人商量的境地。

千笑像挣脱枷锁般,终于忍不住落泪。她之前一直都说两人相处得很好、很好。如今却泣不成声。她说,还没见过大地的父母,工作上也没正式提出辞职。现在很为难,不知道该怎么办。

说大地见过父母,是千笑在撒谎。大地虽然嘴上说见,但总以工作忙为由,见父母一事甚至都没提上日程。

我只在那时问了她，也是想鼓励她。"为什么非大地不可呢。除了那个男人，肯定还会有其他珍惜你的人出现。别再坚持那个人了。"我像曾经劝她时那样，说了这些话。

千笑摇摇头没回答。或许她已经无法回头了。

还没到四月，刚过年就传来了坏消息。

千笑发来一封简短、平淡的邮件："我们分手了。"我马上打电话过去，希望这次能彼此说说真心话，她却没接。无论怎么打她都不接。

可能是觉得说出真相后很丢脸，她一直在躲着我。我离开山梨县时也没能好好聊上一次。

"小千和大地分手后，政美你又见过她吗？我和她几乎没联系过，不知道她怎么样了。"

"她躲着我呢。因为要面子所以才怕人细问。后来我给她发邮件，邀请她参加聚会，关心她，联系才又渐渐多起来。我们已经不聊大地的事了，她没详细说过分手的来龙去脉，我也没多问。"

"你真厉害啊。"

"什么？"

"要是我，就算想联系她，但要是她不回复，我就会马上放弃，你却一直坚持了。"

"因为是朋友。"政美简短地说，声音与责难千笑时相同。同时不忘狠狠地讽刺我一句："不过，要是换作瑞穗你，断了联系的朋友肯定就撒手不管了。"

"嗯，对不起。"

"我大概就是爱管闲事。就算心烦，但要是每天都没八卦，连别人的坏话都没法儿说，那该多无聊啊。这也是交朋友的乐趣所在。朋友很重要，越多越好。"

我心中暗暗佩服，这个是我学不来的。

政美表情严肃地说："我想的是，千笑和大地分手后是否从她妈妈那里得到安慰了。她不愿我们提及，但肯定还是想对人哭诉吧。她们母女感情那么好，如果连妈妈也要隐瞒，就太可悲了。我真想不到她能坚强到去独自面对。真心且这么长时间的交往，对千笑来说肯定都是第一次吧。"

"大概吧。"

"真可怜。二十五岁到二十七岁的大好时光都浪费了。大地要是一直在这边工作就好了。"

我听政美小声嘟囔，想起自己最近也用这种语调和别人说过话。我是对果步说的，她是个明知恋爱无果还要坚持的女人。我说她很可惜。

年轻。

作为女人来决定胜负的关键。

虽然知道三十岁还不至于枯萎，但二十岁过半时却有一种非常迫切，近似于焦灼感的心情。觉得与结婚无关的恋爱全是白费，在那上面耗费青春是无可挽回的损失。现在我还能轻松地想，不是才二十七吗。但千笑是在同龄朋友的婚礼上发现自己完全错了，她又会是怎样的心情呢？

她们把结婚作为人生的目标，从不考虑在工作中提升能力。对这些无论是经济上还是精神上都无法自立的女人们来说，毋庸置疑，结婚才算修成正果。她们只有这种价值观，才让"败犬"这个词偏离了"三十岁以上未婚未育的女性"的原意，成了她们的代名词。

我身边有很多多愁善感的人，对终将到来的三十岁怕得不行。

我的梦想是成为一名真正的作家，获得成功。"败犬"这个一针见血的词却给了我勇气。我在这儿绝对是个例外。

"还记得你曾经告诉过我吗？杀人时能够致对方于死地的方法。"

"啊？"

"不记得了吗？我被男人甩了，气急败坏地说想杀了他，喝酒时你告诉我的。大家都起哄说杀了他杀了他。"她扑哧地笑了下，似乎毫无深意地按着自己的侧腹部，"你告诉我，只用刀刺的话不够狠。最好的办法是刀刺进去后再来回旋转。这样的话内脏就会被搅烂，空气也会进去，就没得救了，这是名副其实的致命伤。"

"我是说过呢。"

当时我是从漫画里看到的。政美点头说："虽然不知道你是从哪儿听来这种事的，但我也很喜欢你的见多识广，听你说话，觉得自己也能长见识。"

"那些话啊，我是开玩笑说的。"

"当时小千也在场。"政美又严肃起来。我的表情也僵住了。

政美接着说："警察去我家调查时，我也问了小千刺杀她妈妈的伤口是什么样子，想确认有没有搅动的痕迹。"

"警察怎么说？"

"说虽然刺得很深，但仅此而已。刺进去，拔出来，因为拔刀才引起大出血。据说现场有很多挣扎的痕迹。她妈妈当时肯定也很受罪。"政美淡淡地说，眼睛似乎看着远方，"或许是当时没顾上，或许已经忘了。但我得知她没有转动刀刃，不知为什么觉得很心痛。她明明不想造成致命伤，却还是刺了。"

我沉默了。烟灰缸中已经堆了好几根烟蒂，政美又把一根新的变短的香烟按灭,说:"听说她带着家里的信用卡逃跑了,你听到这个时没觉得有问题吗?"

"怎么讲?"

"说是从自动取款机取走了二百万日元,我看了新闻里的录像,但千笑她是怎么知道密码的呢?"

我从没想过。政美像是预料到了我的答案,微微牵动嘴角笑着说:"那不是她妈妈的卡么?她们家连密码都共享吗?这么做虽然不太谨慎,但还真像小千家的风格,让人叹为观止呢。不愧是小千家,一般人家可没有这样的。"

"我不知道,但警察也在跟千笑的爸爸询问情况,搜集证据。"我说。

我想起防盗摄像头录下的模糊影像。千笑面无表情的脸。

"我确实很想知道,小千现在怎么样了。"言外之意,千笑甚至有可能"已经自杀"了。政美的声音似乎饱含着痛苦。"如果她还在逃,也让人心痛。差不多就别折腾了,她一开始为什么要逃走呢?这个问题我着实想不通。而且,不光是自己的钱,连妈妈的钱都一分不剩地带走。这不像她平时的做法。你说呢?"政美看着我说,"我觉得她根本不能独立思考和做决定。杀了妈妈,就算觉得人生已经毁了,逃跑也同样解决不了任何问题,只会徒增痛苦。投案自首,按警察和律师说的做,比这要好得多。"

"害怕被抓起来,应该算是个理由吧。"

政美飞快地瞥了我一眼,像是在思考,她沉默了一秒、两秒……稍后小声说:"如果真是这样,那她就太傻了。"

"果步可真够慢的。"政美回头望了望餐厅入口,"莫非是你故意安排的？想和我单独聊聊。"

"我才没那么厉害。和你联络、聊天，都需要很大勇气呢。"

我苦笑着回答，政美"嗯"了一声，点点头。低眼看着切成小碎块的汉堡肉饼。我还以为她不吃了，她却用叉子叉起一小块送到嘴边，已经完全凝固的酱汁沾在了嘴唇上，她用手指抹去，说："等果步来了咱们换个地方吧。找个酒吧。尽量找个之前经常聚会的地方。太久没见，今天你们就陪陪我吧，然后明天起咱们再绝交不就行了。你说对不对？"

常言道，昨天的敌人是今天的朋友，而政美的想法又是一个极端。

"知道啦。"

我们吃着汉堡，互相聊起了近况，已经数年没有彼此的消息了。我边想着该从何说起，边追溯回忆。

我就剩这么一双高跟鞋了。

政美夸张地晃动桌下的右脚，告诉我。

"化妆品，洋装，都换成了便宜的，LV和爱马仕的包包和首饰也一直没再添置。瑞穗你信吗？我以前那么讲究，如今却……'专务夫人'穿什么用什么，婆婆和员工都一直盯着呢。真受不了。就算去跟娘家诉苦，娘家也不会替我说话。"

以前在联谊会上，政美经常对着我的名牌包夸赞："你自己买的啊，不愧是瑞穗，太帅了。"她夸我，是因为相信作家赚的稿费多，这反倒让我诧异。她们也用十几万日元的包，单凭工资是可望而不可即的，那又是谁给她们买的呢。是男人，还是口中经常抱怨，却最终期待能替自己说话的妈妈？

我不配说别人，曾几何时，我也是一个收"女儿工资"的人。

果步来了。我们走出餐厅。她为迟到说了好几次抱歉。当我们两人笑着对她说没关系时,她似乎从这笑容中读到了什么,像是一下子放了心,脸上变灿烂了,小声说:"太好了。"

"我们才没和好,只是今晚例外。"政美像是要守住最后一道防线,接话道。

一进酒吧,我们便热火朝天地追忆起往事。虽然千笑的问题依然存在,而且近在身边,让人无法回避,但我们还是像以前一样聊起来。千笑的名字和有关她的事也在聊天中多次出现。小千当时就坐在这儿,说过什么话,做了什么事逗大家笑。我们模仿当时的动作,聊得不亦乐乎。女人真都是话匣子。

"现在和婆婆关系如何?"

趁果步去洗手间的空当儿,我问政美。政美仰头把杯中的马提尼一饮而尽。刚才,她已经口齿不清地宣布过,今天要奢侈一把,一会儿叫代驾。

"瑞穗,你还没要孩子?"她问。

"还没。"

"那你是不想要吧。你和你老公,一看就是都市派的潮男潮女,是希望充分享受二人世界的那类人。"

"不是你想的那样。"我回答。都市派这个词,在日常生活中似乎还是第一次听到。

"你生了孩子,迟早都会知道。"她回答,"虽然心有不甘,一旦自己也成了母亲,身为人母的苦衷就全都能理解了。但父辈就无法感同身受了。虽能谅解婆婆,但和公公之间的鸿沟却很难填平。如今我比较烦的是和公公的关系。"

具体是什么问题,她没往下说,我也没问。"虽然不甘心,"政美又接着说,"但我啊,结婚生子,到头来却还是只'败犬'。"

她自嘲般地高高举起酒杯，发自肺腑地说出了这句话。虽然看起来有些醉意，但这些话在果步面前也断然不会吐露吧。政美和以前一样，比任何人都更懂得拿捏分寸。

一只充满沧桑感、后跟严重磨损的船鞋从政美的左脚脱落，掉在地上发出"哐当"一声。政美放在吧台上的手机正在闪烁。我刚才就注意到，从两人在餐厅聊天时起她包里的手机震动过好几次。

私营，而且是从事现场工作的社长和专务董事，根本没有嘴上说的那么轻松，政美从一开始就应该做好了心理准备吧。她婚礼上的宾客，有当天初次见面的国会议员和市议员，还有为凑排场而请来的各路有头有脸的人物。其中有个人在致辞时，结尾把政美的名字念成了"政子"，席间一片苦笑，大家都装作没听出来。

即使有钱，也不能停业休息。由于这个原因，结婚旅行也只去了趟了国内的热海。几年前，政美还是单身时，暑假去了夏威夷，还买了小瓶香水给大家当礼物。那香水如今还放在我老家的窗边。

"败犬"的反义词是"胜犬"。

政美去夏威夷的那段时期，开始流行"败犬"这个词，当时数她最愤慨，说："我才讨厌被这么形容。世界上也有人不想结婚的好不好？"

虽然想谈恋爱，但结婚就要考虑下了。我可不想就这么定下来。

这是句真心话，但不知有几分正确。最近听说在小学，如果自家开公司，爸爸被称为"社长"，孩子就能在班里排第一。对此，政美到底理解了什么，理解了多少，又做好了几分的准备呢？

她是否是"胜犬"，这不是问题所在。但让她说出刚才那句话的理由，一定是有个说法的。

我之前就知道，"败犬"这个流行语的出处和在这句话中的理解之间存在偏差。穿着制服、栖身于地方中小企业的"我们",不是"败犬"也不是"胜犬"。我找不到贴切的形容词。

我想起了几年前的那个夜晚,我听见了政美的怒吼声,也听见了她怯弱的心声。

——你为什么要打电话?

走廊传来了高亢的声音。听到是政美的声音,我和果步相互对视。

我们注意到,千笑和政美已经离席很久了。先离开的是千笑。千笑参加联谊会时,一定会在十二点前给家里打个电话。其实除了千笑,打电话跟家里报平安的也有别人。她们假装去厕所,单手拿着电话离席。回来时被男生们嘲笑:"刚才的电话是男朋友打来的?其实你已经有了男人吧?"打电话的人支支吾吾,一副窘态,这场面在当时并不少见。

"你干吗要打电话?真是急死人不偿命。你怎么什么都说啊?"

"政美。"

我们丢下那群男生,着急忙慌地跑到走廊。看见两人正站在厕所前。千笑看我们跑过来,眼神缓和下来,似乎一下子放心了。但这个表情也只是一闪即逝。政美没有回头看我们,又冲千笑说:"一般人都不会说的吧。你父母听到这些是怎么想的?"

果步目瞪口呆地站在我身边,而我却明白发生了什么。千笑紧攥着手机,脸色逐渐苍白。政美转过头,似乎要向我和果步揭发,抢先一步开了口:"之前我就猜到了,你们知道吗?小千什么都说。和家里打电话可不光是为了报个平安,内容可真是详尽啊,今天的联谊会,对方有几个人,分别是什么样的人。"我想低头。千笑求助般地看着我们,尤其是我。政美继续说道:"来的男生都住在哪条街,在家排行老几。连这些都一字不落地说了。老实说，我觉得这不太正常。你们两个一点儿都没感觉吗？"

那天，政美喝得很急。她已经醉了。

"对不起。"千笑用颤抖的声音说。她双手握着手机，像是怕被人夺走，"我父母很怕寂寞。从小时候起，在我放学回家时父母几乎都在离家不远的温室或是果园里，我成长的环境就是这样，没离开过父母，也许是因为这个原因才……"

"这算什么。这种事我可没听说过。"

政美嗤笑了一声。

"一般人，无论父母多孤单，也会嫌他们烦不会告诉他们吧。总黏着父母，不觉得很逊，不想逆反吗？至少我这么觉得。不告诉他们的话，等他们习惯了，就不会再多管闲事。老大不小了怎么还这样，你们家人关系好过头了吧？"

"不是这样。"

千笑一度非常苍白的脸，这次却渐渐涨得通红。政美的态度也随之越发强势起来。

"是吗。你和你爸爸不也聊得挺欢嘛？我啊，听到过好几次了，妈妈说完换爸爸说。还跟爸爸汇报'嗯，很开心呢。饭菜都有哪几样，男孩子都有哪几个，还有帅哥呢'。"

从政美身上传达出了一种恶意。

我脊背发凉。

"一般到逆反期都会和家里吵得很凶，哪儿会这么亲？我跟我妈关系就不好，所以更这样觉得，你这么做我真是理解不了。"

我第一次听说政美和妈妈关系不好，但轻易地察觉到问题并不严重。我曾听到政美接她妈妈的电话时语气很重，也没觉得有什么不对。她们也还是我想象中的那种母女，和我家——我和我妈妈的亲疏程度一样，这么说来，我们家肯定也算是关系不好的那类。

"我逆反期时家里也闹得挺凶的。"像是从喉咙里挤出的声音，千笑答道。"你要是去问我父母，他们肯定会说'我家女儿在逆反期闹得很厉害'。"

"根本说不通嘛。小千你才不会了解什么叫真正的逆反，若真是在家里闹大了，就再难回到从前了。你们一家都像小孩子一样。"

千笑脸色变了。

"简直，让人想笑都笑不出来，这种亲子关系，真是可怕。"政美眯起了眼睛。

千笑似乎要哭出来了。"政美。"我用沙哑的声音叫道。政美没有看我。

"政美！"我怒吼出来。

政美似乎吓了一跳，缩了一下肩，终于扭过头来。

只有那时，我忘了考虑自己的立场。朝她走了一步，问道："小千做的这些，直接影响到你了吗？"

政美看着我，一瞬间说不出话来。似乎从醉劲儿中清醒过来一般，眨了眨眼。果步的眼神像是要哭出来，来回看着我们。

"……我送你回家。"我把手搭在政美肩上提议，之后拜托果步，"小千就拜托你了。"

联谊会上的男生们在走廊不远处把我们当热闹看。我搀着政美，回去取外套时，听到有人小声说"女人真可怕"。之后我面无表情地宣布："今天到此为止，解散。"政美放了权，只是一语不发地低着头。这在之前从未有过。

我开车时，政美突然冒出一句话："之前她问我，政美你不是长女么，为什么要找个长子呢。"她脸上表情变得很痛苦。当时，政美正与现在的丈夫交往。她似乎很难开口，继续说："我知道她没有恶意，但心里还是暗骂她是个白痴。因为对方是长子，就白白错过一个好男人吗？我们这个年龄，还是在当今的时代，怎么会有人在乎这种事呢？还问得这么直白，简直傻死了。"

政美确实是家中的长女，她还有个妹妹。估计千笑的本意是想问，她家是想招婿入赘，留个女儿在家，还是两个女儿全都嫁出去。政美为什么讨厌这么问，千笑为什么打破沙锅问到底，我多少能理解一些了。最关键的一点，千笑是家里的独生女。

政美叹了口气说："我气坏了。连这种事都操心，你说她有多天真？我和我妈吵架，每次她说我'不听话'时，我都很恼火，究竟什么才叫听话呢？我明明是听从自己内心的声音，而她说的'听话'却是让我任凭她摆布。稍有不满意就会生气，把责任都怪到我头上。"

政美像是累了，双肩无力地垂下来。"但是，"她又开口说道，"但是，千笑天生是这种'听话'的人。"

听说政美结婚时，父母没有多加干涉，没有坚持招婿入赘，而是让她嫁去了婆家。说毕竟是两个女儿，一直做好了心理准备。婚礼后政美告诉我，她心里很感激父母。

这次争吵之后，千笑再没公然在走廊里给父母打电话，地点换成了店外。寒冬时节，外套也没穿。就算政美注意到，她也不再说什么了。

一天，政美把我叫出去说："千笑跟我道歉了。"

她嘴角露出一丝苦笑。像是为当时挑起争端的自己感到羞愧，又像是在讲一个令人难以置信的笑话。

"她眼里含着泪道歉说：'对不起，我们家让你觉得难受了。'我听了这句话终于舒坦了。逼千笑说出这句话时,虽然心里也会后悔和反省,但觉得自己想法总算被人认可了。啊,就是觉得小千家的想法不正常。说到底,我只是想让她承认这一点罢了。"

"她也这么做了,你有什么感觉?"

"没什么特别的感觉。我只是慌忙否定,安慰她说:'对不起,对不起,嗯,才不是呢,我就是太羡慕、太嫉妒了。'"她笑着告诉我,之后一下子恢复了严肃。随后追加了一句:"说实话,那样的家庭,我真不敢恭维。也许有人觉得千笑的单纯很可爱,但对我来说,她的单纯就像埋下了一颗颗地雷,而且都正中我要害。"

"这样啊。"

"我有句话想问你,"政美冷冰冰地说,"你为什么要帮她说话?难道你一点儿不觉得那个家庭奇怪吗?"

"我觉得她有个好妈妈。"我不带半点犹豫地说出口,连自己都觉得意外。政美满脸诧异,但我没停顿,一口气说了出来:"我们以前常见面,我啊,很喜欢千笑的妈妈。"

我把烂醉如泥的政美搀到代驾的车上,果步之前去政美家玩过,告诉了司机地址。政美大声说"我没事,我没事",笑着冲我们挥手。我看着政美钻进出租车,两台车并行远去,果步停止挥手,转身面向我说:"抱歉啊,今天我迟到了。但是挺好,能让你们两人单独聊会儿。"

"嗯,谢谢。"

"对了,你付钱了吗?"

"餐厅和酒吧,我都付过了啊。"

"啊,我说的不是那个。"果步低下头,好像很难开口。一会儿小声说:"是付给政美的钱。我说你想见她,想聊聊千笑的事,政美就问:'有礼金吗?'我说不知道,但政美好像挺期待呢。"

"啊?"

我不由得苦笑。这确实是政美的风格。

刚刚政美的车也走的这条辅路,顺着这条路再往前开,能看见工地的灯光。我和政美都喜欢看着柔和的红色霓虹灯光在深夜无人的道路上开车,那种感觉很好。

政美是为了掩饰,还是真想要谢礼,希望却落空,抑或是在聊天中觉得礼金什么的无所谓了……这些我都无从知晓。但她一次都没提过,只在家庭餐厅吃了冷掉的汉堡肉饼。

她身为专务太太,身为一个母亲,现如今在公司交际中,在邻里关系中,甚至在妈妈圈中都当仁不让地成了焦点。今天她能踩着高跟鞋,妆容精致地出现在约定地点,我理应心怀感激。

我沉默地站着,果步开口问:"接下来呢?"

"回家睡觉。对不起,果步,你今天工作这么辛苦还为了我来参加聚会,明天也还要起早吧?"

"我没事儿。对了,还有……"

"什么?"

"我也会帮忙的。"

我扭头看她,果步摆出一副认真的表情之后,又像逗乐儿般地笑了。

"我也会去寻找千笑。我想帮助你。今年的年假还没休呢,工作在这周也基本稳定下来了。我可以随时请假。本来我的工作也没那么重要,尽是些填表的活儿。"

"真的可以吗?"

"当然。"果步微笑着。我想起政美说过果步她很善良。这句话的意思是,我和政美都是有城府的人,而果步和我们不一样。

"接下来怎么打算?还要像这样去询问千笑的其他朋友吗?"

"不。我想先回东京。回那边再调查一下。"

"知道了。好,有事就联系我,虽然可能帮不上什么忙。"

"谢谢你。"

我突然有种想把一切全盘托出的冲动。

今天自己不回娘家的事,之后要回到站前的便宜旅馆的事,还有,我有秘密的这件事。

在心情紧绷时邂逅的点滴善意和温柔,让我想马上委身扑倒在这温柔中。

千笑她会怎么做呢?

如今也不知是否有人和她接触过。她偶然踏入的小店,住过的旅馆,这些都行。在那儿碰见的员工,在工作之余应该会和她搭话,像"今天天气不错啊""你老家在哪儿"之类。不得不承认,当透过语言本身看到了蕴藏其中的人情味儿时,那字字句句都会让人心软。能够抵御这诱惑,继续逃亡的人并不多见。

投案,按警察和律师说的做,比继续逃亡要好得多。

政美的话,在我听来像是一句悄悄话,我轻轻把手搭在右肩上。我们没有自己的想法,任人摆布,我们又在某时某刻毅然决然地独自做出决定。

十月十日

就在我快离开山梨县,在站台上等特快列车时,政美打来了电话:"瑞穗,现在手边有纸笔吗,准备记一下。"

她话音落下,我就听到了孩子发出的哭声。除此之外还有慌忙走动的男人们的声音。混杂着方言和强硬直接的说话声,政美肯定是在工作。听不出她昨晚玩儿了通宵,只觉得站在喧嚣的清晨中的政美比几年前更精干了。

她让我记下的是一个手机号。"我已经事先跟她打过招呼了,"她接着说出了一个女性名字,"及川亚理纱。她比我们低三届,在小千之前工作的建筑公司工作。也许是多此一举,但我觉得你可以找她聊聊。"

"谢谢你。"我非常意外,一时间没缓过神来。我把手机号记在笔记本上,又跟政美重复了一遍,最终道谢说:"昨天的事也要说句谢谢,政美你帮了大忙,咱们聊得也很开心呢。"

"是很开心呢。"她说,语句如此自然,让我吃惊。

我说起关于礼金的事,她"啊"了一声,笑了,说:"都说了不用。倒不如你写小千时,顺带把我也写上。一定要多往好了写。要好到能让我在别人面前炫耀。"

她像是被人咯吱般地出声笑了,我不知这话有几分真。伴随她的笑声,婴儿哭声更大更近了。"你可别自作多情。我们还处于绝交的状态。记住这次你欠我个人情。"她又简短地加了句,"没别的事啦。"马上挂断了电话。

只是不停聊天,像尽义务般地见见面——仅做到这些,不能算是朋友。我感慨颇深,自己已经到能明白这个道理的年龄了。

我把刚打过来的手机号加进通讯录,这是我头一次把之前删掉的号码再存入手机。

回到东京,进家门后我发现启太不在。不是周末,他不在家也很正常。我站在玄关,边这么想,边从肩头卸下大大的行李包。

房间比想象中整洁。睡衣搭在沙发上,桌上摆着好几个用过的玻璃杯,除此之外并无明显凌乱。

估计他都是在外面吃饭,其实就算我在家,他也会去外面吃。我这么想着,发现桌上放的便利店的塑料袋里装着好几双用过的一次性筷子,我感到了些许愧疚,原来他也没到外面去大吃大喝。

我丈夫所在的部门一忙起来连吃饭的空当儿都没有。下班回家后他总是很疲惫地躺卧在沙发上,而我大多是搜罗家里剩下的食物做晚饭。才离开短短几个星期,我已经快想象不出自己当时的状态了。我从行李中挑出脏衣服,连启太的睡衣一并扔进洗衣机。房间看上去挺干净,但衣物篮里的脏衣服已堆积如山了。

我回到客厅,看到电话传真一体机上的语音留言按钮正在闪烁。这是我工作专用的电话,启太从不乱动。我刚想听一下,但一看留言和传真加起来有二十多条,就一下子泄了气,扑倒在沙发上。不知其中有几条是我在山梨旅馆时中途转发过来的。

能听到洗衣机的运转声。

我把脸埋在沙发垫里,一会儿终于醒悟:生活一直都在这里等着自己。

我想和启太见个面再走。但也不能这么干等。飞机两点钟起飞。

解冻了速冻餐包,我边享用这份并不早的早点,边从桌旁的报纸柜里抽出旧报纸,确认内容。随后决定开始工作。我循着校正的标记确认,无意间目光停留在为女性杂志《CAPA》提供的校样上。这家杂志善于拉近与读者之间的距离,聘用了许多从大学到二十五岁之间的女性读者当模特。虽然对我来说,杂志的内容稍显幼稚,但工作还得继续。当杂志名映入眼中时,记忆像被触发般,我一下子想到了那件事。

我打了电话,责任编辑刚好就在编辑部。约好今天之内交回校样,我提出了一个请求,希望能约见几年前的读者模特——寺胁悠里。

"她当模特时我还没来编辑部,我可以帮你问问前辈和之前的负责人,你是想采访还是有别的事?"

"我和她老公认识。请您也告诉她我的名字,问问她是否可以见面。我想做个简短的采访。"

"当期模特我认识,随时都能介绍给你,非那个几年前的模特不可吗?"

"她和我是同年。文章中要写的是几个和我同一时代的人,把她写进来很合适。其他人不行。"我强调后挂了电话。

洗衣机的声音再次响起,让人不得不意识到房间的安静。也许是公寓的隔音效果好,或是这栋楼的地理位置好,在市中心能获得这一席宁静真是难能可贵。我对此心怀感激,结婚时就已铭记于心了,可是这些日子,我却放弃了这么好的环境,接连几周都出门在外。

和自己同一时代的人。

刚刚这句话是自己的信口开河。

我,寺胁悠里,果步,政美,还有消失的千笑,都是同年。我脑中浮现出"明暗"这个词,这个经常出现在报道和读物中的词语,只能让我联想到讽刺的语义。明处和暗处。

光从哪个地方发出,被哪个地方夺走。我清楚地知道,这生来就无平等,却还是抱有疑问。这之间的差距是从哪里产生的呢?

被爱的孩子就会得到幸福,这只是个幻想吧。千笑和我同年,父母对她倾注的爱要胜于任何人,她作为女儿,也悉数接受了这些爱。

接下来还有一件事要做,我单手拿着笔记本拨出电话。及川亚理纱,是千笑之前的同事。

"喂?"

"你好。我是神宫司瑞穗……"

"啊,你好。我是及川,政美跟我说了您的事。请稍等一下……好了,我刚刚在茶水间。"

听政美说她比我小三岁,但听到她话语明晰,毫不胆怯。礼仪端正,还会用敬语,这在当时的联谊成员中是很少见的。我提出有些事想问她,她爽快地答应了。

"希望能帮上忙。望月的事,我也很担心。"

可能是怕被公司的人听到,她在说到"望月"时压低了声音。我问她什么时候方便,感觉到她在电话那端点头说:"笔记本没在手边,没法确认日程。我改天再给您回电话好吗?"

我道谢后挂了电话。把衣服拿到浴室烘干,我在设置烘干机时,对下个目的地已心中有数。

"我已回过家。电话联系。瑞穗。"

我留下一张便签,走出家门。

在机场等飞机时,我给富山的婆家打了个电话。婆婆语调轻快,问:"是瑞穗吗?"

"很久没给您打电话了。不好意思,这段时间一直都在麻烦您。您现在时间方便吧?"

"方便方便。我现在在家,店里每周三休息。"

启太妈妈受雇于一家女装店,担任店长。那是家高端店,来的客人都是不惜重金,讲究穿戴的三十岁后半到五十岁的女性。在富山县,许多品牌只在她家的店有售,店面又紧邻车站,地理位置优越,生意很是兴隆。

"太感谢您了。启太其实也很想一起回家,但工作上真的抽不开身,这次就先我一个人回去。"

"没关系啊,热烈欢迎你啊,瑞穗!"

我告诉她飞机预计到达时间,挂了电话,拧开矿泉水瓶盖喝了几口水。比起之前和妈妈打电话,这次的电话在心理上的负担要少很多。

想不通自己为什么会对亲生母亲有了种负罪感,仅仅因为这件小事。

到了登机时间,我走进机舱。听着广播,找到靠窗的位子后马上坐下。从包里掏出文件夹,展开在山梨旅馆剪下的报纸。

"婴儿邮箱的是与非"。

第一次听说要设置婴儿邮箱,是我回到山梨,参加联谊最频繁的时期。之所以记得,是因为政美、果步和千笑都在聊这个话题,她们平时不读报,只在乎自己身边的事,对经济政治都漠不关心,但这个被媒体放在头版头条的新闻也传到了她们耳中。

我们家经商,爸爸订了七份报纸,每天早上要全部浏览一遍再出门。不知是不是受他的影响,我从小就养成了读报的习惯。政治经济,国际形势。吃饭时一家人经常谈论这些时政话题。

初中以前,我并没有特别意识到能不能和身边的朋友聊到一起。当时听到最多的就是来自朋友的抱怨和爱情故事,稍微沉重些的话题也就是学习了。升入高中,因为跟大学考试和面试密切相关,读报和关注时事变成了义务,进大学后,这些就像常识一样自然而然地融入了我的生活。我最终选择了自由写手这条路,但那些希望在企业就职的朋友都对时政很敏感,大家都有种无形的压力,觉得听不懂就会被嘲笑。

从公立初中到高中、大学,每个学校都是我自己选择的,所以身边都是志向相同、性格相似的人。学历就不必说了,连家庭环境和思维方式都不谋而合。

回到山梨县,再次见到千笑她们时,我吃惊地发现,她们毫不关心时政,对事物全然没有自己的看法。更确切地说,我是想起来了:她们和中学时一样,只对自己身边的八卦和娱乐新闻感兴趣。

她们不知道县议会议员和国会议员的区别,就算投票,也不知道是为选举投谁的票。她们感叹现状,口中声声说"不景气,不景气",却对萧条的成因不感兴趣,也不知道公司是否会受影响,能不能支撑下去。直到公司倒闭,才大肆抱怨。虽有了前车之鉴,却还会再找这类工作。

这样也能毫不费力地活下去。

在我身边,时间都好似停滞了一般缓慢流淌,我的一腔热血显得很滑稽。

"婴儿邮箱,我不知道是什么意思唉。是什么东西?可以这么做吗?丢弃婴儿不犯法吗?"

"呃。我完全理解错了,还以为是给人邮寄婴儿呢,给没有孩子的人送去个婴儿之类的。"

媒体对此多次重复报道,所以她们也开始谈论这条新闻。从这点就能看出来,"婴儿邮箱"这个名字很成功,有冲击力,能吸引人的眼球。

"为什么要选富山那么远的地方?既然要做,怎么不选在东京这样近点的地方?"千笑问。

"没错、没错。"政美她们也点头附和。几乎所有的时事新闻,我都能比别人多知道一些。和政美她们在一起时我什么都没说,但在回家路上，我回答了千笑的疑问。

"小千，婴儿邮箱是一家私人医院发起的，这所医院刚巧在富山。"

这是在千笑开车送我回家的途中。我们经常事先商量好，一人喝酒另一个人就负责开车。驾驶座上的千笑看着我，问："私人？"

"你是不是以为这是国家为新政策做的行政举措什么的？不是呢。只是一家民间医院自己定的方针，所以才有这么大争议。"

"是那家医院自己想出来的吗？"

"报纸上写到欧洲早有先例，但最完善的是德国，有很长的历史了。以前都设在修道院之类的地方。富山那家是天主教医院，本来就不做流产手术，这次是为了支持领养活动，作为领养活动的延伸。"看千笑似懂非懂，我继续说，"听说很久以前日本也有这样的医院，但最后被叫停了。"

"为什么？"

"当时是因为设施不完善，冬天放在里面的婴儿被冻死了，发生事故才停了，和这次不一样。"

"这次的医院没问题吧？"

"我觉得没问题。小千家订报了吗？报上登了好多医疗设备的照片。"

"嗯，我去找来看看。"

"你家人平时不看报吗？"

我没有讽刺的意思，但千笑却露出了苦笑，说："我家人可不像瑞穗你家人那么聪明。订是订了，但全家都没有读报的习惯。惭愧啊，没法儿和你家比。"

"你们家关系那么好才让我羡慕呢。"我回答，千笑马上"啊"了一声，离开方向盘，夸张地挺直了身体，说："我家关系才不好呢。

虽然聊得不少,但基本上都是些玩笑话,我觉得啊,一天下来,说正经话的时间连一个小时都没有。"

"说的就是,能开玩笑才厉害呢。小千,你妈妈连你谈恋爱的事也知道吧?"

"我怕她寂寞才说的。"千笑笑了。

像是算准了时间,她的手机恰逢其时地响了。"啊,抱歉。"千笑把车停靠在路边,取出手机接听。手机里传来她爸爸的声音。

"喂喂,我是喝多了的布拉德·皮特。"

"什么嘛,哪来的布拉德·皮特?"

我坐在副驾驶座上,感到四肢无力。之后笑了一下。

"回家太晚我担心啊。你现在在哪儿啊,我去接你吧。"电话那头这样说。千笑边说"没办法"边附和:"马上就回家。"

挂断电话,千笑噘嘴说:"爸爸可真是的。"但我却并未从中听出厌烦之意。我们俩那天推掉了后半场,提前离开了。千笑跟我说,第二天要一家三口去迪士尼,得起早。

"因为我爸妈想去。"她告诉我。当她想去告诉政美时,我委婉地建议她:"你就说你明天有事。"即便和政美起了争执,千笑也丝毫没想隐瞒。我很吃惊她这么心宽,却也希望她能保持下去。

我闭上眼。

"瑞穗,"千笑在叫我,"刚才那些关于婴儿邮箱的事。大家都在时你怎么没说呢。为什么只跟我一个人……"

我知道她在看我,但我没应声。我假装睡着了,手臂垂下去。耳边传来千笑的叹气声,她说:"我什么都不知道,所以很喜欢听瑞穗你给我讲的这些。谢谢你。"

出了机场,我看见婆婆正站在停巴士和出租车的转盘前,使劲儿冲这边招手。

"瑞穗,你来啦。飞机上人多不多?"

"今天是工作日,一点也不多。"

"你爸爸也盼着你来呢,这下总算能把家里的平均年龄拉低一点。"

启太家虽然有两个儿子,但启太的哥哥也在东京上的大学,毕业后也在东京工作。如今,在富山的梁川家只住着公婆二人。

我把包放在后排,坐在副驾驶座上。与启太眉眼相似的婆婆提出了邀请:"晚饭还早,想不想去泡个温泉?我们店有个客人开旅馆,不住宿也可以泡温泉……不过不勉强你,但那温泉真的不错。我第一次去时,看见休息区的座椅旁还贴着你喜欢的那个作家,呃,叫什么来着,总之是那个人在彩纸上的签名哪。好像在是离世之前来这里做过水疗。我还惦记着一定得告诉你。从这里开车稍微有点距离,怎么样,去不去?"

"行啊。"

"那就决定啦。"婆婆微微笑了。

婆婆店里的衣服品牌我妈妈也喜欢。初次见面时,妈妈非常喜欢婆婆。毕竟常与客人打交道,对我妈妈那些近乎自我吹捧的话,婆婆都能无懈可击地一一化解,妈妈对此大加赞赏。

倒车时,婆婆扭身确认后方,上衣下摆露出了格子图案。这件衣服的里衬有印花图案,那种低调和随意让人感觉很有品位。我妈妈也显年轻,但婆婆却更胜一筹。

"你父母最近好吗?"

"挺好的。最近没回去,但常打电话。他们还说找个时间邀请你们一起去旅行呢。"

"是吗，好期待啊。"

辅路两旁的店面和群山，与我所知的山梨县乡下几乎别无二致。要不是看到雪国特有的纵向排列的信号灯，我差点儿忘了现在是在外地。

我们从停车场沿石阶往上走，婆婆说的旅馆就在半山腰上。木质结构，房子也很新，不那么空旷，让我心生好感。应该是之前联系过，婆婆一报出名字，店里马上走出一位貌似老板娘的女性。年纪与婆婆相仿，藤色的和服穿在身上很是相衬。

"啊，堀田。这是我儿媳妇，今天从东京过来。我把她也带来啦。"

"真是贵客，感谢您远道而来。"

"您客气了。听妈妈说您这里很不错，我很期待呢。"

"真是位知书达理的小姐。"老板娘笑着说，随后她和婆婆两人单独聊了几句。我去了大堂，边喝着免费茶水，边找婆婆说的签名，却没找到，好像不在这儿。"一定要再光顾我们店啊！"婆婆的声音传来。话音既落，我们领了毛巾和浴衣向大浴场走去。

"这次和瑞穗你坦诚相见后，就轻松啦。"婆婆毫无忸怩地先脱下衣服，把毛巾挡在胸前，笑着说。

"我才轻松呢。"我笑着回答，为赶上婆婆的速度快速脱着衣服。

这是个露天温泉，正对着西边的大海。夕阳的余晖像是破了的蛋黄般慢慢渗出来，浓稠的橙黄色蛋液流到了海面上。

"怕晒吗？"婆婆问。我回答不怕，她满意地点头，又问："怕有人从山下或海上偷窥吗？"

"我相信这家旅店，当初建造时肯定会花心思考虑布局。担心就太多余啦。"

波光通透的海面上有渔船驶过。视线向下移，能看到稍远的礁石对面有豆粒儿大小的人影。婆婆边用毛巾擦脸边小声说："总算放心啦……上次和店里的一个年轻女孩子来的。她很在意呢。难得过来，没泡多久就早早地把身体遮起来出去了。挺扫兴的。而且她身材也没多好啊，就好像被人看见就会掉块肉似的。这么神经质，真是让人头疼。"

"嗯。"我在热水中活动着胳膊，也用毛巾擦了擦脸说，"确实有这种人呢。"

"嗯。所以我放心啦。女人之间的交往，都是在观察对方。我也是，如果对方胃口小，就会反省自己是不是吃太多了，看别人的妆容很精致，就会反省自己太懒散了，总觉得有些无地自容呢。"

"是啊是啊。"我边赞同婆婆的话，边想起之前被政美视作敌人的场景：她点了汉堡，我却没陪她吃。

可能因为是工作日，住店客人比较少。浴场好像只有我们两人，我四下确认是否有其他人时，婆婆告诉我："我和这儿的老板娘有很长时间的交情了。她是我们店的老客户。哎，但如今都不景气，买的东西越来越少，也是没办法的事。"

"您店里的生意也不太好做吗？"

"那是自然啊。经济一不景气，最先受影响的就是服饰类。生活上能省就得省对吧？虽然我做的是服装生意，但看到那些一件外套就要花十万日元的人，心里也会佩服她们真舍得花钱呢。这用老百姓过日子的心情是没法儿理解的。我头脑里要把价签标价都去掉一个零。我的客户啊，都是这些不一般的人。"

"但那些客户也渐渐少了吧。"

"所以啊，就要像这样互相照顾生意。今天我是客人。"

她像游泳那样"唰"地从浴池的一边移动到了的另一边。

婆婆店里的客人大都是阔太太。她们的丈夫是医生、旅馆老板或地方议员,来光顾最多的是弹珠店的老板娘们。婆婆曾经笑道:"因为娱乐场所和店面太少了,我们店才成了避难所。她们都说:'救急时就去梁川家的店看看,至少能有些像样的东西。'好像会临时受邀参加一些晚宴或聚会。说我家是避难所也名副其实,有很多正规寺院主持的夫人也经常来光顾呢。"

婆婆说,销售的诀窍是但凡来过店里的客人,哪怕只来过一次,也要认真对待,维持长久的关系。定期寄明信片,有手机号的就发邮件,甚至还要受邀陪她们去看演唱会和戏剧。我上次和婆婆见面,就是有客人约她去银座看歌舞伎表演,婆婆等对方时,为消磨时间我们俩一起喝了茶。

"育爱医院的医生是叫濑尾吧。"

"是啊。她太太也在那家医院当文员,明天我开车把你送到医院。"

"谢谢您。"

"现在舆论都在关注,好像这类采访挺多的。如果往好的方面写,院方也会积极对应,你提的时间刚好。"

"我一定会顾及您的面子。真不好意思,跟您提出这个不情之请。"

"没关系。不是工作嘛。"

我沉默,手臂在水里划着,故意弄出声响。"还不知能不能用上。"我心虚地说。婆婆也没有马上接话,怅然地望着海水,终于小声说:"看到你挺好,我就放心了……那时我虽然那么说,但如今对你来说,这或许是个挺好的题材。"

上个月我怀孕和流产。最高兴、最失落的是启太,紧随其次的估计是婆婆。启太的哥哥还是单身,我要是生了孩子就是梁川家的长孙。

最初我说要去育爱医院采访时,婆婆满脸惊诧,犹豫着问:"你是因为自己的事,才对这个感兴趣的吗?"之所以她小心翼翼地柔声问,是怕伤到我。我回答是。

我们泡了很久,都没来得及去客休区。坐进车,才想起忘了看婆婆说的那个作家签名,我俩相视而笑说,下次再来吧。

在车里,电话铃声响了。屏幕上是个陌生号码,显示来自山梨市外。我跟婆婆说了一声,按下接听键,原来是千笑的恩师添田纪美子。我内心期待着她是否想起什么了,把手机换到另一侧问:"您有什么事吗?"

"啊,对不起。千笑的事有什么进展吗,我一直都惦记着……想没想到她有可能去找哪个朋友?之前你不是说要去问问吗?"

这个回答令人沮丧,对方也希望听到更多消息。

"啊。抱歉。我正在找一些共同的朋友,但有的一直没联系上。有了消息我再联系您。"我说。

"不好意思啊。我挺惦记的。"电话那头添田的声音听起来也很失望,她好像有些焦躁,翻来覆去地说不好意思,"这么催你,真不好意思。今天早上气温突然下降了。我一想到千笑现在的处境就放心不下。"

确实,进入十月后,感觉白天变短了。车行驶在路上,我从副驾驶座往外看,富山也完全暗了下来,刚才夕阳夕照的景色好似一时的错觉。

"千笑来找我,我却什么忙都没帮上。"

我从她的话中感觉到了悔意,回答:"我明白。"学生也许是来求助和投靠自己的,而自己却不管不问地让她走了。多年从事教师工作的责任感让她无法原谅自己。

"我会再联络您。"

挂断电话，我强烈地感觉到，还有人在等待千笑归来。

我在梁川家吃过晚饭，时间尚早，于是回了卧室。

启太家很素净。也许是因为家里只有男孩子，有种和我家不同的稳重感。这么说来，我父母对待我和哥哥的方式也不一样。

因为我是外人，才会觉得这个家很舒服，才能无条件地说喜欢公婆。是的，因为我们没有住在一起。他们也肯定知道，只要距离近了，隐藏着的问题都会浮出水面。

我又想起那个决定，那个从决定结婚那刻起就藏在心里，现在看来有些愚蠢的决定。我是幸运的。这场以人生为赌注的赌博，没有让我落得凄惨的下场。

——启太不是挺好么。妈妈觉得啊，启太这样的人，瑞穗你嫁给他都行。

当时，我们两个当事人之间还没有任何感情萌芽。记得妈妈说出这句话时，我最初只有愤怒的感觉。放暑假时，哥哥带来的后辈中，他是学历最高最有礼貌的，所以妈妈当时就问哥哥，和启太的交情深不深，了解多少，启太在家里是长子还是次子，在公司里是否有发展空间。

还没问过本人的想法，妈妈就已经兴奋起来，沉浸其中了。她说："怎么样，瑞穗，你不觉得启太挺好么？"

我很反感单凭几个简单条件就对别人做出判断，就开始反抗说："我自己的事自己定。你别多管闲事。"

有所行动的是哥哥。

他看到妈妈的态度，就用很轻松的语气问启太："你觉得我妹妹怎么样？"

被人这么问，不可能毫不在意。我们从相互不感兴趣，半带强制性地发展为互相意识到对方。是妈妈那令人脸红的简单想法把我们拉近的。数日后，启太打电话约我吃饭，我没有拒绝。

十月十一日
高冈市内　高冈育爱医院
设乐鼎　院长
濑尾新一　妇产科医师

我在停车场下车，一眼就看见了这栋白色方形建筑物上的医院名。我曾在电视和报纸上多次见到这景色，之前一直感觉它处于风暴正中心，但在现实中，这所医院却与其他医院一样，除了早上能见到外来病患的熙攘，其他时间都宁静至极。

高冈育爱医院虽与婆家同属高冈市内，却位于最北边。从高冈站这样有商场和银行分行的市中心出发，坐电车要好几站，离最靠近的那站还有相当远的距离，想步行过去也没那么容易。交通如此不便，让人很难联想到这里有备受全国关注的设施。从远处带孩子过来的妈妈们，换乘多次之后还要走这么远。要是没车，真的是太辛苦了。

送我来的婆婆在接待台刚报上名字，就从亚克力隔板后面的事务所里传出一声冷漠的"啊"。里面的人和婆婆对视后点头说："已经和他说过了。"

濑尾夫人从隔板后走出来，马尾辫随意扎在脑后，只化了淡妆，眼影和口红的颜色都让人难以察觉。肩上搭的黑色披肩也皱巴巴的，一眼看去，完全想不到是婆婆店里的贵客。她和昨天旅馆的老板娘不同，丝毫没对婆婆表示亲近。

"早会有些延迟，可能还要再等会儿，但到诊疗开始前还有时间。我先带你们去门诊室，请在那里等一下。"她和婆婆简单打过招呼，淡淡地用例行公事的口吻说。我也站直身体，低头答谢。婆婆要回去了，她对濑尾夫人也只简单地打了个招呼。

对应外来妇产科患者的接待台在二层。上楼梯时她头也没回就开口了，语速很快："你想问的那件事，这三个月里没有人来这儿。"我抬起头，装作没听明白。她接着说："你之前想问，'天使之床'的人里有没有急诊孕妇。"

"是。我听婆婆说了。非常感谢您……"

"不好意思，我说的这些话能否对我丈夫保密？"

她那高压的态度和简慢的语调，把我的话噎了回去。我点头说："我知道了。"

"请一定遵守诺言。"她说。

真让人费解，我想。

面前这个冷淡、穿着朴素的女人，是婆婆店里贡献度最大的贵客之一。格子图案的新品服饰，但凡看上眼，就会毫不犹豫地尽数收入囊中，比旅店老板娘更有过之而无不及。据说他们夫妻二人开的车都是不同系的 S 级奔驰。

"妇产科医生稀缺，这所医院重金聘请了我丈夫""丈夫整日都忙于工作""所在的医院如今闹得沸沸扬扬"这些话她在婆婆店里不知说过多少遍。但那时的她却与如今站在这里的她不同，刚才婆婆待她的方式也充分说明了这点。

很多孕妇和小孩子在诊室前按顺序坐等着。有的是母亲或丈夫陪着来的,也有的并排坐着亲热地聊着天,不知是在医院认识的,还是本来就认识。

——我们做同学年孩子的妈妈吧!耳旁突然响起这个声音。

曾几何时,千笑问过,为什么要选富山那么远的地方?既然要做,怎么不选在东京之类近点的地方。之后我告诉她原因,她说很爱听我这些漫无边际的话。连我不经意说出口的只言片语,千笑也几乎都能记得。想到这儿,我感觉腿脚发软。

我走进诊室。

映入眼帘的是病床和椅子。医生的桌子,放衣物的小筐。

和我上个月就诊时去的妇产科诊室相似。只一处不同,这个房间的墙上挂满了孩子们的画。名为"せお　せんせい"①的那张画中,差点儿就超出了画纸外框的宽阔的肉色面孔上,用黑色蜡笔星星点点地画出了胡须一样的东西。

"这里也接待儿科患者。"濑尾夫人注意到我的视线,告诉我。我一眼看去,也有其他的画写着"谢谢您治好我的病"。濑尾夫人和护士们打过招呼就低头走了出去。

她刚出门,濑尾医生就出现了。他看上去年近五十。圆脸,戴眼镜。脸色不好,证实了他确实很忙,虽然没胡子,但胡碴儿很明显。稍稍矮胖的体形也和画中一样。

"抱歉,让你久等了。"

"初次见面,我是神宫司瑞穗。"

"我听说了,你想通过我太太的关系,对医院做个采访是吧?"

可能他天生没法儿在说话时和人对视,只在我递上名片时飞快

---

① 日文平假名的"濑尾医生",这里指小孩子还不会写汉字,只能写假名。

地瞟了我一眼，双方视线还未充分交流，他的目光已经移开了。

"这是资料。"濑尾从桌子下面端出一个小筐，里面堆着用订书钉装订的 A4 册子。他从上面拿一本递给了我,对着电脑坐在椅子上。

我的视线落在资料上。

册子是彩打的，印着"天使之床　概要"几个字，Gothic 字体，恐怕是某次会议上放映的幻灯片随便打印出来的，时间应该是导入设施后不久，内容看似都在报纸和电视上报道过。

"除了这上面写的，你还有其他想知道的吗？"我翻页确认时，他突然问。

濑尾的脸仍然对着电脑，手却在桌上笔走蛇龙般写着什么。我知道他是在充分利用一切空闲，处理一些与我无关的紧要工作。他攥着圆珠笔的手绷紧着，显现出病态的苍白色。

哎呀。我心想。

白大褂袖口处隐约露出被抓挠过的痕迹。他神经质地不时用手指摩搓一下那里。

"是烧伤。"我本来是无意看到，却挨了他重重一句，仿佛是在警告我。看我抬起头，他才瞟了一眼我的名片。"神宫司,瑞穗小姐。"之后哼出一声鼻音，"神宫司，这个姓氏很少见吧？"

"我老家在山梨县，这个姓氏在那儿很常见。"

"失礼了。和我以前喜欢的小说主人公同姓，才这么问。现实中还是第一次见到这个姓氏的人。在这边基本见不到这个姓。"

不管是什么契机，只要他对我表现出兴趣，就是好事。"是啊。"我随声附和，摆正姿势。

"你很年轻啊。"濑尾说，他的目光从我身上掠过，声音听起来微微含笑。

话已到口边，我又抿起嘴，舌头舔了舔嘴唇，问道："'天使之床'会被关闭吗……我听说第五年要重新做规划，早的话年内就要关闭。"

"谁说的？没有啊，没有那样的计划。"

"从初期就有人质疑这种设施是否有悖道德，如今这类质疑更多了。说投入了庞大的运营成本，实际却没人用。"

"你是个相信报纸的人哪。这些你是在哪儿读到的？《每朝》？《东经》？"

听婆婆说他对采访还是持积极态度的，但关闭的话题也许还需慎重些。我看了下墙上的挂表，八点四十五分，他应该是从九点开始接诊。

"对不起，时间到了。如果这份资料和报纸的内容够用了，今天能不能就到此为止？"

"我想帮助您。"我继续说，"请您别误会。我来这儿不是要写文章质疑设施存在的必要性，而是为了求您继续保留设施。"

濑尾抬起了头。虽然面无表情，但这是他第一次认真打量我。

"我认识很多单身妈妈，因为经济和精力不允许，没法抚养孩子。我身边也有，真的很常见。也许有一天我自己也会走到这一步，这一点儿也不奇怪。我就是这么想的。"我接着说。

"你有孩子吗？"他问。

我知道他的视线确认了我手上的戒指。我回答："还没有。"为了能跟他拿到一切有用的资料，我又追加了一句话。我知道，追加的这句话一说出口，就会令自己陷入自我厌恶的泥潭中，但我还是说了："虽然一直努力想要。但由于体质原因，一直怀不上。"

濑尾什么也没说，还在抚摸抓挠着手上的烧伤。

"我觉得'天使之床'很有必要。虽然现在只有富山这一处，但迟早都会在全国普及的。第一家只历经短短五年就要被关闭，会让人觉得是件憾事。我不希望这件憾事发生，所以想写些文章和书，看看能不能……"

濑尾把手中的圆珠笔顶在下巴上。我不知道他在想什么。他叹了口气，终于开口，像是在苦笑。

"哪有那么简单。如果那样就不用劳神费劲了。"

"可目前为止，还没有文章对'天使之床'的存在表示积极肯定，这也是事实吧？"我一口气说了下去，"能不能让我来写。不是围绕整个社会的伦理观，而是以我个人的视角。可能没有那么大感染力，但我觉得肯定能影响到那些与我同龄的女性。"

临近接诊的时间，布帘的另一侧开始喧哗起来。护士们交错穿行，脚步飞快。

濑尾沉默着，像是在思考，脸又转向桌子。我刚想他是否会说些积极的话，但看到他把桌上装满资料的小筐又塞回桌子底下，我心里很失望。

弯着腰钻在桌子底下时，濑尾开口了："首先，运营成本没你说的那么多。"我抬眼看。濑尾直起身，弹落白大褂肩上的灰尘，"设施本身并不会带来多重的负担。沉重的是我们为对应媒体关注时所耗费的人力和工时。"

他斜眼看着我，似乎在说，就是你这种人。

"具体来说，你想写什么呢？你究竟想知道什么？"他接着问。

"我想采访把孩子放在'天使之床'上的母亲。"濑尾的表情僵住了，又冲着我动了动脖子。我目不转睛地盯着他。"当然，匿名也可以。比如，她们是怎么知道'天使之床'的，为什么把孩子放在那儿，如今又是怎样的心情。"

听到这些，濑尾笑出了声。他大声笑着，似乎之前的面无表情都是装出来的。也许他平时也很少发出这种笑声。布帘对面的护士停下脚步，脚尖冲着这边，似乎很讶异。

"这做不到。"止住笑声的濑尾突然斩钉截铁地说，"'天使之床'就是为了让人匿名寄养孩子而存在的。"

"我听说床上都会放一封信，写着如果想抱回孩子，就请相信我们，随时联系之类的。"

"是放啊。但这五年来，为了接回孩子而出现在这里的母亲，一个也没有。"

"一个也没有吗？"

"是的。你的采访对象一个也没有。"

九点整。隔壁诊室开始忙起来，传来护士的声音："某号患者！"和以前不一样，现在不直接叫姓名，而是采用叫号的方式。

"原来如此，你的视角就是想重现个人的故事吧？"

又是一副讽刺的腔调，但我觉得这就是他的惯用语调。濑尾的眼神与最初时判若两人，现在已经带有了明显的表情。

"这也是个不错的写作方向。确实，如果通过情感故事明确地说出救过谁，或许能有些你所谓的影响力。还能让人们理解，说到底这个设施就是为了救急。"

"实际被寄养的孩子有几个……"

"资料第五页。"

濑尾回答，不时留意着时间。我急忙翻到第五页，上面是这五年间"天使之床"收容的新生儿人数。第一年多达十三人，之后逐年减少，去年是三个人。图表下方有一行粗体注释：不针对个别事例进行评论。

"如果真有父母来认领孩子，也不允许采访。虽然有些遗憾，但匿名性是'天使之床'的最大优点，绝不能破坏这个原则，所以我不能告诉你孩子父母的情况。"

"我还能再问个问题吗？"

"请。"

"我还有话，很想对院长和您说。您能帮我向院长引荐一下吗？"

濑尾眨了眨眼，好像是被吓到了。

"拜托您。"我起身低头，对表情困惑的濑尾又重复了一遍，"拜托您了。"

关上院长室的门，我长出一口气。

我走出医院，站在停车场中，抬头仰望这座建筑物。

医院门口，早晨的喧嚣总算归于平静，日头升高了，阳光下，拎着药袋的患者从里面走出来。还能看见一步步走得很吃力的孕妇。

我深吸了一口气。

这所医院是我最后一根救命稻草。如果连这儿都不行，就只能放弃——最初我做出了这个决定，才动身来这里。反过来说，我已经下定决心，在自己力所能及的范围内做所有能做的事。

来时是婆婆开车，一下子就开进大门了，没注意到停车场入口和大门都立着指示牌。在写着"夜间通用入口　请依照箭头指示"的旧指示牌旁，有一块稍新一些的小牌子。

　　天使之床（婴儿邮箱）

文字下面除了指示方向的箭头，还画着一个全身赤裸，长着翅膀，头上有光圈的天使。

往前走，就看到夜间通用入口不远处，有个正方形金属材质，是个类似抽屉的物体。颜色是让人感到温暖的黄色，上面也画着天使，还写了一句话。

"给您的宝宝留下点东西吧！"

我看见这行字，鼻腔深处毫无征兆地突然疼了起来。视野开始变得湿润，我马上咬住了嘴唇。"东西"——是父母来认领时能证明亲子关系的东西，也是之后这孩子一直珍藏的东西，是自己有父母的证明。

我抬起头环顾。

据说这里没安装摄像头。我看见高大的樱树随风摇动，枝叶发出"沙沙"的声响。现实中，真的会有父母把孩子抱来这里。

我吸了一口树荫下的空气。现在是十月，而这里的空气，却有夏天不意闯进寒凉场所时那种特有的味道。

我离开医院向最近的车站走去。据说最近的车站也要步行四十分钟。我想实际走一下这个距离。

也许是离高冈市中心较远的缘故，这里的街道偏僻而寂静，街道的名字叫"站前大街"，连自动贩卖机都一直坏着没人管，里面躺着一罐旧包装的可乐，被阳光直射着。

我边看边走，突然想起在医院手机关机后一直没开机。开机后，刚想确认有没有电话留言和邮件，手机就闪烁震动起来，提示有未接来电。对方是"柿岛大地"。

在有干燥沙子气味的小吃街，我缓缓吸入一口气，急忙打开语音信箱收听留言，这声音我有印象。

"……瑞穗？我是大地。"话语中有明显的不耐烦，之后是犹豫不决般的沉默。之后似乎硬是咽下了想说的话,一语不发。一会儿终于又开口:"再电话联系。"声音很不高兴。

听完留言,我马上拨打他的号码,那个近一个月我每晚拨打却毫无反应的号码。等待音响了三次之后,这次竟然接通了。

"——你好。"

"喂,大地?我是瑞穗。"

我感觉对方倒吸了一口气。他也许正在工作。我听到周围有人声。大地把声音放低,向安静的地点挪步。

"谢谢你打来电话。"

"玩笑开大了,瑞穗。"他苦笑着说。笑是因为想大事化小。虽然感觉到电话那边传递过来一种被卷入到麻烦中的焦灼感,但我不能再放过他了。

"我说,什么时候能见个面?现在见面的话,对你绝对有好处。"

"你想联系我老婆,这不是违反规则吗?"

"和你这么认真地说话,还是第一次呢。真心觉得从一开始就应该像现在这么做。"我接口说。

——你最近和大地有联系吗?

千笑的邮件只这一句,来得极其突然。

那时我和启太订婚,刚来到东京。不管多小的活儿,我都不假思索地接下来,稿也交得早,再加上来东京后交通更方便,找我约稿的工作渐渐多了起来。那时,千笑和大地分手大概三个月左右了。政美婚礼后,我俩一直没再见面。

我没有多想,写了一些自己的近况,回复了她。

"好久不见!最近好吗?没正式告诉你一声,我现在搬到东京和他一起生活了。抱歉没早跟你汇报。下次有机会来我的新家玩吧。我和大地后来没联系，原本我们关系也没那么好，不会那么频繁地联系，我也不知道他现在怎么样了。"

其实当时很想写"见个面吧"，约她见面，但想到千笑心灵的创伤肯定还没愈合，从邮件看她还很在意大地。我觉得只有时间能疗伤，就打消了和她见面的想法。

千笑马上回复了。

"真的吗？真的没有联系吗？"

还是只有一行字。对我搬家和近况也没有任何回应。

难道大地换了手机？也许千笑是想知道他的新联系方式。但大地和我的交情已是过去式了，我不可能知道他的号码。况且，我觉得千笑最好忘掉大地的事。

"真的没联系。大地的事，都是小千你和大地交往之后听你说起的，我们从不直接联系。连工作调动的事也不是听他本人说的。"

"真的吗？你老实回答我好吗？一切联系都没有吗？调动的事，你听说过什么？"

"你说他要调回东京本部。"我有些不耐烦了，简短答复她。

我心中有些焦躁。自己说过什么难道都不记得了？刚发出，千笑立刻回复了。

"对不起，我说了这么多奇怪的话。请你别告诉任何人，关于我问过你这件事，还有大地的事。之后无论我和大地发生了什么，都别跟别人说。"

我目瞪口呆。

这不像千笑的一贯风格。我该怎么回复这条表情很少，距离感和状态明显异于平常的邮件呢，我一瞬间犹豫了。

"我不会说的。放心，相信我。"

"把这件事当作两个人的秘密吧。当作我们俩从政美婚礼后就再也没联系过吧。"

"我真的不会说。没关系，放心吧。"

本能告诉我，简单一句"你怎么了"是万不可问出口的。

若是政美，或许会问出这句话，但我不会问。我不是不想知道真相，而是有种感觉，隐藏在邮件背后的"那件事"是一颗危险易爆的炸弹，会让千笑绷紧神经，认识到现实。如果我问了，她肯定接受不了，号啕大哭。

我只能重复这句话。千笑似乎破罐破摔了，邮件犹如雪崩一样愈发汹涌。不等我回复，她一连发来好多封邮件。

"求你答应我。近期不要见面，不要联络。好不好？"

"对不起，问你一些奇怪的问题，突然给你发邮件。但这很重要。也许对瑞穗你无所谓，但对我来说十分重要。"

"政美、果步、惠理……还有那些没提到的人，我们的朋友，谁都不要说。"

我真的开始焦躁了。为什么你一直忘不了那个男人，执意不肯向前看呢。干吗要把我卷进来呢。

我只能尽量语气平淡地回复邮件，我知道该这么做。如果打电话，只要一句没控制好，她就会爆发。虽然我不知她怀揣什么秘密，但也不是完全想象不到。无论什么事，无疑都会让我感到压抑。我没有精力去安抚爆发后的千笑。

我的世界不只有你们。我有工作，也有未婚夫，有东京的朋友，也有自己的新圈子。我与千笑你不同，绝不会去祭奠已经消失殆尽的东西。

因为生气，才不会给对方机会。我只是单纯地重复："我不会说的。我向你保证。"我不知道发生了什么，也没有问她。

"无论我和大地今后发生了什么，也不要告诉别人。"

看到她的邮件，我想的是，这种事用不着千笑你多嘴。

千笑的邮件持续到深夜，我没有再回复，第二天也没有收到新邮件，我只回复了一句"了解"。

千笑如此拼命地疯狂发邮件，这甚至让我觉得，她也许再也不打算见我了。老家离得再近，只要想躲开就真的见不着了。

虽然我感觉到悲哀，觉得她可怜，但也没有办法。

那段被大地"选择"的回忆依然温暖着她。所以，朋友、友情和忠告对千笑丝毫不起作用，甚至比不上一根火柴的热度。

我一直都这么想，但在几个月后，这些想法被全然推翻。

那天，我在银座偶遇了大地。

准备婚礼请柬时，我犹豫着，最终还是寄给了千笑。

邀请的朋友基本是大学同学和同事，山梨县的朋友只请了她一人。因为列宴请名单时，妈妈问我："也会请千笑吧？路费的红包，应该给她包多少合适呢？"

我没邀请政美和果步，婚宴上也没有其他千笑认识的人出席。而且自从上次发邮件，我们已经两年没联系了，我觉得有些尴尬。

但看妈妈的态度，我还是给她寄了请柬。如果她不来，就没办法了，我们从小一起玩儿，父母又都认识，若是结婚没打个招呼，她知道的话心里会不舒服的。

千笑当天准时参加了。但那天我只顾拼命忙自己的事，只和她说了几句不痛不痒的客套话。

我的婚礼后一个月左右,也就是今年四月初。

就在案发前不久,我收到了千笑发来的最后一封邮件。

  瑞穗,那个约定,你还记得吗?明年三月份之前就行呢。

只有这短短一行。

还是大地的事啊,我心烦意乱,不想回复。

我会遵守约定替她保密,而且事到如今,我还能跟谁说呢。婚礼那天,虽然没说什么话,但看上去她已经不像以前那么痛苦了。我看到她的精神状态比想象中好,本来都放心了,但现在她怎么又折回原点了。

我只有一点疑问,为什么提醒我守约还要在后面加个期限呢,但马上又觉得不用太纠结,那些神经兮兮的规定本来就只有千笑自己才懂。我想,等过段时间再打电话过去问问情况,到了这个年纪,身边轻度抑郁和接受心理治疗的人也不少。如果有必要,我也想好好和千笑聊聊,让她也去看看心理医生。

我接到妈妈的电话是三周后的事,她的声音听起来十分苍凉。

"瑞穗,出大事了。望月妈妈她……千笑她失踪了。"

"什么时候见面?"

大地沉默了一会儿,说了个日期,是在下周。"我求你了,"他又无力地说,"本来就和我没半毛钱关系。你联系悠理,可真把我吓得够呛。她当真了,说现在不做读者模特,这种工作少了,正全心准备接受采访呢。你不觉得她很可怜吗?"

"只要找到你了,我就不会再去找你太太说什么。"

"快取消了吧，采访她的事。"

我没有回答，确定见面的时间和地点就挂了电话。后背都是汗水。把手机装起来时，我深深地叹了一口气，像是从全身发出的尖叫。

十月十三日

启太来接我，我们一起在富山过的周末。

在公婆钟爱的寿司店和荞面馆吃过饭，又去了另一处能当天往返的温泉。泡完温泉，我们在浴场的树林里散步。温泉浴场的小树林里有条简单的路线，供客人步行。

启太的父母在休息区喝茶。我和启太两人穿着浴衣走在寂静的树林里，他开口说："夫人，好久不见哪。"

单薄的胸脯不太像男人。虽比我高那么一点儿，但体重也许比我还轻。他真的很瘦。

就算表情严肃，就算生气，也总让人感觉脸上洋溢着温和的微笑——我喜欢他这点。初次见面时，我心存疑问：他这种超凡脱俗的祥和究竟从何而来？记得当时觉得他像个容颜不老的仙人或是精灵。

"抱歉啦。"我答。

树林里有个足浴池。暮色中灯火朦胧，柏木池中一汪浅水。一个人也没有，只笼罩着一层白色水汽。

"有成果吗？"

"算有一些吧。真的很感谢妈妈帮忙联系。"

我朝足浴池走去，脱下客用木屐，单脚站着，用脚心去触碰水面，像是要踩上去那样。

能看到温水中细小的沉淀物和水泡。启太也站在我旁边,学我的样子。

那家伙就是有点矮。我想起当时哥哥这么评价启太,妈妈听到后横眉立目地训了他一通,说:"所以像他条件这么好的人才能留到现在,才能让我们遇到。瑞穗该庆幸呢。"

"瑞穗,还记得结婚时对我说的话么?"

"哪句?"

"你说这次婚姻是一次自爆式恐怖袭击。"

启太的表情和声音都很平静,我读不出他的真实想法。足浴池里反射的黄光晃在他瘦削的脸颊上,像是在来回滑动。我苦笑。

"记得啊。你竟然真敢和我结婚呢。启太你真是个怪人。"

"因为我觉得防恐、反恐也挺有意思啊。瑞穗你才更奇怪,心里想的全跟我坦白了。"

"但事实上,启太你不是也没被吓跑么。"

是我运气好,我想。我抬头仰望树林,也许是浴池的灯光太亮,来时路上还能清楚地看到树木的枝杈,现在已看不太清了。闪烁在头顶上空的星星数量随着天空的黑暗程度而增加。

钦点了启太的人,是妈妈。

所以我选择了启太。我放心了,因为我可以把一切都归咎于妈妈了。这个人是妈妈选中的男人。就算今后婚姻不幸,我可以向妈妈追究,让她负责,也可以责骂她。

这么一来,就不会发生另外一种情况了——我选了妈妈不中意的男人,让她认为这是所有不幸的根源,被她责骂。我当时这么想,以一种近乎报复的心态接受了启太的邀请。

但没想到的是,我和启太竟非常合拍。当聊到成长背景,看过的书和电影，感兴趣的事物时，感觉很开心。我最喜欢他接话的方式。他先稳重地点点头，之后总能干脆而一针见血地点出最核心的内容。我喜欢他这点。当自己有所觉察时，我开始一次又一次地找他聊天。关于妈妈的事，我也只和启太一人说得这么详细。我跟他坦白时，心中已经有"非君不嫁"的想法了。想到连自己内心最深处都被他看到了，就不再胆怯，跟他说了"自爆式恐怖袭击"的事。

"我们不自爆，可以吗？"婚礼前，启太问。

"如果说不幸的婚姻就是对你妈妈的恐怖袭击，那就不引爆，好不好？因为不值得。瑞穗你真会撒娇啊。说要自爆，却慎重地选了个肯定不会发生悲剧的地点。"

我苦笑，那时我回答的是"我知道"。

一个不小心，真的喜欢上他，离不开他了。也因为对方是他，我才会那么想要孩子，要不上孩子时才会那么懊悔。

选中他的人是妈妈，这是我现在的心结。当初订婚时，每当幸福地依偎在启太身边，我都会在意妈妈的目光，她都在微笑地看着我们。婚礼前夕，我从心底希望提早搬去东京，只有离开妈妈，才不用在意她的目光。到启太身边，两人过幸福的小日子也挺好——妈妈也这么想，并逐渐接受了。

为什么当时我会那么做？

为什么我大学一毕业就搬回了山梨县？为什么听了妈妈的话回到她身边生活？为什么会产生选择启太当作自爆式恐怖袭击的想法呢？总是选择时机已过，才去追问。而在当时，我却深信自己所选的就是独一无二的答案。

启太即使面无表情，嘴角也是放松而缓和的。他低眉顺目，我看着他眼角的发际线，心底萌生出一种不可思议的感觉。我觉得，如果不是通过妈妈介绍才认识他，如果我直接把启太带回家，妈妈是不会认可他的。

"你都不管我，瑞穗你这段时间就只顾着千笑哪。"启太说。

虽然是抱怨的语气，但表情和刚才一点儿没变。实际听上去像是在说怎么着都行。他像是要读出我心底的想法，抬起眼睛开口问："千笑，是咱们婚礼时送的红包里还装了张印花卡片的那个女生吧。我想起来了。就是带刺绣那个。"

"刺绣？"

"嗯，你不记得吗？"

我忘得一干二净。卡片本身、写的内容还有上面的刺绣。启太夸张地皱着眉说："哎呀呀。你可太过分啦。不过瑞穗你有时确实会这样哪。"

"启太你才是，怎么记得这么清楚？"

"你回娘家时，我想起来还有这么回事。绣得很漂亮，回去后你也看看吧。"

"好。"我点头，下一个瞬间突然安静下来。

启太小声道歉说："对不起……瑞穗你回的是山梨县，不是娘家。"

"就别分那么清楚了好不好，我听着难受。"

"啊，再次道歉。"

我不知他是不是真想表达歉意。我们原路返回和婆婆他们汇合，途中我对着他的背影说道："再等一下。"先我一步的启太，从石阶的下方回头朝上看。

"无论如何，我都还想再调查。"

"我没说不行啊。"他语气温柔，白色纤细的脖子和蓝色浴衣十分相称,"对瑞穗你来说,这似乎是件必须要做的事,我不会多说什么。"

"我希望小千平安无事。"

望月家的事,今后别人怎么说怎么写,我不得而知。但我知道自己无疑是最想知道的人。我不希望别人比我知道更多,不希望让别人去写。这是我自身的问题。

"所以我不会阻挠你。"他说。

我觉得他对妻子提出的要求明显降低了,因为我之前受到了流产的打击,又出了千笑这件事,他给我自由多半是出于安慰。

启太把手伸给我。我被热水打湿的脚面突然感觉到一阵凉风。雪国的十月,穿浴衣到这种地方散步——只有欠考虑的游客才能做出这种事。启太轻声打了个喷嚏。"咱们回去吧。"我说,胳膊抱在一起,追上了他的脚步。

妈妈训斥我时,地点肯定选在琴房。

"瑞穗,你过来。"

一听到这句话,我就胆战心惊,心里七上八下地想今天又做了什么错事。明明觉得不是自己的错,但不知从何时起,我身上惹妈妈生气的没出息的地方越来越多,我总在破坏规矩。

外套弄脏了,成绩下降了,东西弄丢了,打招呼的声音太小了。

视力下降了,长虫牙了,感冒了。

每次,我无一例外会被叫进琴房。

在千笑家喝可乐,被妈妈发现那天也一样。

从望月家回来的路上,妈妈说去买东西,顺路去了附近的便利店。她平时不会去那家店,说有熟人在店里打工,嫌见面还要打招呼太麻烦,才有意回避,但这次却特意去了。我抽泣着,知道自己的哭声会引人侧目,让妈妈难堪,所以憋住哭声,低着头站在店门口。

那天,妈妈在琴房里一遍遍反复说明可乐的可怕之处。

喝可乐,骨头会溶化,牙齿也会溶化。只要往头上浇三瓶,头发就会干枯毛躁,会脱落,最后变成满头白发的老太婆,头皮也会溃烂。她在两个小时中不间断地讲述种种恐怖的情形。我吓得哭叫起来。

在妈妈看来,可乐对那时的我就像硫酸一样。我被训得不知所然,哭得意识蒙胧。碳酸发出的嘶嘶声,好像在头脑深处回响。

"懂了吗,瑞穗?"她问。

我点头,不断点头。

"没有,你不懂。正因为不懂,你才会去做。好,你过来。"

在浴池里,她把可乐浇在我头上。不知这件事妈妈是否还记得。

我的眼睛很痛。无法呼吸。但与此相比,我更害怕自己的头发会溶化,变得满头白发。"我再也不喝了!再也不喝了!"我边哭边道歉,但妈妈却没有停手。在便利店时,她还和那里的阿姨谈笑风生,笑着用这双手买回可乐,而现在……我一想到这些,身体就不住颤抖。我真的困惑了,她究竟是谁?

我不知道她一共开了几罐可乐。

"把衣服脱了。已经湿透了,没法穿了。"把我的连衣裙扔进垃圾袋里时,妈妈说,"你看清楚了。好好记住,这是因为你才扔掉的。"

哥哥和爸爸回来之前,家里只有我和妈妈两人,气氛很尴尬。我换了衣服,横躺在房间的床上,把枕头压在脸上。

"我们回来啦。"传来了哥哥和爸爸的声音,过了一会儿,妈妈叫我去餐厅吃晚饭。

"今天是瑞穗喜欢吃的汉堡肉饼哟。"妈妈微笑着说,然后看向父亲,"今天啊,我对瑞穗发火了。一直跟她说碳酸饮料对小孩子身体不好,她却在望月家喝了。"

"望月家?"

"就是,那个,千笑。"

"啊。"

父亲点点头,表情上看不出是否对此感兴趣。我盼着他能替我说句话,他却什么都没说。虽然哥哥说"我倒是挺喜欢碳酸饮料",妈妈却充耳不闻。

"虽然我很生气,鉴于瑞穗已经完全理解我的良苦用心了,今天的晚饭就是奖励。好吃吗,瑞穗?"妈妈的声音很温柔,软绵绵的,和她生气时完全不同。我放心了,完全举手缴械。我很高兴,因为妈妈不生气了,我很感激她。

"嗯,好吃。"

我的食欲一点儿也没减,反倒更旺盛了。

饭后帮忙洗碗时,我在厨房的分类垃圾里看到了今天的可乐罐。和在千笑家喝的不一样,不是红色而是白色的。我问哥哥,他告诉我:"这个啊,是健怡可乐。"

"健怡可乐?"

"比普通的可乐味道淡一些。"

我最担心的是自己的头发变白脱落。之前一直担心头发真白了怎么办,这下理解妈妈的苦心了。这样啊,健怡可乐。妈妈一定是特意选了不会伤害我的那种。

头发平安无事,我也没有讨厌可乐。只是妈妈要求我,不许再吃千笑家给的零食。但我破坏了这个规矩,还会去千笑家吃甜点心,时不时也会偷偷喝点儿可乐。

过了好一段时间我才知道,班里同学的妈妈都管我妈妈叫"教育妈妈",还说瑞穗会很多特长,"家境好",她哥哥没去公立学校,要去私立中学读书……难怪呢。

妈妈对此很敏感。她一听到传言,马上就找我和哥哥反复确认,"妈妈才不是教育妈妈呢""妈妈一次都没逼着你们学习吧"之类的话。

那些话她确实没说过,我也点头。妈妈做的,是在我成绩下降时露骨地表现出失望,叹气说:"我一直觉得瑞穗你没这么笨。"是把我叫到琴房,像骂我视力下降和长虫牙那样骂我;是说觉得我恶心,低头往垃圾桶里吐唾沫,所有这些只针对我一人而不针对哥哥。为什么?我不知道。

在琴房的说教,一直持续到我升小学四年级那年。

那时,每月一日要把修学旅行和滑雪培训班的钱交由学校预存,但有天早晨,我发现自己要交的钱不见了。昨天妈妈给我的一千日元也没了。

爸爸和哥哥出门前都帮我一起找,妈妈却在责骂我。她早上一直发火说我没有管好自己的东西。可是,我记得明明就放在书包里。昨天明明都还在。

我边号啕大哭,边毫无头绪地到处找。时间终于到了,爸爸和我们兄妹再不走就要迟到了,妈妈让爸爸和哥哥先走,说:"我和瑞穗来找。"

像是被人拽着后脑勺的头发般拼命扭头看我的爸爸,和错过了社团晨练活动一脸不满的哥哥,两人走出玄关,刚关上门。妈妈马上又把我带到了琴房。她说"好",然后从自己包里掏出了存折和夹在里面的千元钞票。

我目瞪口呆。妈妈昂首挺胸,说:"因为你平时都没好好管理,为了让你吃一堑长一智,才试探你一下。瑞穗,以后要好好管理。"

这是哪门子试探?

这肯定不属于虐待。这个词语和概念,都无法进入我的世界。我妈妈在看关于虐待的报道、节目和电视剧时会流泪,边说里面的孩子可怜,边对我和哥哥说:"你们讨厌那种家庭吧?你们生在这个家里,生在我这里,真是太幸运了。"

千笑被留校时,我独自走在回家路上,经过她家门口。看到阿姨穿着农作用的衣服,在院子里用水管给草木浇水,我问候:"您好。"

听到打招呼声,阿姨一下子看到了独自一人的我。她把水管关掉,打开玄关的门,迈出一步站在路上。叫我名字"瑞穗",然后慢慢地抱紧我。

"瑞穗,没事的,啊。"她突然对我说。

我并没觉得自己绷着脸,也没觉得自己很不幸。但在千笑妈妈眼中,我明显背负着某些不幸的事,这令我全身发热。阿姨的体温和宽大的肩膀,紧抱着我的胳膊,向我传递着热量。

"我喜欢瑞穗。你是个好孩子,挑不出半点毛病。"她这么说。

空空的大脑阵阵发麻。我知道:绝对不能说。

阿姨现在紧抱着我,跟我这个别人家的孩子说这些话的事。

妈妈把我叫到琴房的事,她会因为一些奇怪的事发火的事,全都不能跟任何人说。我不知道为什么,但我知道不能那么做,每件事说出去都会给人添麻烦。

"谢谢您,阿姨。"我回答。

小千，为什么？

我想。

为什么你要杀死妈妈？为什么这件事没有发生在我家，却发生在你家？被女儿杀死的，为什么不是我的妈妈，而是你的妈妈啊！

十月十八日

东京都品川区　酒店大堂

柿岛大地　千笑的前男友

出乎意料，大地比我还先到，已经在座位上了。

离约定的时间还有五分钟。我从远处看见他坐在酒店大堂里，与和千笑交往时相比更不羁了。量身裁剪的西装很衬他，发型和胡碴儿也似乎在模仿明星艺人，看似漫不经心，其实却很讲究。他没用手，嘴直接叼着吸管喝冰咖啡，弓腰玩手机的姿势像个孩子。

要是他发福，或是变成秃头就好了。

让千笑放不下的他，若是一副被万人抛弃的落魄相，倒还不会让我反胃，但他却打造了一副威风抖擞的皮囊，全身从头到脚都令我厌恶。

"好久不见。"我走到正对面打了声招呼，他才发现我来了。

他抬起头，"啊"了一声，露出的笑容像是画上去的。"咱们有三年没见了吧，瑞穗？"

"两年零一个月。"

"哈？"

"从上次在银座跟你擦肩而过算起，两年零一个月。"

"啊啊……那次啊。"

大地点头,好像那并不重要。真不知怎么能让他那副镇定的笑脸消失。我皱着眉,坐在他对面。

——不管大地和我今后会怎么样,都请别过问。

千笑狂风骤雨般的邮件过后。大概过了三个月,我在银座的御幸大街上与一个西装革履的男人擦身而过,他突然看着我停下脚步。

那是下班路上,我走出出版社大门,把拿到的资料放进书包,正向车站走的途中。

发现有人回头,我也停下脚步。让我吃惊的是,站在那里的是柿岛大地。身后跟着的像是同事。

"瑞穗!"

"吓我一跳,真巧啊。"

"嗯,怎么,你现在回东京了?"

"嗯。大地你是从去年就调回本部工作了吧?"

我们进行着无聊的对话,他的同事等在一旁。

"啊,抱歉。我得先走了。"说完,他又回过头叫住了我,"啊。对了。我啊,结婚了。"

他说得太顺口了,一时间我没理解他说了什么,抬头小声念叨了一声。大地笑着,很有风度地举起左手,手背朝向我,他的左手无名指上戴着一枚戒指。

"和谁啊?"我条件反射般地问。声音很大很响。眼睛直眨巴。

太快了。那年三月,我刚从千笑那儿听说和他分手的事。如今是九月,这两个消息仅相隔半年。

听到我超乎寻常的大声询问,大地吃了一惊,摆正了姿势,慌忙小声说:"这个,不提也罢。"

我知道了。他刚想起来——想起望月千笑这个女生的存在,刚想起她是我的朋友。

"再联系。你要是一直在东京,之后再见面吧。"他匆忙说,回到了同事身边。直觉告诉我,肯定不会再联系了。事实也确实如此。

"你是同时跟两个人求婚的,对吧?"我向女侍者点了咖啡,又问道。大地沉默着,我从他的表情上读不出一丝焦急和后悔。"我从千笑的社团同学那里听说的。听到你结婚时我很吃惊,因为和小千说的求婚时间相同。"

大地一直都没和东京的恋人分手。得知要回东京本部时,两人就开始筹备婚礼了。求婚,准备婚戒,双方父母见面,订婚房,还有订婚彩礼。

"筹备婚礼肯定很忙吧?为什么还处心积虑骗别的女孩儿说要跟她结婚呢?一开始你就打算把千笑丢在山梨县吧?真是无可救药。"

"我压根儿就没想那么多。"大地回答,之前他一直都含糊其辞说"都是大人了",而沉淀其中的真心话却如此简单。"你非得说这些吗?事到如今,再翻旧账也无济于事。本来我就够难受的了。案发后警察也来找我了。这件事儿明明都过去那么久了,真要命。"

"没想那么多,那为什么要那么做呢?如果一开始就打算玩玩儿,分手时就别提结婚什么的,不是更省事吗?"

"因为我一直在筹备婚礼,怕她发觉。"大地耸耸肩,"不知你听没听过,男人出轨时,叫妻子和外遇对象会用同一个名字,因为怕叫错了,或许当时我就是那么想的,现在也记不太清了。"

"要是小千不想分手,你怎么办?要是她父母出面和你理论,告你骗婚呢。你一点都不担心吗?"

"这个哈,瑞穗,我也不傻。那姑娘不是你说的那种人,这你也清楚吧。她讨厌引人注目。"他不屑地说,从上衣兜里掏出烟,"要是传开了,不就等于跟街坊四邻们宣布自己不是处女了么?估计她连怎么请律师都不知道吧。她也请不起律师。我不知道她父母会不会出面,但在那种情况下,不知她父母知道了会怎么想哪。"

他目光含笑且扭曲,像是一种蔑视。和不知悔改的男人说话就像是对牛弹琴,到这个年纪我已经能明白了。我强忍咬牙切齿的冲动,他点上烟接着说:"实际还不是如我所料,那姑娘二话没说就分手了。我做得挺漂亮不是?就算是出轨,我也是很体贴的,一直瞒得滴水不漏,我们在一起时也没让她对我产生半点怀疑。跟她说结婚,也是对她的一种体贴啊。"最后这句话像是在刚刚想到后追加上的。大地继续侃侃而谈:"那姑娘满脑子想的全是结婚。朋友结婚了,婚礼如何如何,生了孩子,家庭如何如何。我所做的,就是为满足她的愿望,用温柔给她编织一个梦。"

"这种不能实现,不负责任的梦,就是欺骗。你别想把自己的欺骗正当化。"

"啊,你不知道吗,瑞穗。是梦就总有醒来的那天。"他的语气就像在讲笑话。大地没有动摇,岂止没动摇,似乎比刚才更神气了。"她还得感谢我呢",他说。

我瞪着大地。

"花时间跟你交往真是太可惜了。你不觉得自己浪费别人时间了吗?在那期间,也许小千能邂逅其他男人,你却剥夺了她的机会。"

"是吗,我觉得不是。"大地慢慢摇了摇头,"想得也许容易。但我觉得就算她没和我在一起,也不会有任何收获。但凡能找到真爱的人,都很受欢迎,无论有没有对象,无论何时何地都能邂逅爱情的。那姑娘一根筋，在这方面不行。也没人追她，到头儿来一无所有，这笔帐可不能算到我头上。"

我忍住大吼的冲动，手在桌子下面攥紧。心想，要忍住。如果在这里生气我就输了。

——不管大地和我今后会怎样，都请别过问。

那天千笑发来了这封邮件。手机铃声喋喋不休地回响，我看到邮件，突然发觉他们的关系仍在持续。就算不做恋人，也会堕落为单纯的肉体关系。千笑不会开始下一场恋爱，只要大地接受，即使两人不交往，千笑也会贡献自己的身体。我想到这些，才心生厌恶，不想和她再扯上关系了。

但是，恐怕当时是我错了。

"你结婚的事，千笑是什么时候知道的？怎么知道的？"大地的目光移向窗外。庭院里的秋花零零落落地开着。他不再看我，我继续说："你跟小千求婚的同时却和其他女孩子结婚了。刚才你还说隐瞒得滴水不漏是一种体贴，但小千还是知道了。你这么做也太卑鄙了吧！"

"但我的体贴也不能无期限啊。既然已经分手了，就没有义务再对她好了。"

我意识到自己的想法很单纯，还猜测他们的肉体关系会延续下去。而事实是，大地连那种关系都不会同意的，在大地的世界里，千笑已经完全被抹杀，被无视了。

为了不在朋友面前露馅，为了不让自己难堪，为了不让自己之前的"交往"变成没发生过的事，千笑才会……

脑中想象着千笑近乎疯狂地迫切地握着手机打字的情景，我咬住了嘴唇。我一下子明白了，如果是这样，千笑当时会发那么多邮件，就有了合理的解释。

"那姑娘去我老家调查了哪。她是在那儿听说的。"大地终于看向我,他眉毛挑了一下,像是要博得我的同情,小声说,"差点儿就成跟踪狂了哈。不过,我也是很久以后才知道。她啊,跟我什么都没说。"

"小千每天都哭着入睡,你满意了?"

"什么?你是想说我该受良心的谴责吗?"

可悲的是,千笑的做法正中了大地下怀。她得知了大地的背叛行径,并没有去苛责对方,而是给我发邮件,试图封锁消息。

大地摁灭了烟,靠在椅子上。那无耻的笑容似乎永远不会从脸上消失。

"我当时觉得真够呛。"他的语调像在说一个毫不相干的人,"没人追的女孩儿们。人生经历太少,遇到点什么就紧抓着不肯撒手,这真让我受不了。真可怜啊。"

"你算老几?"

我站起来。桌上的水摇晃着洒了出来,周围的客人一瞬间停止了交谈,望向我们。我脸颊发热。大地很冷静。他抬头看我,笑着说:"是吗?瑞穗你和我,我们不是同类吗?你明明也看不起那些人。"大脑仿佛受到一阵令我麻木的冲击。表情从脸上消失了。还没等我缓过神,又听到大地心满意足地说:"你没告诉她我是什么样的人,也没去真心地劝她跟我分手。我和她交往时还一直担心这么做合不合适?瑞穗你会不会生气?会不会来质问我?这才真让我良心不安。"

"你少说谎话!"

"我说的是真的啊。我的判断依据是,如果瑞穗没来找我,那就没关系。她肯定不是什么重要朋友。要是重要的话，按理说你发现后肯定会生气的。你要是说句'你想对我的朋友做什么'之类的话，我这边都打算诚心诚意跟她分手的。因为瑞穗你也是我的朋友啊。"像是摊出了最后一张王牌，大地欢快地看着我。"但你当时什么也没说。事到如今就别装成她的好朋友，去怪罪别人。"

我出不了声，无法动弹。

"关于望月千笑的事，刚才我就说过，我也很难过。但我们一直都没见面，那事儿和我没关系。我和警察也是这么说的。我不知道她逃到哪儿去了，也不想蹚这浑水。这对我来说完全是另一个世界里的事。"他接着说。

膝盖用力，我又慢慢坐回椅子上。直到刚刚从大地口中听到"望月千笑"这个名字，我才发觉，柿岛大地之前一直管千笑叫"那姑娘"，一次也没提到她名字。

我深呼吸，调整着声音。

"小千为什么要对她妈妈做出那种事，你也不知道原因吧？"

"我怎么可能知道。不知道。"

弑母。

年轻的妈妈将孩子虐待致死，还有与年龄无关的儿子杀母案、女儿杀父案，这样的报道常有耳闻，千笑的案件也被一并看待，唯一的区别是被视为疑犯的女儿千笑至今仍未归案。

千笑的案件让我无法释怀。但我想不通她为什么这么做。

为什么她本应对那个男人恨之入骨，却没采取任何行动？为什么她连发现男友的背叛时都能忍耐，情绪却突然急剧起伏，甚至对妈妈兵刃相向？

"还有一个问题，你回答我。"

千笑得知大地结婚,给我狂发邮件,是在前年六月。之后她来往于刺绣教室,照常工作,安静地打发时间。

和男人分手后的时间只能和与他无关的人一起度过。被人玩弄的记忆,受伤的心,大都能被不知情的人在无意中治愈,而千笑的伤又被治愈了多少呢?我一想这些就心痛如绞。

千笑作案和失踪的时间是在今年四月。期间大概两年的时间里,发生了什么事情?

"你结婚之后还见过小千吗?"

"没见过。"大地回答。

我没有作罢,摇头说:"小千得知你结婚的事——你怎么知道她去你老家调查过?听谁说的?"

"就是听说的啊。听人说,她好像是知道了。"

"听谁说的?你们没有共同的朋友吧?"

"就算我说名字,瑞穗你也不认识啊。"

"你们肯定联络过。千笑说想见你,你也没拒绝。"

千笑握着大地的把柄。如今的大地不像从前,他也有想守护的东西和不想失去的东西。

"我想问的就是那段期间。你们见面是什么时候的事?"

"都说了一直没见面。"

"那我去找悠理谈。"

大地闭上了嘴唇,然后装腔作势地说:"你去谈好了。我有百分百的自信能跟她解释清楚。"

"求你了,告诉我吧,我就这点要求。我不会告诉任何人。今天听到的全部内容只会存在心里。今后不会再找你们了。"

"你怎么这么难缠啊,瑞穗。"

"求你了。"我低下头,久久没有抬起来。

我的身体发烫。大地会说的,一定会说。也许他连警察都没告诉,也许之前他一直对任何人隐瞒,但他肯定想说,因为他不会想得太多。跟他讲道理时他完全不为所动,如果我不讲理,或许倒能得到想要的。

大地用了"人生经历太少"这句话。这件让千笑沉沦其中的大事,对大地来说,也只是一笔小小的情场战绩。他一定在等待合适的时机和地点,等待某个瞬间去说出心中不可告人的小得意。

我确信这点。正如他所说,我和他,是同类。

"……月。"

听到他自言自语,我抬起脸。大地一脸不满,正用吸管吸着被冰块稀释,颜色变浅的咖啡。

目光相对。他重复了一遍:"三月。应该是最后那周的星期日吧。这下,你能放过我了吧。"

沉重的空气像一个灼热的固体,升到嗓子眼,眼皮睁着,眼底感觉一道白光闪过。啊,我从紧咬住的牙缝里挤出一口气。

三月。

是我举行婚礼的那个月。案发一个月之前。

我想把双手覆在脸上,但我没这么做,然后问道:"睡了?"我明明想用力说出这句话,但声音却像哭声般戛然而止。

大地取出吸管在嘴里嚼着,似乎想表明他并不在意。之后开口了。他的表情第一次如此愕然,似乎是在无奈地苦笑:"她说好久没见。我觉得她怪可怜的。"

啪的一声,发觉时自己起身站着,手心儿火烧火燎的疼。大地的脸偏向了一边。

原本想用更狠的力道,一下子把他的脑袋打飞,但恨自己手腕没力气。我的巴掌，根本没法伤到他。大地马上把脸正过来。

没等视线交会，我就从包里取出一千日元放在桌上，这时看到了钱包旁的IC录音机。我飞快地取出来，举到他眼前，大地第一次变了脸色。

"那个……"

"别的就算了。但是你说有百分百的自信，是不是说得太早了？"

我放回包里，马上转身迈步。

"瑞穗！"

我没有理他，一鼓作气冲出酒店门口。刚坐进租车，眼看着大地追过来大声叫："出来！"他的手指马上就要碰到车窗了。车发动，我从他手中逃脱了。

我抱着头，耳边响起千笑的声音。我回想起来，她说："瑞穗你真的好美。"三月的婚礼上没能说上话。她只是众多来宾中的一员，那是我们最后一次见面。那是我所知道的，她最后的样子。

"真羡慕你。"千笑微笑着说。

她失去理智般狂发邮件的真实意图，那时我一句都没问。虽然我当时已经知道了她那不愿告人的秘密，也知道了大地结婚的事，但却对她闭口不言，把这些话都封印了起来。不是因为善良，是因为难受。

也是在三月末，千笑和大地联系上了。

我松开抱在头上的手，发现已经出了汗。我感到汗毛直竖，呼吸困难。"真羡慕你。"我又一次想到她的声音。当时听起来就是句客套话，现在却只能听出字面意思。羡慕。羡慕。羡慕。我只是原因和动机的象征，只是其中的一部分，但我还是意识到了：那个从背后推了她一把的人，是我。

我回到公寓，马上开始工作。

写稿的间隙,我给育爱医院的濑尾医生打了电话。上次谈话之后,我每隔两天就给他打一次电话,这次他也像之前接电话时那样,口吻冷淡,很不耐烦。

"之前不是说了吗,有什么事我会主动联络你的。"

"不好意思。可是没发生什么事吗?"

"什么都没有。除了忙,没什么特别的。"

他好像确实很忙。每次打电话,几乎都在出诊或是在做分娩手术,我只能在电话这头等。最长一次通话状态等了近三十分钟,有时他完全就忘了这个电话。让他回电话看似不大可能,所以没办法,我只能每隔一段时间就给他打一个。

那天我说的话,濑尾回复了几句。对我的询问,他说回去查资料再答复我,之后只告诉我一句"知道了"。和往常一样,从声音中完全听不出他心里在想什么。

"那就拜托您了。"我说完挂断电话。

顺势躺在沙发上,我用双手盖住脸。身体很沉重,起不来。就现在,就一会儿,想再放纵一下自己。我知道这感伤来得恰如其分,希望就这样沉浸其中。虽然之前做好了精神准备,但和大地的见面,比想象中还要耗尽心力。

清醒过来时,我已经躺在床上了,身上还穿着外套。客厅的一线灯光透进昏暗的卧室。我能听到电视声,还有吃东西的声音,是吸溜面条的声音。

"……启太。"

我起身一看,启太正在吃泡面,西服还没脱。虽然解了领带,但吃的东西却与着装格格不入。"对不起。"我轻叹一口气道歉。刚才不知不觉睡着了,现在还视野不清,脚底发软。

启太捧着碗面，筷子停在空中，看向我。

"你醒了啊？"

"谢谢你把我抬到床上。对不起……没准备晚饭。"

"没事儿。"

"我挺沉的吧。"

"非常沉、特别沉。"

他没追问至今为止有什么进展。但刚才桌上还摆着摊开的书和从中摘出的数据表格，现在被收拾过了。他肯定看了。

但一想到他什么都不问，我反倒想问他了。

"关于千笑的事，启太个人没什么想问的吗？"

"不是不关心。我想听你自己说。"

"……我下周还要回山梨县。"

启太点头说："嗯。"

"不问原因吗？"

"那我就问下。"

"能做的都做了，但是心却静不下来。"

"哦。"他抬起头，目光从拉面移到我脸上，第一次自己开口问，"还有吗？"

"你问我答，启太你还有要问的吗？"

"泡面，好吃吗？"

"很好吃。"

他笑了，说："在我们家，妈妈一直不让吃。我那时怀恨在心，心想等长大成人了就每天都吃，吃个痛快。"

"这样啊。"我也笑了。在这氛围中，启太温柔地微笑着对我说："下次回老家时，去打个照面吧。"我看着他，他接着说："和妈妈。"

一瞬间沉默了。启太又把脸冲向了面条,像是并不期待我的回答。他端起碗面开始喝汤。电视一直开着,午夜体育新闻开始播放今天的头条。我装作看新闻,没有回答,启太也没再多说一句话。

十月三十日
甲府市内 家庭餐厅
北原果步(第二次见面)

我回到山梨县,预订的还是上次那家商务旅馆。

上次见面时果步说想帮忙,我又约她在同一家餐厅见面。现在离晚上的约会还有一段时间。

在旅馆房间,我从放在墙角的旅行包里拿出一个透明文件夹,里面夹着一张带刺绣的卡片。这是千笑放在红包里的贺卡。我听启太提起,就找了出来。

仔细看,明显能看出是手工制作。贺卡大小的彩纸上贴着软软的蕾丝布片,中间镶嵌着小小的甘菊花朵标本,凑近还能闻到香味儿。沿着蕾丝边贯穿的白线像波浪一样。四角是细密的玫瑰图样刺绣。

让我吃惊的是,连贺卡上的祝词都是绣上去的。绣得太自然了,之前都没有注意到。

  祝福你——小千敬贺

这张我只看了一眼就压了箱底的小卡片,花了千笑多少时间啊?

我把文件夹收进包里,租了同一辆车,去县立社会教育中心找千笑的恩师添田,她在那里工作。虽然没有任何直观的进展,但我想给她看看千笑的这幅刺绣，她看到肯定会高兴的。

我往事务所探头看，却不见添田，取而代之走出来一名很年轻的女职员。我自报姓名，她抱歉地说："非常抱歉啊。添田说要回老家，请假请到明天。"

"老家？"

"说最近家里有事，时不时要回去看看。您姓神宫司吧。她来时，我会告诉她您来过。"

"拜托您了。"

不知是不是家里有人过世。添田年事已高，老家父母健在的可能性不大，也许是亲戚家有事。

我走出中心大门，刚迈出一步，就感到足尖掠过一阵凉风。寒冷程度和上次来时相比明显不同。一瞬间鼻腔深处都冷冰冰的。我仰头看天，天空颜色很灰暗。十月就要结束了。冬天来了。

果步今天也穿了件青春活力的迷你短裙，短裙的长度和五年前几乎没变。她本来就长着一张娃娃脸，妆容也没变化，和她在一起时感觉不到时间的变迁。

"你真年轻。"

"也许是因为没结婚。不像大家那么辛苦。"

果步笑了，我也被她带笑了，但有种别扭的感觉却一直牢牢粘在嘴角，抹都抹不掉，我只能挤出笑容。

两周前和柿岛大地见面后，虽然自己不愿承认，但心力一直在慢慢消耗，就像被看不见的毒药所侵蚀，至今还在身体的某处继续侵蚀。

我没告诉果步和大地见面的事。

"有人说千笑逃跑肯定有原因,你知道吗?"果步问。

"原因?"我反问道。

果步很少用"杀死""逃跑"这类直接的语句。这件罪案中千笑被视作凶手,我们谈论时都会回避这类词语。果步点头。

"之前和千笑联谊过的人妄自揣测的。那人也认识大地。说千笑被抛弃后想报复大地,因为还没雪恨,所以才会逃走。"果步看我视线上移,也许是误认为我是在谴责她,马上又接着说,"我才不信这些,但是也知道有这样的传言。虽然当时千笑只说好话,但感觉是大地单方面要分手。我们也挺担心的。"

"复仇吗?"

我用叉子刺向恺撒沙拉里的生菜,苦笑着说。千笑如此拼命维护的自尊,外人却比她本人看得还透彻。

她们也许是想尽可能地延续在同龄朋友身上发生的剧情,以此作为话题。我对照性地想起了政美,她用一种看透生活的眼神说:"我就算了。"

"是说杀死妈妈后,下一个要杀的人是大地?"

"这不可能吧。但我想的是,如果你对这种传言毫不知情,就告诉你。"

"我觉得不会有这种可能性。"

作为当事者的大地会作何反应呢?他听到这个传闻会吓得面无血色吗?我觉得那个男人即使听到也不会为之动容。

"是呢。"果步点头,可能是刚才一直在犹豫是否要说,现在像卸下重担般浮现出一种放心了的表情,开始顾自往盘子添了些沙拉,说,"大地现在肯定已经交新女朋友了。他好像挺多人追。"

"谁知道呢。"

"复仇的话,也不会对大地本人,而会针对他的新女朋友。"我的表情都被这轻描淡写的一句话夺走了。正在吃沙拉的果步没有注意到我的神态,继续说:"如果她选择复仇,肯定是还喜欢大地,你说是吧?所以说……"

我无法开口,不由得看着果步。她握着刀叉,手指上涂着漂亮的指甲油。"瑞穗?"果步抬起脸。我回过神来,慌忙笑了一下。

"抱歉,我刚才走神了。"

"这次怎么打算?想去找谁问什么内容?"

"明天约了千笑的同事见面。建筑公司的同事,叫及川亚理纱。政美帮我介绍的,她们之前认识。听说比我们小三岁,果步你见过她吗?"

"啊,亚理纱。知道知道。长相甜美,人也聪明。据说是从国外回来的呢。"

"嗯?"

"听说父亲在国外工作,所以她初中前都在美国生活。英语讲得很好。我之前还有些紧张,觉得和这样的人没有共同语言,但聊起来还挺平易近人。据说是建筑师。好酷啊。"

"这样啊。"

虽然一概而论说是同事,但她和千笑似乎并不是一个阶层的。千笑的工作内容是事务类的辅助性工作,雇佣形式也是每年一签的合同工;而及川有证书,应该是正式职工。这是个比千笑年轻,处境却比她好的同事。

"政美让给你带好,说抽空再见面。"

"政美还会见我吗?"

"是啊,所以别再提什么绝交的事了。"

这不取决于我，我刚想苦笑，果步的手机铃声大响起来。是一首我不知曲名，却有印象的流行歌曲。果步还没放弃自己的非主流生活。我愉悦地朝她笑，表情却僵住了。我感到果步脸上出现了一丝阴影。

"喂，"她边用眼神和我道歉，边接起电话。意识到我还在，她站起身向洗手间方向走去。虽然距离远了，还是能断断续续地听到。"啊""嗯""现在不行"，从这些简短的回答中，感觉不出一丝喜悦。我知道，果步的体力和精神都在慢慢被电话那边的人所磨耗。

我默不作声，装作在摆弄自己的手机。

现在，没有要打电话的人，也没有能邮件联络的人。我不想让别人看出我的无聊，只是毫无意义地反复按着手机键盘。

果步回到座位，很不好意思地双手合十说："抱歉。"我见过一次她的恋人。当时她很自豪，说虽然是婚外恋，但他就是他，他们早晚会结婚的。我见到他时也对果步说过——他很帅，看上去很温柔。

"我说……"

"嗯？"

"分手吧。"

果步正把汤倒进吃了一半的海鲜烩饭里，她的手停住了。大大的眼睛，受惊般地看着我。

"分手吧。对方，那个男人，肯定不会和你结婚的。"

"是……吗？"

"虽然是第一次跟你说，但其实我一直这么想。我、政美、千笑都这么想。"说着话，感觉自己身处的地点变得暧昧了。自己是谁，如今在和谁聊天，在说什么。本来能够看到的轮廓开始变模糊，好像要溶解混合在一起。"果步，你被他骗了。"

"他，不喜欢我吗？你说骗？"

果步无力地把手中的汤放回桌上。她接着问："骗？是说那个人不喜欢我吗？讨厌我吗？"

"不是的。不是说喜欢或讨厌。也有人只把'搞定你'这个词本身当作目的，除此之外再无意义。现在你碰见的就是这种人，他比你高明得多，果步你已经没有胜算了。"

"有次我让他写了离婚申请，让他拿回家去签字。""他老婆在时，我让他给我打过电话。""如果和我分手就支付赔偿金。赔偿我失去的时间，身体和心灵。"果步看似自豪地说着她那些细微的抗争，表达着"我果步也可以让他难堪"。但这些又能说明什么呢？离婚申请也没提交，一时脑热发邮件说要赔偿金，却被那个男人轻巧地反驳回来，他说："从法律上看，能行使这个权利的应该是我妻子吧？""你这可要构成恐吓罪了。"

两人每次都会大吵一通。果步和我们发尽牢骚，之后二人又重归于好。

"可是啊，瑞穗……"

果步的声音好像很困惑，比平时降了声调。就像大人在安慰突然哭泣的孩子："可是啊，没办法。因为他——"

"果然。"我静静地说。眼睛深处，大地的脸在笑着。

"瑞穗？"果步盯着我的脸。

"就算说了，你们也不会听的，所以我才没说。"

果步沉默着，继续困惑地看着我。我从喉咙里挤出一声嗤笑。见死不救、缄口不言、不管不顾，就算知道自己会后悔，却还是没有告诉她们。

大地的脸闪现着，还没有消失。朋友,装成好友,忠告,怪罪别人。

在哪个场景听到了哪个词语。我想不起来，但细节中的悲哀和愤怒却像最初听到那些话时那般鲜明。

明明一点都不可笑，我却笑出声来。明明笑着，却流出了眼泪。连自己都着实被吓到了。

"瑞穗，瑞穗！"果步摇着我的背。在灯光明亮的餐厅里，我明明没喝酒，却抬不起头来。眼泪流入唇间，流到咬紧的牙齿上。我捂住脸，混乱得不知所措。果步的手碰到我的手指。我忍不住了。感受那温度，我的肩膀震颤起来。

十月三十一日

甲府市郊外 酒吧

及川亚理纱　相良设计公司员工，千笑之前的同事

我和及川亚理纱约在一家酒吧见面。我在酒吧停车场注意到手机显示未接来电。号码没见过，和育爱医院的官方电话只有末尾不同。也许是濑尾医师打来的，时间是六点。我边猜测边回拨过去，却无人接听。对外出诊时间应该已经结束了。

之前濑尾说过有事会联络我。我心中很期待，每隔十分钟就打一次电话，但还是没人接。离约定时间越来越近，我没办法，只得先下车。

酒吧是及川选的，在甲府市郊外。店面很不起眼儿，招牌也不大，一不留神就会错过。我透过窗子能看到店内用来烘托气氛的昏暗灯光。这就是只有熟客才知道的"好店"吧，水准比我和政美去的店更高。停车场的车稀稀拉拉，但大都是注重设计的进口车，也许亚理纱的车就在其中。

离约定时间还有十分钟,我刚进门儿,就看到不大的店里,一个女人从靠里面的位置站起来,跟我确认道:"您是神宫司?"我点头,躬身说:"初次见面。"她把我引到她对面的位子,自己在外侧座位坐下,空出靠墙的座位。

她是个很有品位的人。

黑色带襟夹克和白色休闲T恤、牛仔裤完美搭配,脚踩一双黑色高跟鞋。首饰只戴了项链和细手镯,设计低调,似乎只是点到为止,颜色也是很配肤色的雅致金色。

"我是及川亚理纱。感谢您的联络。不好意思,让您按照我选的地点和时间过来。"

"哪儿的话。我才要感谢你,突然提出这样的请求,不好意思啦。"

果步用"可爱"一词形容她,当时我没有当真,因为我很清楚,女性之间说的"可爱"一词都有欺瞒和敷衍的意思,但及川亚理纱是真正的美女。大眼睛,睫毛根根上翘,高挺的鼻梁完美得像雕琢过。

她五官端庄,让人联想到新闻主持人,看上去是个聪慧伶俐、招人喜欢的美女。亚理纱脸上浮现出微笑,开口说:"没关系,一点儿也不突然。您想用点儿什么?这里的酒和饭菜都很美味呢。"

"很遗憾,我开车了,酒就不喝了。这家店很不错呢。"

可能是时间尚早,除了我们只有两桌离收银台较远的客人。她高兴地点头说:"我常来这里,很安静,不会碰到熟人,坐久些也没关系。但最近这家店被都市杂志刊登推荐了,有些遗憾。"

店员走过来,我们先点了饮品。亚理纱像是常客,跟店员熟络地说:"不好意思,今天都开车呢,酒就不点啦。"她边问我喜欢吃什么,边点了好几样菜。

趁店员离开，我又重新打量四周。低音爵士乐在店内回响。

"感谢您打来电话。再向您正式自我介绍一下，我是及川亚理纱，实际的工作中也会承蒙您父亲公司的照顾。"我有点蒙地眨眨眼，亚理纱微笑着继续说，"敝社曾从神宫司组那里得到了部分外包工作。当然，从争取客户订单的角度看，在很多场合也是一种竞争关系，但神宫司组对我们来说，既是个可以信赖的合作伙伴，又是个强有力的对手。贵公司有很多员工都和我们有往来。"

她像是在讲一个优雅的笑话，话语滴水不漏，让我暗暗佩服。遇到的对手是如此强大，让我吃了狠狠一拳，原本饱满的士气也一下子消失了。我暧昧地微笑着说："家父受贵公司照顾了。我家的事，你是听政美说的吗？"

"嗯。还有，从望月那里也听到过。"说出这个名字时，她的表情变得神秘起来，"望月的事，那之后我也很关注，也很想找人聊聊。在公司里，大家都小心翼翼，已经对她的名字绝口不提了。"

"对小千最后的处理结果是解雇吗？"

"不知道。社长和上司根本就没正式说明过，警察调查后大概一周左右时间，就让我去收拾望月的桌子，整理新人用的资料，把一些私人物品收拾起来寄回她家了。"亚理纱把手放在桌子上说，"这件事大家都从新闻上知道了，所以上司们也不想另找时间勉为其难地解释了吧。员工们虽然会在私下聊，但也没听到消息说要严肃处分她。恐怕是中断了合同，在办相关手续。"

"她签的是个人合同吗？"

"是的。不通过派遣公司，我们公司和望月每年签一次。我问过望月，她说这份工作是她叔叔介绍的。"

"叔叔？"

"好像是社长的老朋友。考试和面试都免了,靠关系录用的。"

我回到山梨县再见到千笑时,她已经从短大毕业,成为相良设计的文员。我不知道她怎么找到的工作,但要说是靠关系,我倒能接受。以千笑的性格,不会主动求职去找一份事务性工作。

"我想冒昧问一句,及川你和小千不同,是正式员工吧。我听说你考了建筑师证书。"

"是的。"亚理纱深吸一口气说,"我进公司时,望月已经工作六年了,是前辈。虽然事务职和专门职,正式工和合同工之间有差别,但在第一年,望月教了我很多。因为有许多工作只能女员工做,比如端茶倒水和打扫。"

第一次打电话时亚理纱正在茶水间。她脸上浮现出苦笑继续说:"公司很传统。我和望月经常为这个发牢骚。但没办法,如果让男人端茶倒水,连客户也会觉得不妥吧。因为这些工作必须要女人来做,也会感觉自己和同期进公司的男同事相比负担要轻一些。"

"相良设计的男女比例大概是多少?"

"几乎全是男性。现在,正式女员工只有三人:我和另外两位年长的女性,再加新来接替望月的合同工,总共就四人。"

饮料端上来了。我们用淡紫色的鲜榨提子汁干杯。喝了一口,亚理纱叹了口气接着说:"大学课堂反复灌输男女平等道德观,现在看来简直遥不可及。可能所有公司都是这样,但在我们公司,以前女性只要结婚就必须辞职,别无选择,就算是正式工,也都是事务职,除我以外没有专门职了。"

"及川你结婚时也会辞职吗?"

"现在好像已经废除了这个荒谬的规矩。公司从录用我那年起,修改了一些旧规定。所以,我结婚不用辞职,如果申请的话还能休产假和育儿假。"她像外国电视剧的女主角那样,目瞪口呆般夸张地耸了耸肩,这个搞笑的动作和她很配。"'结婚就辞职'本来也不是公司守则,我是进了公司才听说的。当时我很吃惊,还去找上司理论:如果是这样,在录用我时,甚至在招聘时就应该说明,要不然对我不公平。"她顿了一下,直视着我,"建议我去找上司理论的人就是望月。她说,结婚和生子后还能一直工作,哪有这样的好事?趁现在确认一下比较好。"

"是她说的吗?"我问,当真出乎意料。

亚理纱重重点头说:"嗯。我在进公司第一年时还不太明白什么是'工作',想着如果这家公司不行,就再找一家,望月那么诚恳地给我建议,我虽然感激,但当时并没完全理解她的意思。"她举起杯子,抿了一口接着说,"现在我知道了。也对女性在工作中的艰难更有切身体会了。还好当时确认了一下。"

虽然在公司的职级不同,但年轻女性只有她们二人,从这个意义上来说,比起其他人,她俩更会把对方当作同事看待。

菜品端上了桌。蒜蓉扇贝的味道刺激着鼻腔。

"对了……"亚理纱又开口,"神宫司您是记者吧。今天和您说了这么多,但能否有个请求,请不要写任何关于我们公司的事情。公司和望月本人及案件并无关系。"

虽然她说得客气,但从声音中能听出自信。她很清楚自己的责任以及口头约定的重要性。"知道了。"我点头说,之后轻轻苦笑道,"第一次有人管我叫记者。我平时只为女性杂志写一些小文章。"

"望月经常会把那些杂志带到公司给我看。我从政美那里也听说了不少。"亚理纱说。

我想起政美的话。也许我没有意识到自己是千笑引以为豪的朋友。

"及川你和政美一直都认识吗？"

"算是朋友的朋友吧。大学时朋友带我去的联谊会上认识的。最近几乎没怎么见面，直到她联系我。进公司两年我才知道政美和望月是同学。无意中聊到这个，我还挺吃惊的。"

"政美认识的人很多呢。"

"虽然乡下地方不大。但我脑海里从没把望月和政美的联谊会联系到一起过，所以有些意外。"

"只见过她在职场的一面，也许会有这种感觉。及川你是在县内上的大学吗？"

老家的国立大学也有工学部，但没有建筑学科。亚理纱眼中一瞬间闪过一丝犹豫的光。我还没来得及推测为什么，她就回答道："在县外。K大的建筑学科。某次回老家时偶然认识的政美。"

"真的啊，真厉害。"

K大在国内私立大学中排名前列，也是大地的妻子、读者模特寺胁悠理的母校。也许经常听到这些话，亚理纱很尴尬地回答"是"。虽然没她那么在意，但我也能理解那种被人敬而远之地夸奖时不知如何回应的尴尬。家族的名字如此，启太的公司名亦如此。而且和亚理纱不同的是，那些东西没有一样是我自己的。

"您一直在山梨吗？"

"高中毕业时还是决定去东京上大学。和K大只是挨得近，G大。"

"唉？"

亚理纱吃惊地眨着眼。她反应这么大，出乎我意料，我看着她的脸。她抬高了声音说："原来这样啊！也太巧了吧。我和G大学生一起参加过社团活动。您和望月同年，应该比我高三届。真令人怀念，也许我们有共同的朋友呢。您的高中是哪所学校？"

"S学院。"

"真的假的?！我也是。这样的话,早说就好了。吓我一跳,不觉得很巧吗?"

亚理纱的态度与刚才有天壤之别。我的气场被她盖过了。也许因为穿着太正式,她的每个表情和声音都像在演话剧,不知几分是真,但氛围明显变了。

我的高中是重点高中,这是和千笑分道扬镳的第一个岔路口。在我的高中,考入国立大学和有名的私立大学被看作是理所当然的事。我的大学虽然没那么好,但没差到会玷污了高中校名。对K大的她来说,G大虽稍逊一筹,但也会考虑找G大的人当男友。

"早点儿见面就好了,真没想到,能在这儿遇见故人。"

"是啊。也许以前我们还一起参加过政美的联谊会呢。"

"是。"她说。我注意到,之前她声音和表情里的那种拒人之外的客气一下子消失了。挣脱了紧张感的束缚,亚理纱用从身体里发出的甜甜的声音说:"吓了我一跳。听说你是望月从小的朋友,我以为你们高中和大学肯定都在一个学校呢。"

"初中以前和小千在一起。大学毕业回山梨时,她联系的我。"我回答,腋下开始被讨厌的虚汗浸透。

千笑是短大毕业。

"以为你们高中和大学肯定都在一个学校"——这句话不正确,但我一下子理解了。

对亚理纱来说,"大学"这个词只有升学的意思,她会无意识地单纯地按学校给人排序。

头脑深处,有股冰冷的霜冻般的疼痛。响起了一个声音,是我不愿回想起的声音。

——瑞穗你和我,不是同类吗?

她也是。

条件反射一般嘴里发苦。

恐怕她也一样。

"你对这个案子怎么看?"我为了把话引回主题,问道。刚刚还露出天真微笑的亚理纱,变脸的速度也很快。她表情严肃起来,回答道:"最初我没法相信。望月会做出那种事。但是……"铺垫过后,才像要说重头戏一般,开口道,"在望月和她妈妈那种一体化的关系中,我觉得或许有可能。神宫司……"她叫了我一声,终于挤出了个带点困惑色彩的微弱笑容,"望月的家人,有点亲密过头了吧?"我抬起头。亚理纱继续说:"不知是妈妈离不开孩子,还是望月离不开父母。望月是我的前辈,也许这些话有些失礼,但是我觉得她们一家就像锁链那样连在一起,相互都意识不到这是一种缺陷。"

——小千是个好孩子,坦率,孩子气。我听政美说,亚理纱是这么描述千笑的。

亚理纱像是很困惑般微微歪着头,看着我的眼睛,像是在告密般压低声音说:"其实,我们在案发前一个月左右吵了一架,之后基本上就不说话了。这件事我也告诉警察了。"

我第一次听说这件事。

"是因为一件小事吵起来的,一开始是因为我指责她妈妈来着。"

所有女儿都无一例外地会被自己的母亲所伤害。

忘了是谁的话。这里也有一个焦虑的女儿,因为看到了另一个受伤的女儿,一个受伤却不反感的女儿。

"能详细说说吗?"我问,亚理纱轻轻点了点头说:"刚进公司那天,我见到了望月的妈妈。"

"你们见过面吗?"

"见过几次。不只妈妈,还见过她爸爸。如果晚上有忘年会或是纳凉会①之类的聚会,不能开车,当天早上父母就会开车送她。还有,加班晚时会来接她。"亚理纱"呵"地笑了一下,接着说,"我很吃惊。爸爸来接,两辆车并排开回家,这有什么意义?对长大成人的女儿,不是干涉过头了么?"

"及川你和家人一起住吗?"

"一起住。但我父母肯定不会做这种事。虽然我是独生女,但晚归时只要打个电话就行了。最近加班很多,晚归已经很正常了,电话也不打了。"

及川亚理纱是正确的。

即使和父母同住也很独立,自己想做的事情基本都能实现。因为站得太高,她无法想象别人过着与自己不同的人生。千笑家的情景,对她而言,肯定会觉得厌恶和不正常。

"那天,望月妈妈在公司门口帮她整理衬衫领结,被我看到了。"亚理纱说。

我试着想象那个情景。阿姨沐浴着朝阳,在望月胸前,弓着腰系领结。同事和上司从身边走过,千笑也没有在意。她甚至不会想象别人会怎么看,还毫无顾虑地向大家问早。

"我还以为她和我一样是新人,是父母陪着过来报道的,但我错了。听说她是已经工作了六年的前辈,真让我大吃一惊。"亚理纱说完,脸上浮现出一副无法接受的表情。我沉默着。

如果那个女儿是我或是亚理纱,肯定会慌忙挡开妈妈的手。我

---

①在日本,夏天为避暑等而在河边等室外举办的聚会,一般在每年七月最后一个星期六,现在也有联谊的性质。

们都不希望妈妈把自己当成无法自立的小孩子看待,肯定会和妈妈翻脸。

女儿大了,翅膀硬了,我们的妈妈都能明白这是没办法的事吧。但若是千笑的妈妈,被女儿推开手后会怎么想呢。

"除此之外,你还见过她妈妈吗?"

想来,作为一个每天都要见面的同事,确实会在意这些。何况,她们是两个生活和兴趣不同,但每天又不得不在同一地点说话的办公室白领。

"聚会之后,我送望月回家时遇到过。大概晚上十点左右。"亚理纱抬眼看着我说,"如果你和她自小长大,肯定也认识望月妈妈吧。也许还去过她家。"

"小时候常去。长大后就几乎没去过了。"

因为喝酒接送千笑时,阿姨都会走到车旁边说:"好久不见啊。你变漂亮啦。"过了将近十年,她看起来比印象中老了。"妈妈,快靠边站。"千笑虽然嘴上责怪,内心似乎并不厌烦。

想来,那应该是我与千笑妈妈见的最后一面。

"这样啊。"亚理纱点头。接着苦笑说:"我把望月送回家时,她问我要不要去她家坐坐。已经很晚了,我刚想谢绝。她却说要问问妈妈,下了车,过了一会儿我听到了两人的对话。"

"嗯。"

"让她回去吧。太可疑了,让她回去。这就是我听到的。"

"可疑?"

亚理纱点头说:"是的。不是我编的词语,而是亲耳听到的。我怎么就可疑了?她到底有什么可怀疑的?虽然我很诧异,也没多说直接回家了。神宫司你没遇到过这种事吗?"

"完全没有，一次都没有。或许是因为我们两家从小就认识。"

那是坚厚的外壳。不是特别存疑，只是不想让外人走进自己家的领地。我意识到，这就是感情问题，他们的感情没有兼容性。

亚理纱似乎也明白了，她说："看来，知根知底、从小玩到大的朋友就OK呢。但是，刚刚只举了这一个例子，其实每件事都如此。从上门保险推销员到银行的零存整取存款，全都要和父母商量。她妈妈从不赞同，只是警告她这个'可疑'那个'可疑'。她太担心女儿了，还跟望月说，如果拒绝不了，父母随时可以亲自出面。"

"这都是小千亲口说的吗？"

"是的。午休时跟我说的。非但如此，她听说我买基金和股票，还很担心地提醒我'没问题吧'。"

当时的情景浮现在我眼前。

关心地问"买这么可疑的东西没问题吧"的千笑，还有阴郁地看着她的亚理纱。在亚理纱眼中，千笑太保守了。在她的价值观中，这无疑是很无聊、很逊的想法，何况千笑还对此毫无意识。

"出于好意，我没跟其他同事说过她的性格和家庭。大家都觉得望月是个乖顺、率真的女孩。"讥讽般的笑容浮现在亚理纱嘴角，她接着说，"特别是来自男上司的评价特别好，说她是农家培养出来的耿直而孝顺的女孩。"

"但你却不这么想吧？"我指出，"我没在公司工作过，但也能想象。你们年龄相仿，和其他同事不同，会有种朋友的感觉吧。"

亚理纱嘟起嘴，像开玩笑一样笑着说："首先从'农家培养出来'这个前提来看，我们上司的评价过高了。望月的手很漂亮，一点小伤都没有。我觉得，她虽然孝顺，但父母都娇惯她，也不会让她帮忙干农活。不知对不对？"

"这个……"我被吓到了,故意露出一副为难的表情摇摇头,"虽然自幼一起长大,但没聊到这些,所以不清楚……"

喉咙下面似乎有一阵冰冷的空气拂过。亚理纱观察得很仔细。我觉得她似乎是想告诉我,她说的一切都是基于她的观察。

看我这种反应,她突然转开脸,继续说道:"我一直都觉得望月是个好人,不管作为前辈,还是作为一名和我年纪相仿的女性。"

"嗯。"

"正如您所说,我们太像朋友了。对公司的抱怨,各自的私人问题,都聊过很多。说实话,我特别希望她能更独立和坚强一些。"

"是指工作方面吗?"

"让我不满的主要是这方面。她希望能简化端茶倒水的工作,希望男人们自己去倒咖啡……她说自己是合同工所以没法太强硬。我听她发牢骚,把她这些牢骚作为自己的意见跟上级反应过,另外直接帮她负担的工作也不止一个两个。"

她抬头看我,表情像是在问:"你能体会到吗?"

我突然想起,和政美她们聚会时,提到工作的话几乎都是抱怨,没什么好话,像一种仪式,目的就是相互确认不幸。诉苦,应该是最适合千笑的社交技巧了。说出共同的烦恼,确立共同的敌人,以此联合在一起——比起男性,这种心理在女性身上体现得更加淋漓尽致。但及川亚理纱太认真了,实际去做了这些事。她们有各自的向量,各自的价值观都是正直而正确的。

"她看我加班多,也会同情我,替我生气,说'及川你是女孩子,怎么工作量却和男人一样,公司真够过分的'。我虽然表面上附和,内心却很无奈,这不是理所应当的吗。一起进公司的男同事早就这么忙了。比起抱怨,我反倒希望'别因为我是女人就照顾我,小看我'。"

"及川你的话——肯定会这么想的。"

话说出口,我担心是否会引起她的不悦。出乎意料她竟然微笑了,说:"我啊,现在很喜欢公司。虽然公司的制度不迁就女性,也很忙,但身边的上司和同事都值得信赖,所以我能忍受,能坚持下去。工作有价值,繁忙中却很快乐。望月的视野太窄了。发生了问题,上司召集大家开会时也是,因为她对业务没兴趣,所以根本不知道为什么开会,却一直在纠结客人带来的点心不够分,还来问我公司这次是不是要和她解约。在她的世界里,能注意到的全都是自己目光所及之事。"

"小千以前就是这种神经质和爱操心的性格。也许你觉得不正常,但是身为一个没有前途的合同工,有她这样的想法也能理解,对吧?"

"神经质和爱操心。这是表现软弱的词语,但我在她身上看到的明显是自我意识过剩的表现啊。她其实属于那种相信自我价值的类型吧。无论对错,我们对她都还没那么了解。但一到午休就要听她大倒苦水,最终又得不出结论,真是一种煎熬。"

"小千不太热爱公司?"

亚理纱瞟了我一眼。一瞬间摆出了副陷入思考的表情,之后点头说:"嗯。如果你连这都要归于'因为是合同工,没办法'这个原因的话,我也不多说了。但我觉得,既然续约了那么多年,在公司工作了那么多年,可以试着去喜爱身边的人。不重视人际关系,不为公司着想,用这种状态去工作不是很难受么?"

"小千的工作很重要吗,比如,工作量很大,要加班,或是要疲于人际关系之类的?"

"似乎她不喜欢与责任相关的工作。她工作量不大,也很少加班,但有次,上司说她有工作经验,让她去主持简单的会议,那时她的表现真的很神经质。"也许亚理纱连千笑神经质的来由都无法理解。果真,她很困惑地摇头说:"明明做个简单的提纲就行了,她却把所有要说的话都一字不落地写成稿,练习了好多次。还向我诉苦'我就是个合同工,为什么逼我做这种在人前说话的工作呢',都快哭出来了。会议当天,偶然提到一些内容和她准备的讲稿不同,她就呆若木鸡地站在那儿,动都不会动了。回去就在更衣室里哭着打电话。"不用问,也知道在给谁打电话。亚理纱也没有挑明,话题一转说:"要说苦于人际关系,我觉得是在说我。至少案发前一个月,我既不是她的跟班也不是她的同伴了。"

"刚听你说是因为和她妈妈吵架的缘故,但是不是也和她一直以来的工作状态有关?"

"明年三月,有个事务职的女员工要退休了。虽然是正式工,但做的都是资料管理和董事日程管理这种秘书的工作,不需要专业资格。为了补缺,今年要招一个新毕业的年轻人,也许没法儿马上派上用场,但这件事去年就已经决定了。"

"嗯。"

"望月在午休时说:'为什么大家都不考虑提拔我做正式工呢?'"亚理纱似乎预料到了我的反应,点头说,"她说,比起新人,熟悉这里的人不是更合适吗,虽然原话没这么直接,还是她一贯的谨慎语气,但清楚地表达出了这个意思。这话去年她就说过一次,我什么都没说。"

也许用语言没法充分地表达,但刚才亚理纱对千笑的不满,几乎都是因为亚理纱的职位高才有的看法。因为她是正式工,因为她长相漂亮,因为她比千笑见过更多世面。

"今年一月份,新年刚过,她跟我说,和高中同学聊到了老师,班主任老师在毕业时没给她指点方向，没提供有用建议，没教她今后怎么成为正式员工，也没告诉她该为将来做什么准备。她说，因为离家近，就选了个短期大学读书，要是考大学也许人生就大不同了，还说老师不负责。"亚理纱说。

"这……"

"她问我，及川你之前学校的老师怎么样？好好教你了吗？我啊……"亚理纱自言自语般，轻轻咬了下嘴唇说，"我当时挺生气的。这件事之后，我好像找到望月令我焦躁的原因了。她对自己的人生太没有热情了。"

"我们的母校是重点高中，老师工作都很热心。小千学校的老师确实不太一样。"

"嗯。这是因为我们都认真学习，选择并考取了这样的学校。"亚理纱一针见血地说，她眼神中的光芒像是火焰，似乎在说"你就是在偏袒她"。她接着说："人就该对自己的人生负责，可她却要诉苦，要推到别人头上，这种活法未免也太轻松了吧。望月她只等着别人给予，自己不去选择，只等着被人选择。有一点就能证明，她说了公司那么多坏话，却一直担心公司不给她续约，'跳槽'这个词她一次都没说过。她自己从不会做决定，所以才害怕变化，怕得不得了。这么看来，最初她给我的忠告也完全是另外一种意思了。"

"你指的是'结婚了是否也能继续工作'这个规矩？"

"我觉得，当时她给我建议，是因为她认为一直持续做同一件事才最有价值。她从没想过要离开这个别人提供的场所，也没有开始新生活的勇气。但对我来说，并非只有这里才是容身之地。"

"……风平浪静的人生很无聊吗？"

亚理纱没全说出口，但我知道了她愤怒的原因。她有资格，有学历,有自信找到其他的工作,她的愤怒来自于傲慢。虽然她嘴上说"女人在工作中会很艰难",却唯独相信这不会发生在自己身上,她讨厌千笑用细小刻度来衡量事物的尺度。

亚理纱没有回答我的话,又顾自开口:"我不想把一切都归结到'差距'这个词上,但我和望月之间确实存在差距。不是学历差距,也不是老师指导的不同,而是意识上的差距。她说只要上个大学也许就能成为正式员工,这就是自以为是。如果说她之前的工作状态造成了现在的结果,或许就是咎由自取。"

"你管这叫自以为是,不觉得是你自己自以为是吗?你从一开始就是正式员工,你们的成长背景也不同。无论如何你没法站在小千本人的立场去思考问题。"

"嗯,也可以说是我的自以为是吧。"

她是个讲道理的人。听说她是从国外回来的,刚才聊天时说到"公平"和"热情"这些外来语时,发音却都与日语无异。但现在,她已经明显在瞪着我了。

"我跟她说,如果你把所有错都归咎于别人,错的就不是高中老师了。限制了你发展的人,是你父母。"

早就空了的玻璃杯,并排摆在相视而坐的二人之间,有些菜品都还没碰过。

突然陷入了一片尴尬的沉默。

沉默地盯着亚理纱的自己用的是怎样的眼神,连我自己也不知道。我再次吸气时,才意识到自己刚才屏住了呼吸。亚理纱似乎受不了这无言的压力,低头开了口:"我说:'没教会你,没让你去看世界的人,是和你一样不懂事的父母。'"

"小千之后怎么样了?"

"她似乎受了打击，但那天还是敷衍过去了。女性朋友之间的交往本来就消极。望月尤其如此，就算别人对她狠话，她也不会声张，是那种忍气吞声的类型。但在新的一年，四月初的时候，情况有了变化。"

"四月？"

"是的。"亚理纱没注意到我挺直了腰板，边回忆边讲述，"有天早上到公司，我发现她在更衣室等我。我们之前虽然闹了些别扭，却也没什么大问题，但那天她突然对我说：'我忍无可忍了，你一直都看不起我是吧？'"

"这是小千的原话？"

"是。说出这句话时，她既让人感觉可怜，又令人感觉可怕。她似乎是下了狠心，一副想不开的表情。她还说：'你一直看不起我们家。''我想忍，但有些话不得不说。''我已经不想再给你打下手了。'"

我不知道这段内容是否在亚理纱的记忆中被夸张和篡改过了。千笑竟然陡然转变，一扫之前的温顺，不停地责骂亚理纱。

"我道歉说没那个意思，但她不原谅我。她说：'你没那个意思却让我理解为你看不起我，这也是你的能耐。'我无言以对。"

这次争吵成了她们最后一次对话。就像之前说的那样，千笑开始躲着亚理纱，工作上也几乎没有交集了。"我也不知道怎么会这样。"亚理纱摇着头说，"给我的感觉是，她毫无征兆地爆发了。我从没想过会把望月逼到这个地步。我们在狭小的职场里如坐针毡般相互忍耐，直到案发。我甚至恨她，本来我也很难受，她却还要说那些话。"

"上司和其他同事对此怎么看……"

"案发前我一直都瞒着他们。我也有不对，不想让望月在公司里难堪。"

她也许是无意中这么说，这种情况下，就算双方都有错，变"难堪"的只会是"望月"。亚理纱知道，就算被责骂，受了委屈，自己也占有绝对优势。

"我之前说她没主见，做事不积极主动，她似乎也想推翻这些评价，像是在表达，我望月也有主见，也能主动。但这不公平，我后进的公司，望月终究是我的前辈。她真想改变的话，就必须在别的场合说出自己的想法，而不是把气撒在我身上。"

"你的意思是，到最后她还是目光短浅？"

"我只想说，只能攻击视线可及的范围，这就是望月的风格。"

"日期是？"我的声音微微发颤。亚理纱视线向上移。

"还能记得和她发生争执时具体是哪天吗？"我又问了一遍。

"啊。日期没记得那么清楚，好像是新年度刚开始时。"

这样的话，应该比亚理纱说的案发一个月前更近。也许是三周，或更近。也许和我收到最后那封邮件的时间差不多。

"你为什么想见我？"我问，亚理纱的肩膀微微抽动了一下。"你也不太愿意回忆这些事吧？"

"并不是因为责任感。"她似乎读出了我的想法，抢先否定了，"正如你所说，我没法理解那些没主见的人，也不想理解。但我想让你知道，望月有这样一面，我说的这一面。"亚理纱未加修饰的声音听起来尖锐刺耳，她接着问，"望月之前和冰川饮料的销售员交往的事，是真的吗？"

"为什么问这个？"

"我以为是谎话。"她的眼睛在笑，"精英，温柔，大众情人……这样的好男人怎么会选择她呢，真搞不懂。听说她被甩了，但我想知道，对方真的喜欢过她吗？"

我的喉咙干渴，只能这样形容这种感觉。我攥紧拳头，想说脏话，脸上却不可思议地挤出了冷静的笑容，回答道："当然是真的。是我介绍给她的，还是他先追的小千。"我装出吃惊的表情，仿佛想不通她为什么会怀疑。我第一次知道自己的演技如此精湛。"小千答应了他，两人交往了。虽然男人长得帅、收入高会让女生不放心，但他很真诚，说服了小千，两人就好上了。我挺羡慕的。他大学跟我在同一个社团，确实是个又帅又体贴的男人。我真挺羡慕小千的。"我几乎是一股脑儿地说出这些话，"只有一点，小千说被甩，是她低调。分手原因是男方要回东京，想让她过去结婚，他不想放手，一直纠缠着她，最后提出分手的其实是小千。"

小千。

说话的同时，我的声音在心里的某个地方呼唤。

小千。你现在在哪儿？

"那个男人心里放不下她，还找我来商量呢。对了，她特别擅长刺绣，你知道吗？"

"不知道……"

"绣得特别漂亮。"我像是在吐出空气的结块，话音落时是沙哑的，"不是心平气和的人，没法儿绣出那么美的作品。你、我，都做不到。"

亚理纱沉默着。

"这些，也是我希望你知道的。"我继续说。

"那个……"亚理纱向前探身。我看出她有话要说，回答："别担心。我不会写任何关于你的事。谢谢你告诉我。"

"不谢……"

亚理纱那漂亮的肩膀蜷缩着，一部分身影与她重合在一起。

我，政美，果步，大地。我不知道，也许还有更多人。

别把小千当成镜子！这句话我是否真的说出口了，还是只在心中吐露过，我不知道。

但亚理纱却抬头看着我说："你不要把小千的事映射在自己身上。"

被疼爱的女儿。没有主见的女儿。

谁都会从中看到自己，不能放任小千不管。我比任何人都是。

正常，正常，正常。

超出了这个范围就不正常。你家是不正常的。

到底什么才算正常呢，和你想的不一样就不正常吗。别人觉得千笑"不正常"，但我想告诉她，没有绝对的"正常"，我们作为女儿，也没有绝对的"对错"。

"今天非常感谢。"我对亚理纱说。她沉默着接过收据，走到门口。她没有挽留，我也没回头。

回旅馆时，我特意从老家门前经过。

时值深夜，窗里还亮着灯。有人没睡。不知是爸爸还是妈妈。估计是妈妈，爸爸明天还要上班。

我没听启太的话，这次也没回去。

突然，窗口的灯光熄灭了。我看着随着光亮消失而变得静谧的家，下了车。想到自己曾在这里住过，觉得那像个遥远而古老的谎言。

甲州市内　超市

古桥由起子（第二次见面）

在超市停车场，我想起昨天的未接来电，又给濑尾打了个电话。他的手机可能是没电了，电话刚一接通就转到了语音信箱。

我又一次后悔没接到电话。从昨天和及川亚理纱分开到今天，我回拨过好多次，都没人接。未接来电只有这一个，对方再没联系过我，往医院打电话也找不到濑尾。

我叹了口气，把手机从耳边拿开，收进包里。下车时，刚巧看到一个背影，很像由起子。

"由起子。"我边叫她边关上车门，她转身"啊"了一声，抬起了头，叫了我的旧姓"神宫司"。我走过去点头致意："抱歉，打扰你工作了吧。能碰见你太好了。"

"没事儿。马上就休息了，能等我一会儿吗？"由起子两手提着半透明的大垃圾袋，不好意思地笑着，"里面有个电玩城，旁边是休息区，我们在那儿见。"

"谢谢你……真不好意思。我只是想跟你道个谢。"

上次见面时我曾拜托由起子帮忙找手工部其他成员的联系方式。昨天她邮件发来好几个人的联系方式，都是征得对方同意的。

"啊。那个……"由起子点点头，放下塑料袋，她手上还戴着薄橡胶手套，抬手挠了挠鼻子说，"派上用场了吗？"

"嗯。但我觉得，跟那些人相比，还是由起子你和小千的关系最好。"

听及川亚理纱说，小千在抱怨时提到有个高中朋友也因为没有得到充分的升学指导而憎恨老师。那个朋友会是她吗？我听了及川的话，回东京之前想再见由起子一面。

"我把刺绣带来了。是小千送我的。我也想让你看看。"

"真的啊？哇，真令人怀念。她一直坚持下去了啊？"

"嗯。"

"真厉害啊。高中毕业我基本就没再动过了。"也许千笑在手工部时就很喜欢刺绣,我刚想开口问,由起子又开口了:"我马上就收拾完。你先过去。"

"好的。"

我一进门就看见了由起子说的休息区。不愧是镇上最大的超市,很宽敞。休息区旁边是电玩城,摆着"打飞碟机"和"大头贴机"等娱乐设施。赢了就能得到毛绒玩具,父母们正带着孩子玩得热火朝天。

休息区传来电视机的声音,正在播放晚间新闻。

我下意识地朝那边看,却"啊"地叫出声来,目光定住了。高冈育爱医院濑尾医生的脸几乎占满了整个画面。那天在医院见到的设乐院长坐在他旁边,表情坚毅,眼球却布满红血丝。

看到那红色的瞬间,我从包里掏出手机。这时听到新闻导播的声音:"自……年引入该设施后,这五年来,'天使之床'也就是俗称的'婴儿邮箱'在市县民众的支持下才得以运营。迄今为止共接收四十多名新生儿,但此次正式决定关闭。该医院……"

手机上还是没有任何来电。我咂了下嘴,之前明明都说好了,有情况的话一定要告诉我。我想起昨晚的来电——也许那时就已经决定了。

电视屏幕的画面切换。拿着话筒的濑尾的脸被放大,在灯光的照射下显得汗津津的。

我拨打育爱医院的电话,今早还能拨通,现在却只是"嘟、嘟"的忙音,和电视里濑尾的声音重合在一起:"真的非常遗憾。接下来我们计划完善设施,也会就再次开放等相关事宜进行探讨。"

通过画面,我能看出正在点头的院长紧咬着后牙。她表情痛苦,似乎在忍耐。"很遗憾,没人能理解我们。"她说。

新闻切换到了其他话题。

我从超市出来,走到停车场,不停给濑尾打电话。医院如今无疑正处于嘈杂和混乱之中,电话一直被转接到语音信箱,还是打不通。

我翻开笔记本,找到记录濑尾电话的那页。上面也记了院长的电话,我们约定,情况紧急时才能拨打这个号码。我毫不迟疑地拨通了院长的手机。

我已经做好了忙音或无人接听的思想准备。那条新闻不是直播,但不知记者见面会是否结束了,今天的报纸和早上新闻中都没提到。

我刚咬紧牙,电话那头突然响起一声"你好"。通话音还没响起,对方就接了电话。

"我是神宫司。之前谢谢您了。我是那个,因为'天使之床'的事去拜访过您的神宫司瑞穗。"我话音很急迫,连珠炮似的,"你们没遵守约定……"

"……非常抱歉。"声音稳重有礼,是院长本人。

今天记者会后,她肯定用同样的声音对应过许多人,这句话憔悴而无力。

但这无法使我平息。对我来说,这里是最后的指望,是能抓到的最后一根稻草。我手中的线索只有这些,它们却像沙子一样不断从指缝间流走。我拼命努力,想一粒粒地捡回手里。

"不是说年内不会关闭……"

"昨天开会时决定的,从十一月起关闭。"

"太快了。"我边说边意识到自己想说的并不是这些。我太实在了,不小心吐出了真心话。"至少,要等到十二月底……"

像是纠缠,像是祈求,话一出口,我的呼吸都停顿了。

"非常抱歉。"电话那头的声音说。他们本来就不用理会我说的话,我明白这个道理，没有理由去责怪任何人。彻底失去了，我的机会和依据都被夺走了。

"对不起，没能帮上你的忙。"说完这句，对方就挂断了电话。我直愣愣地站着，手一直攥着手机，久久无法松开。

十一月起关闭。今天已经是两月更替的日子，从刚跳转过来的手机待机界面可以看到。

十一月一日。

我回到休息区，由起子正坐在那里等我。她看见我，表情一下子放心了。

电视已经换了频道，在播放儿童卡通片。刚才电玩城里的一家三口正坐在椅子上看电视。

由起子已经摘掉了围裙，她起身向我走来说："太好了，你还在。我没找到你，还以为你回去了呢。刚才没找对地方吗？"

"不好意思啊。"声音像是虚脱了，我不知自己是想让她听出来，还是想掩饰。

"神宫司？"由起子问道，"有什么事吗？"

"什么也……"我果断摇头，挤出个灿烂的笑容，"什么事也没有。放心，不好意思啊。刚才有东西落在车里了。"

"小千的事有进展吗？"

看着她纯净的目光，我突然有了一种无可名状的责任感，我感觉自己无法直视她的眼睛，扭过脸，点了点头说："做了很多调查，但还是完全没有头绪，抱歉。"

"你去见添田老师了吧。她说什么了？"

"嗯。"

我边点头边深呼吸，设法让自己平静下来。去教育中心找添田聊过之后，今早还接到了她的电话。她满心期待地问我是否有头绪了，让我很内疚。上次她不在，没看到千笑的刺绣，我只跟她约好下次拿过去给她看。

"想喝点什么？"我站在自动售货机前，边深呼吸边问由起子，心情总算稍微平复了。

由起子摇摇头，站在我旁边说："这次我买。上次就是你请的。"

"可是……"

"没关系的。你还在意这区区一百日元的饮料钱么，都快变成老大妈啦。"由起子说完笑了，可能因为有了孩子，她虽和我同龄，看上去却比我成熟许多，在她心里有一个我完全未知的世界。

我的心情还没好转。我们买了饮料，在附近的座位上面对面坐下来。

"这个，"我说着，从包里取出刺绣，手的触感很不灵敏，"是小千的刺绣。我婚礼那天，她放在红包里送给我的。"

　　祝福你。小千敬祝

细致的针脚。白布上散落着玫瑰和小花。

由起子"哇"地惊叹了一声，接过来，在超市的明亮灯光下，玫瑰花熠熠生辉。

我屏住呼吸。

绣玫瑰的丝线与众不同，不是白色，而是让人眼前一亮的美丽的银色。之前我一直以为是白色，没想到原来这么精致。

"真美。"

由起子抚摸着刺绣。她轻轻地温柔地抚摸着这件直到别人提醒，我才注意到的礼物。她的巧手，我学不来。

我低下头，眼泪快要流出来了。

是感伤，或是难过，或是太想念千笑。不知是哪种感情，哪种都有，又哪种都不是。心情五味杂陈，像大理石的花纹般扭曲着，感情被集中吸进了一处。

我不甘心。

"……我还想给添田老师看看，之前带着这个去她工作的地方找过她。"

"老师还在工作吗？她年纪已经很大了吧？"

"嗯。在社会教育中心工作，就是甲府站后面的成教楼。她在那里的刺绣教室遇到千笑，两人又开始来往了。"

"啊。这样啊。"由起子微笑着，像是在回忆往事，"确实是添田老师的风格呢。她当我们班主任时，我就觉得她是个利落、能干的人，看来如今也没变。"

"嗯。下次有时间一起去吧？上次说是回老家了，我没见到她。"

这么说来，我忘了帮由起子带好，不知添田是否还记得她。不过像添田这样的老师，就算忘了，见面就能想起来，我带由起子过去她应该会高兴吧？或许我已经没法让她再见到千笑了。

就在这时。

"老师的老家，是富山吧？"由起子的目光离开刺绣，抬起头说。

我难以置信地看着她。

喉咙里发出的声音像是轮胎漏气，我重复着。

富山。

"添田老师……"我心脏咚咚地剧烈跳动，但一开口，声音却异常平静，"……她是，富山县人？"

"是啊。"由起子回答,"当时我觉得富山很远,所以记得。上课讲到国内的都道府县时,她指着黑板上的日本地图告诉我们的。考试时,我想到富山县是老师的家,才写对的,因此一直都没忘。"

甲府市内 添田家
添田纪美子(第二次拜访)

看到我等在门外,添田纪美子好像吓了一大跳。

与此同时,她脸上一瞬间浮现出一丝喜悦,像是在期待什么。但在路灯照射下,她也许发现我脸上的表情并不明朗,慢慢眨了眨眼,开口叫道:"神宫司。"

"好久不见。不好意思突然打扰。我想和您好好聊聊,觉得在您家里可能比在单位更合适。"

"啊。我早上还给你打电话了,前天我不在,不好意思了……莫非,有什么线索了?"

"……嗯。"

我陷入了踌躇而无措的沉默中。我很紧张。这是一场真正的,没有退路的终极较量。

"真的?"添田眨着眼睛问,"请进,喝杯茶吧。"

"谢谢您。"

这就是案发后千笑来拜访的房子。添田开门,我们走进玄关。刚关上门,先我一步的添田就扭头开口了:"千笑的事有什么线索了?你知道她在哪里……"

"老师。"我的声音盖过了她的声音,添田那痛苦而极其担忧的脸上已经写出了答案。"您一直都知道千笑怀孕的事了吧?"

添田的眼睛睁大了。声音像断了般，嘴唇缓慢地一张一合，像是在呼吸。

"请您如实告诉我。我也……知道了。"

添田似乎被一道闪电击中，定格在那里，遍布皱纹的眼角一动不动，干涸泛白。

"老师。"我叫她，碰到她的手，就快哭出来了，"我能承受。请您，一定要告诉我。"

添田口中发出"啊啊"的声音，像是在叹气，枯枝般干瘦的身体在玄关前的走廊上慢慢失去了力气。她一下子瘫坐在地板上，捂住了嘴。

之后她看着我，触感温暖的手用力握紧我的手。

那眼神，就像是看着一个在迷途中找到方向的人，紧张感从她瘦削的双肩上消失了。我低头说："求求您告诉我……'婴儿邮箱'被关闭了，她没有指望了。请您告诉我，千笑现在在哪儿？"

"神宫司。"她的肩膀不停抽动，哭出声来。我也握紧她嶙峋的手指，她慢慢掩住了脸，放声大哭起来。

听着哭声，我抱住她的双肩。我自己也很害怕，因为这是一件"让大男人们全体出动的工作"。我们都有秘密，连警察都没说的秘密。

上次和添田聊天时，我很想问，却最终咽下去的那个问题，今天终于能问出口了。

小千，是不是为了生孩子才逃走的？

那天，我被诊断为不育症，走出医院，决定做手术。

回家路上，我顺路去了公园，看着天空，无意中想起了千笑，那个不知为何杀害温柔的妈妈后逃走的、我自幼的玩伴。我虽然很震惊，但觉得事已至此，自己也无能为力，这件事没有现实感，已经结束了。直到那时，我都没想过要去寻找她。

但唯独那天，我突然想起一件事。

我一想到自己体内将要失去的小生命，就连锁反应般想到：和小千的约定怎么办？

我恍然大悟。

一段沉没的记忆，从潜意识中一下子浮出水面，与另一段曾使我困惑的记忆连接在一起，像共振般在头脑发出回响。

我原地打开手机，在收件箱里找到千笑在四月初发来的最后一封邮件，因为之前总觉得哪里不对劲儿，一直留着没删。

> 瑞穗，那个约定，你还记得吗？明年三月份之前就行呢。

明年三月。

我原以为这个"约定"是让我对大地结婚的事保密。但为什么这个约定还要期限呢。明年三月。大概一年左右的时间。

那时……

一年，想到这个具体的年月，我后背像是被灌进了凉水，一阵战栗。

如果这个"约定"是另一个完全不同的"约定"呢。比我认为的"约定"早得多，或许根本称不上"约定"，是为了鼓励我而说的那句话。

——我们做同学年孩子的妈妈吧。

一起带孩子玩儿，一起参加学校的家长会。一起去看海，一起去游乐场。

偷喝可乐后，为了逃避追上来的妈妈，我和千笑蹲坐在在温室大棚里，空气闷热而潮湿，我们害怕地屏住呼吸。

千笑用被冷汗浸湿的手握着我的手，和我约定："我们……吧。"那天，我拼命点头。

一想到这些，我全身都是汗。这种感觉无法用语言形容，就像迎面吹来一阵凉风，让我汗毛直竖。头脑中满满当当，像是杯中水泛起了涟漪，我回想起来了，得知自己怀孕时，心中惦记的事。

怀孕的事，一定要告诉千笑，那时我也是这么想的。

我下意识地想到这些，又慌忙发现这不可能了，因为她已经去了另一个遥远的世界。

坐在公园的长椅上，我无法迈步，也无法起身。

小千。

我呼唤她的名字。

小千，是这样吗？

像散落的拼图一样，找到这一片，就能看到整个画面了。

同学年孩子的妈妈。四月份①是新学年，从四月到次年三月期间出生的孩子，就能在同一年入学。

千笑她打算在明年三月前生下孩子。

四月份，她给我发邮件时就知道自己怀孕了吧。如果是，从怀孕到生产，胎儿在母亲肚子里正常情况下要待四十周。

讽刺的是，我对此很熟悉，是得知自己怀孕后在书上和网上查的，还都记忆犹新。

从那时算起，无论千笑当时已有多久身孕，预产期都无疑是在年内。

---

① 日本的财政年度及学校和公司的新年度都从四月一日开始。

用市面上卖的验孕棒，在生理期后一周就可以判断是否怀孕。就算她当时只有一周的身孕，预产期也是在十二月。

得知怀孕时最先想到的事。

想生下来。

我把手放在自己的小腹上，我的孩子，他几天后就要被流掉了。我甚至不知道他是否已经住进了我的身体。这或许还能成为和妈妈重归于好的机会，但我失去了。

哥哥家已经给妈妈生了个小孙子，名叫夏喜，但妈妈在电话中听到我怀孕的消息后，虽不如婆婆那般夸张，也非常欣喜。她笨拙生硬地说："不是挺好嘛。"想祝贺我又拙于表达，只说："有事就说话，妈妈马上过去帮你。"

一想起妈妈的声音，我又联想到千笑和她妈妈。千笑的妈妈会如何看待女儿体内的小生命呢？在那个家里，她们母女之间，发生了些什么呢？悲剧，明明可以不发生的。

如果可以，我希望千笑顺利成为母亲，这想法似乎也寄托了自己的心情。我真的不想让她经历和我同样的心情。孩子父亲暂且不提，我注意到，千笑的邮件字里行间充满了喜悦，她对孩子的到来感到开心和期待，这种心情似乎能直接传染给我。

我在报纸上寻找，也向周围的人打听，确认是否有相关的消息，但最终一无所获。有关犯罪嫌疑人千笑怀孕的事，警察、媒体、朋友们均未提及。调查中，似乎谁都没有注意到这个事实。但我确信这点。这是只有我知道的秘密和事实。

那封邮件的正文，拐弯儿抹角，说得很含糊，但却非常希望我能注意到。

这确实是千笑的风格。

"虽然她没明说，但我觉得有可能是这样。"我说。

添田沉默地听着。

她把我让进客厅。拿起水壶往茶壶里倒热水。动作缓慢，手已经不颤抖了。

"小千本来就很想结婚，也很想早要孩子。她经常这么说。"我又追加上这句。

千笑的声音在我耳边响起。

——我啊，觉得奉子成婚也可以啊。早点儿成为妈妈也挺好。

听到大地说"我们要是有了孩子，肯定可爱，你觉得呢"时，在他怀里幸福笑着的千笑，如果她从没放弃这曾经的梦呢？

那个让她无法忘怀的男人，千笑没想去责骂他，也没想去伤害夺走她男人的女人。她想要的一定是别的东西。不是放弃，而是让这段感情留在自己体内。

"那天，她来我这里，说妈妈肯定不会同意。"添田自语般地说。

我咬住了嘴唇。

"直到那天，您才知道她怀孕吗？"

"嗯。因为之前毫无察觉，我吓了一跳。她说没跟任何人说过，我是第一个。"

四月末。案发当天。

那时，应该是她知道自己怀孕一个月左右。

和大地发生关系是三月最后一个周日，二十五日。我收到暗示"约定"的邮件是在四月初。她应该是一到能验孕的时间，就去确认了。

对千笑来说，孩子意味着一切转变。恋爱，结婚和工作，有了孩子就有了解决方法。

"杀害妈妈的事,她当时是否……"

"我发誓,她那时什么都没说。之前我也说过,那时她如果跟我坦白,我一定会说服她和我一起去投案。我真的不知道。"添田的声音哽住了,"我只听说她怀孕了,没法儿跟父母说,很苦恼。但她说,真的很想生下孩子来。"

"老师您给了什么意见?"

"我说服了她,告诉她想生才更该去告诉妈妈,毕竟是一家人,妈妈肯定会支持你。而且一定要和孩子父亲共同承担养育责任。也许前后顺序颠倒了,但一定要正式找他谈,然后结婚。"

添田注视着我。她满面难解之忧,看得我心口阵阵发痛。

"千笑没告诉我对方是谁,只说没法和他结婚。神宫司,你知道她的……她孩子的父亲是谁吧?"

"我知道。"我只是点头,没有告诉她任何细节。

添田似乎了解了,摇了摇头说:"我说服了她。"她闭上眼睛,像是在表达那场不幸的发生和她自己也有关系。"我劝她,如果孩子的父亲无法告人,那孩子会幸福吗?但千笑很固执,哭着说那是她唯一真心爱着的人,她认定了这个人。我从没见过她如此拼命坚持。"添田按住眼角,刚止住的眼泪又从通红的眼中扑簌扑簌地掉落下来,"这就是'爱'。在我们那个年代,年轻时谁也不会说出口,只能在电影和电视剧中听到的字眼。千笑她有想去真心守护的东西,让我觉得心口发堵。这就是——爱。"

添田反复生硬地念叨这个还有些陌生的单词,身影让人感觉如此弱小。她按着眼角说:"现在想来,也不难想象她会跨越那无法挽回的一条线。把妈妈……"

"动机,是因为她妈妈发现她怀孕了吗?"

"我不知道千笑和她妈妈之间到底发生了些什么，但有可能因为这个，我觉得是。总之千笑来我家时怯生生的，一直把手放在肚子上，像是在保护腹中的孩子，她坚持要生下来。也许是之前遭到过反对，她才会在我面前如此坚持，这么想的话也能说通。"

"小千有什么打算呢？"

话一出口，我就意识到了。

千笑当时的心情恐怕比我们想象得要轻松很多。生孩子的同时意味着辞职。公司直到几年前还保留着"女员工结婚就必须要离职"这个旧规定，何况她只是一名合同工，公司绝不会留她。

千笑打算离开相良设计，所以她能下决心，把之前心中积聚的不满冲亚理纱一下子发泄出来。

她一定也能想象，没有稳定职业的单身妈妈生活上会多艰难，或许她已经做好了心理准备。如果是这样，那和她在一起养育孩子的会是谁？在经济上支撑她生活的又是谁？

是那个和自己血脉相连的人。千笑肯定告诉了妈妈，相信她绝不会拒绝自己，一定会接受自己。

我想知道作案动机。她为什么会杀了妈妈呢？我心中一阵翻腾。

"听说案发当天小千爸爸去了町内会组织的旅游，没在家。小千会不会利用这个机会先跟妈妈说了呢。她告诉妈妈她想生下这个孩子，想让妈妈帮她一起说服爸爸。"

千笑深信妈妈会站在自己这边。也许她压根儿就没想过妈妈会反对。

我说出这些，添田无力地合上下巴说："我也这么想。之后发生的事只能靠想象了。"

她像刚想起来，提起茶壶给我面前的茶杯倒茶，泡了很久的深绿色茶水反射出荧光灯的亮光。

"她跟我说，虽然背着父母独自抚养孩子在经济上会有压力，但她真的没法儿扼杀腹中这条性命。她说：'这孩子已经是个小生命了。'听她这么说，我一句话也说不出口了。我也有儿孙，想到他们的脸我就揪心地难受。'婴儿邮箱'的事，就是在那时提到的。"

若不是上了报纸和电视的头条，她们都不会关注。那条引起巨大争议的新闻也传到了千笑耳中。

添田低着头捧着茶杯，杯中茶水在微微晃动。半年来，这个连家人都不得不隐瞒的沉重秘密给她带来了多大的痛苦啊。

"千笑说想暂时把孩子寄养在那里，等经济独立，生活安定下来，马上就用自己的名字把孩子领回来。我当然反对，说孩子肯定还是要妈妈带，母子分离时肯定很难受，孩子真的是很可爱的。"

"但小千只能寄养孩子，她只有这一条路可走。"我说。

那并不是她本意，她肯定想用自己的双手养育孩子，她妈妈就是这样养育她的。但千笑已无法回头，她开始走上这条不归路。

"她为了自己的……为了隐瞒孩子母亲是杀人犯？"添田问道。

"后来我意识可能是这样。所以她一直在逃跑，想顺利把孩子生下来，寄养到医院。"

——他们说我家穷。

以前，她因为父母和家庭曾被人嘲笑过。

她身上的精神创伤不止停留在儿童时期。大家都说她的家庭和母女关系"不正常"。我看到她被人质疑过，添田也帮助过小时受人欺负的千笑。

"婴儿邮箱"可以不留父母名字，是匿名性的，是四周都围着栅栏的摇篮。

"老师的老家在富山吧？有'婴儿邮箱'的育爱医院也在那儿。"

"……是的。在高冈市内。"添田点头。

——我是远嫁过来的，已经和老家亲戚没有来往了。

我刚在旅馆确认过录音。从添田的年纪来看，她的双亲很可能已经离世了。

"她说想租我的房子。富山的老家。已经没人住的空房子。"

"您之前和小千提到过那间房子吗？"

"嗯。在手工教室见面时，我提到过有这么间房子，是我的房产，但如今已经没人住了，离太远了也没法常去收拾，怪麻烦的。"

"小千记下了这些话。"

"……她说要离家出走一年。"添田视线下移，低头小声说，"生下孩子，寄养到'婴儿邮箱'，马上再回山梨县。找个工作，经济上独立后，再慢慢花时间跟父母沟通，说服父母接受这个孩子。这一年想租我家的房子住。最后她央求我不要告诉别人这件事。"

"她没去妇产科吧。没有产检记录。"

市面上卖的验孕棒可以判断怀孕。但如果要去医院生产，就必须定期接受产检。一定会用到健康保险证和身份证。她怎么解决这些问题呢？

添田摇摇头说："她说没去。这都是之后的事。也许那时她根本没料到事态会如此发展，还想让妈妈陪她一起去医院呢。"千笑确实会这么想。添田的声音变小了，只能隐约听到："警方，千笑家人，朋友，所有人都不知道她已有身孕。只有我，她只信任我。"

我。

添田充满悔恨的声音，继续痛苦地辩解。

"千笑的精神状态不太好。我记得她脸色很差，语气也不冷静。

我觉得，当时就算我费尽口舌也很难说服她。她对腹中的胎儿十分敏感，我真的很不放心，她出了我家门又能去哪儿呢？她连自己的家也回不去了吧。"

"是的。"

"我想，过段时间也许她能平静下来，就把富山老家的钥匙交给她，告诉了她地址。"似乎是犯下了不可饶恕的罪过，她嘴唇发白，脸上失去了生气。她用快要哭出来的声音接着说："我很担心。我觉得，与其让她独自远去，不知行踪，这么做要好很多。我打算马上过去看她，还想过一周左右，等她平静下来，就向她父母报个平安，告诉他们千笑住的地点。也许这是一种出卖，但她毕竟是父母最疼爱的女儿。"

比说出"这就是爱"时语气更重。添田说："我没想责备她。"

"您正想这些时，就听说发生了案子，是吧？"

"是在第二天的新闻里看到的。我拨不通她的手机，很担心……连呼吸都快停止了。"

之后的事无须多问。添田像之前说的那样，和儿子儿媳商量，当天就去了家附近的警局，报告了千笑来过家里的事。

只是，没说她怀孕的事和她的去向。添田清楚地知道，如果说出那些，将是多么严重的出卖，比之前预想的都要严重得多。

千笑当然能预料到事件马上会暴露，添田也会知道，但她赌了一把。添田以前保护过自己，是自己最喜欢的老师，所以这次也不会出卖自己——她这么想，把"信赖"这副沉重的枷锁压在了恩师肩上。用宝宝的生命，自己的身体，和爱这个单词作为束缚。

"不知道她为什么会来找我……"添田重复着，听似平静的声音中，隐藏着罪责的胆怯和颤抖。

"小千现在在那儿吧？"我刚问出口，添田弓着的肩膀就抽动了一下。

"请让我见见她。"我说，"我要去见她。请让我和小千聊聊吧。"

添田抬起头，用湿润的眼睛看着我。我接着说：

"请您把肩上的责任分给我一半。让我对小千……"

"神宫司。"添田口中发出沙哑的悲鸣般的声音。脸色比刚才更差了，瘦骨嶙峋的手指伸向我。"她不在。"她说，这次轮到我大吃一惊了，添田接着说，"她没去。得知案发后，我去了好多次富山。可是不仅没有住人的痕迹，连有人来过的迹象都没有。她没去那儿，她现在在哪儿我不知道啊。我担心，真的担心死了。"

我以为谜题已经解开了，结果却是个打击。我马上明白了，为什么添田想见我，她为什么要拼命去抓我这根没用的稻草。

一时间我发不出声音："……没，去住？"

"也许去过一次。但没有在那儿生活的痕迹。之后她去哪儿了，原本是不是想去富山，到没到那儿，我都不知道。"

"怎么会……"

"今天白天，我在电视里看到了'婴儿邮箱'要关闭的新闻。"似乎是最后的宣告，添田的声音很晦暗，"她想去的地方已经没有了。如今她在哪儿做什么，看到那条新闻时是什么样的心情，去没去定期产检，孩子是不是平安无事，有没有生孩子的地方。连她是不是还活着，都不知道……都是我的错。"添田说，"她来我家时，我应该想方设法阻止她。"

"还不能下定论。"我摇头说道，"小千还在某个地方生活着，逃亡着。'婴儿邮箱'被关闭对她也许是个打击。但我觉得，为了顺利生下孩子，她一定还在继续逃亡，也许会想其他办法。"

"冬天就要来了。"添田说,她那被泪水浸红的双眼像是求助般地看着我,"已经十一月了。富山马上就要到下雪的时节了。下个月,真正的严冬就会来临。"

我无法回应,咬住了嘴唇。没法回答。

千笑下个月就将足月,也许她要在严寒的十二月见到自己的孩子。毋庸置疑,千笑从一开始,就比添田,比我,比任何人都先意识到了这点。

知道了她和大地发生关系的具体日期,往后推算四十周是下个月中旬。电话里和濑尾医生确认的预产期是十二月十六日。

正因为如此,添田才如此在意这个学生的行踪,在气温急剧下降的日子,按捺不住给我打了电话。为了在入冬前找到她。

"你觉得千笑会怎么办?她真的已经没有求助对象了。"

对添田的询问,我回答的声音也很痛苦:"也许她会去找别的设施吧——她肯定,也会想办法的。"

我心里完全清楚,这个说法很牵强。我觉得逃亡中的千笑没法儿找到同样的设施,但我还是说了。之前,我曾煞有介事地跟千笑说过,因为设施不完善,寄养的婴儿被冻死的事,说育爱医院的"婴儿邮箱"是日本唯一安全的寄养场所,千笑肯定会当真。因为她获取的信息和知识少,才会重视每句话。她就是这样的女孩儿。

她相信我的话。

"小千去您家时伤势如何。这下您能告诉我实情了吧?"

"我说的是真的。不知她是不是一直强忍着,我真的没发现她受伤。如果我注意到了,就能发现不对劲儿了。警察把坐垫上的血渍指给我看时,我脸都白了。他们告诉我,她恐怕是腿或脚受了伤。"

"是……这样啊。"

不知她伤情如何。但千笑应该是带着伤,怀着身孕离家出走了。

"神宫司。"添田抬起头看着我,小声念道,"到此为止了……我们的力量已经找不到她了。我真的很想等她回来。也许是徒劳,但至少要等到预产期那天,那之后她肯定会回来投案自首,我相信千笑。"

"我也这么想。"

"但是,已经……"添田的声音哽住,难负重压般让人听了难受,她抬头注视我的眼睛,像是在鼓励自己。"我们告诉警察,千笑怀孕了,现在也许就在富山,请求警方帮忙寻找。有了这个线索,肯定能找到。"

我慢慢抬起头,看着添田。她摇头接着说:"毕竟,马上就到下个月了。前天,我也请假回富山老家了,仍没有她来过的迹象。我找不到她。也许已经晚了。但至少在最坏的结果发生之前……"

"……我,去找警察。"我咬住嘴唇,盯着她的眼睛说。添田沉默着,像是在迟疑,稍后她眼皮向上抬,看着我的脸。

"上次见面时,您给了我一张名片。也有其他警察去找过我,也留了名片。小千的事都让我去说吧。可能有些事也会再联系您。但能不能让我去说?"我接着说。

"可是……"她眼中一直浮现着忧虑,像是在求助。她在摇摆。迟疑通过空气传达给皮肤。但比迟疑更明显的是疲倦,添田纪美子太累了,让人觉得可怜。她虚弱地说:"……肯定有很多人埋怨我吧。千笑也会。"

她发出呜咽般的声音,细弱的手臂交叉抱在双肩上。我没有说话。

我咬住嘴唇,看着添田。只能这样做,才能让我的视线和情绪,找到落脚点。

我走出添田家时，已经快夜里十一点了。

回到旅馆，在冲澡时接到了育爱医院濑尾医生打来的电话。他是从哪儿打来的，从深夜的医院吗？电话那边一片沉寂。濑尾的声音一反常态，有气无力地说："我想和你道个歉。"

之前语句措辞都很强硬，如今却用这样的声音向我道歉。我苦笑着回答："是。我已经问过院长了，设乐院长今天傍晚接了我的电话，她告诉我在紧急会议上突然决定要关闭。"

"我很抱歉。当初说想帮你，是真心话。"

"我明白。"

他是真心想帮我吗？我原以为自己知道。

十月十一日，我去育爱医院那天，濑尾医生说早上门诊前没空，但我还是求他让我见院长一面。我只是个名不见经传的小报记者，设乐院长却抽时间听了我的话，我很感谢她。

"我认识的一个女人也许会把孩子寄送到这里。虽然不知预产期具体是哪天，但应该是在年内，恐怕就在接下来这两个月之中。"

从千笑失踪，到十月去医院当天，其间没有人把孩子放在"婴儿邮箱"里。

四月案发时，周围人还没发现千笑怀孕，从这点也能推测出，预产期在十月之后的可能性更大。

设乐院长戴着银边眼镜，白发向后挽成一个髻，跟在电视上看到的相比气场更强，更严厉。与她这种立场鲜明的对手对峙，会带来非同寻常的紧张感，似乎对方在一瞬间就能洞悉自己的全部想法。她锐利的目光注视着我的脸，像是透过我的脑袋，看清了我的想法。

院长的目光落在我递过去的照片上。濑尾和院长都说对她没印象。千笑还没来过这里。

"我只有一张照片,不能留在这儿。"我用这个拙劣的借口把照片要了回来。

我没说这名女子叫望月千笑,没说她有可能是杀人犯。距案发已有半年时间,她的脸基本不在媒体上出现了,但如果给对方照片,他们就有可能碰巧注意到。

收起照片,我不停鞠躬拜托。看院长如此平静地倾听着我的请求,濑尾像是被吓到了。

"我现在正在到处打听,调查她预产期具体在哪天。由于某些原因她没法自己抚养孩子,所以一直都想不开。怀着孕失踪了,至今不知去向。"

"你确定她会来这里吗?"院长第一次开了口,冰冷的声音像被磨砺过的金属。我无力招架,想移开目光但终于忍住,点点头说:"我认为很有可能。我们聊天时,经常会对育爱医院的方针表示赞同。一得知她失踪和怀孕,我就想到这里了。"

是个人直觉,但值得赌一把。如果只有我一人注意到,我就必须要这么做,自己有义务这么做。

我希望她平安,希望孩子出生。

"我不知道目前她待产的情况。也许没定期产检,也可能是急诊,连被抬进来的可能性都有。"我追加了一句。

我听说有些孕妇不定期做产检,也没有固定医生,结果足月时被紧急抬进医院,这种情况在国内日渐增加。院长和濑尾都沉默着,脸上的表情几乎没有变化,他们是否会伸出援手,我很不确定。

急诊孕妇,对他们来说只是平添了麻烦吧。感觉时间过了许久,院长终于开口了。

"你做这件事的目的是什么?"

"我……"

我慢慢坐到地上，腿挨到地面。没意识到自己是在下跪，只是觉得如果提出的要求很过分，就应该这么做。腿碰触到冰冷的地面，我低下头说："求您了……我想见她。"

"如果有使用'婴儿邮箱'的人或急诊产妇入院，就请联络我，让我确认她是不是千笑。预产期就锁定在这段期间，虽然我清楚地知道这不符合规定，但我希望在此期间能监视'婴儿邮箱'。"我恳求道，低下头，身体僵硬地维持同一个姿势，一直跪着。

濑尾想把我搀起来。我说出一句连自己也没想到的话："因为我们是好朋友。"我切实感到，自己苍白的脸上汗毛直立，我终于把这句话说出口了，"我们从前就是，最好的朋友。"

"所以呢？"院长一动不动，冷静注视着我，自言自语般地说。我抬起头。她眼镜后面的那双眼睛，连眨眼的间隙也不留给我。她问道："究竟，你见到她之后要做什么呢？为什么要寻找她？"

"要是能找到就好了。"濑尾医生在电话那头说。语调依然冷淡，这次却能听出感情。"谢谢您。"我回答，我能意识到自己的声音是空洞洞的。这是我唯一的机会，但已经被夺走了。

"院长有话转达给你。"

"您请说。"

"如果你找到了那位朋友，如果她没做定期产检，又想把孩子生下来，请一定到我们医院来。虽然'天使之床'关闭了，但我们会尽最大努力，帮新生儿找到养父母。"

"谢谢您。感谢您的好意。"我深吸一口气说。

虽然这份情谊很难得，但却行不通。千笑要隐瞒的是她自己，是孩子妈妈是罪犯这件事。

"你曾经让我看过的那张照片,"濑尾突然说,"上面的女孩是在强颜欢笑呢。"

一瞬间,我言语尽失。

那张照片还夹在笔记本里,是从她和大地的合影上裁下来的。我努力回想千笑的表情。濑尾看我没应声,以为是伤害了我的感情,又追加道:"她的笑容似乎挺勉强,让我印象很深。但表情也类似于习惯,和本人的精神状态没有太大关系,也许她一直都习惯于这么笑。"

"之后我会再确认下。我没看出那张照片的笑容有什么特别,听您提到,有些吃惊。"

"说了多余的话,抱歉。"

我眼中突然闪现出,去医院采访那天,濑尾神经兮兮地抚摸白大褂袖口里伤疤的样子。也许以后再不会见了。"保重。"濑尾说。

挂断电话,我在旅馆房间里呆呆地思考了片刻。

我拿出笔记本,取出千笑的照片。她直视前方笑着,笑容怯生生的,我只能从这笑容里读出她温和的性格。恐怕,我和千笑都想不到,会有陌生人如此评论她的表情。当时恋人在身边,明明是幸福时刻,也会是强颜欢笑吗。

一旦拿出照片,和上面的千笑对视,就很难再夹回笔记本里。

父母为孩子着想,才不去认领孩子,这不能算是美谈。千笑的孩子是她的依靠,但终究只是她的一部分。那个还未出生的孩子,寄养后,千笑也许不会去认领他,一生都不再见他,她只为了让这个孩子在某个地方活着——只为得到这个事实。逃跑的千笑是自私的,生孩子只是为了满足她自己。她的孩子能幸福吗?

但是,谁也不能这么评论她。

我曾有过将为人母的经历,感触更深。我们还稚气未脱就成了母亲。生孩子,养育孩子,都只是为了自己,哪能只责怪千笑一人呢。

通话结束后,手机在手中握了一会儿。我把手机放进包里,又把千笑的照片和笔记本也放进去。

育爱医院是我最后且是唯一的希望。这条路行不通,就再没有任何线索了。反过来说,之前,我下决心要做一切力所能及的事,现在已都做完了。以预产期为期限的逃亡,千笑一定也注意到了吧。我们在与时间的对决中败下阵来。

我躺在床上,辗转难眠。

朦胧之中,我在千笑家里。

我在梦中,竟然清楚地知道这是梦。她家的装修完全没变,和我小学时一样。黑色的可乐般的液体,洒了满地都是。可乐瓶和可乐罐并排摆在桌上。

千笑妈妈仰面朝天躺在地板上,脸上像是笼罩着一层薄雾,看不清五官。

不会有事吧?我混乱了。这不是血,这都是可乐呀。

千笑没必要逃跑,阿姨没死。我告诉她们母女,我做了这么个不靠谱的梦,一起笑完就完了吧?

趿拉趿拉,有人在屋里走动。

千笑在找东西。里屋的箱子、桌炉旁边的柜子、行李箱。她一直背冲着我,拼命地翻找着什么。

这也不对,我想。

现场没有凌乱的迹象,千笑很顺利地找出了钱。这也不对。

"小孩子不许碰大人的东西!"

是刚刚躺倒在地的阿姨的声音。这一句话就把我们带回了孩童时代。千笑不知什么时候站在了我旁边。我们互相拉着手，啊，我终于知道是怎么回事了。

刚才的声音不是梦，而是实实在在的记忆。我记得这些。

我们打开柜子找游戏道具。阿姨狠狠说了我们一顿。

怎么会忘了呢。

高中时，千笑开始打工。她在银行开了工资账户，家里却不让她用信用卡。毕业找了工作，她才有了信用卡，才能自由支配自己的钱。

她上高中时，信用卡刚一领到，就被阿姨用剪刀剪碎了。理由是，要是丢了被人用了就危险了。

"我还把密码设成生日了。真失败！"千笑耸耸肩说，"我真傻啊。如果妈妈不把卡剪了，也许就出大事了呢。"

信用卡在她家就是这种危险的东西。钱很重要，是大人的东西。孩子不能动大人的钱。千笑在那个家里，不管到什么时候，也许直到最后，也只是个孩子。

我睁开眼。

在笼罩着一层薄雾的旅馆房间里，我想到了。那对母女共用密码这件事，是不可能的。

十一月二日

甲府市内　站前十字路口

我离开旅馆，心情沉重地开车去警局，路口遇到了红灯。

车站前的十字路口，春暖花开，阳光明媚，人们缓缓通过马路。

信号灯的绿灯在闪烁，看着年轻人们像滑行般一溜小跑过马路，我发动了车。缓缓松开脚下的刹车，刚要踩下离合的瞬间。

瑞穗。

突然听到有人在喊我名字，我边缓慢前行，边四下看。不可能听到啊，我想。车内音响放着音乐，外面的声音基本上都被盖过了，根本就听不到。

是错觉。我回身坐正，明媚的阳光透过车窗照在脸上。就在这时，后排车窗外有什么东西刚好进入了视野，我扭头。行驶的车窗外，片刻之前的景色渐行渐远。我目光追随过去。不知自己为什么要这么做。

妈妈正在奔跑。

她身穿淡紫色的衬衫，举着一把花阳伞。像是觉得那把伞碍事，或是太着急忘了合上，伞向前倒着，朝这边追过来。没错，是我的妈妈。

似乎是受够了我的磨蹭，后面的车都按响了喇叭。听着那些尖锐的笛声，我还是能看到那个人的身影，她马上就要从我的视野中消失了。

油门是踩还是不踩。我按下转向灯，把车停在路边后，才隐隐意识到有两个选项。后面的车迫不及待般疯狂地超过我租来的车，向前飞驶而去。

我下了车，鬼使神差般。

"瑞穗！"

这次清楚地听到了她的声音。一把年纪还硬要穿一双颤巍巍的高跟鞋。在石板路面上，她步履蹒跚地向我跑来。

"妈妈!"我叫道。怎么就碰见了呢。我没时间高兴,也来不及懊丧。妈妈追了上来。

和妈妈面对面站着,我突然发现我的个子更高。她看似毫无深意地把伞举到我这边。阳光下,她的脖子上有一块泛着光的白色,是没涂匀的防晒霜。

妈妈出了汗。

"我就说,看着挺像你的。"她说。

气还没喘匀。原来这个人会跑步啊,这本是件理所当然的事,我却注意到了。在我记忆中,小时的亲子活动也好,其他活动也好,我从没和妈妈跑过步,只和爸爸或小姨跑过。妈妈总是一副事不关己的表情,她只在意日晒和腿型。

"您怎么知道是我?"

我没告诉她回山梨县,租的这辆车和平时我开的车也毫无相似之处。

妈妈的呼吸总算平缓下来,她摇头说:"当然能看出来啊。"

我看着她的脸。

行驶车辆带起的风从我们母子身后吹过。妈妈一副毋庸置疑的表情,拼命举着伞,想把这个比自己高的女儿笼盖在伞下。

那是我成人式前一天的事。那时,是我升大学二年级的第一个月。

为了搭配当天的衣着,我跟妈妈借了发饰。我走进妈妈的房间,想看看是什么样的发饰。那时她没在家。

镶嵌着乳白色贝壳的首饰盒就放在衣柜上面。里面有封泛黄的信,我打开看了。

信封上的收信人是妈妈,寄信人的名字很夸张,像是僧侣的法号。

展开信纸的瞬间，我明白了，寄信人应该是个有名的占卜师。和爸爸同行业的社长和社长夫人，大多数人都有私人占卜师。我一直以为妈妈不会信这些，在吃惊之余，没多想就抽出了那封信。

格式像报纸上的答疑专栏。

附上自己的出生年月日、姓名和手相照片，写下想咨询的事，就会收到占卜结果。也许这薄薄一封信就要支付高额的谢礼。

回信十分程序化，上半部分是妈妈要问的事，下边部分是占卜师的解答。

上半部分妈妈想咨询的事，让我的世界摇摇欲坠，说得夸张一些，那个下午，我的世界差点儿就崩塌了。

"我是地方知名公司的董事夫人，一直要顾及员工和客户们的目光，在这种压力下一直硬撑着。"

"我有一个女儿。我对女儿……"

"也是对她的严格要求，但不可否认，有时会感情用事。"

"虽然是为女儿着想，虽然不是虐待，但如果她认为是虐待，也没办法。"

"那时的事，如果让女儿……"

拐弯抹角想要自我辩解，信里大概就是这些内容。

"我虐待了女儿。在她小时候，女儿也许已经不记得了，她从没找我谈过。但我不知道，在那孩子心中，那是一段怎样的记忆，我很苦恼。"

占卜师的答复是这样的。

"女儿心中认为那是您对她的严格要求。现在已经化为了感激，请您不要担心。"

拿着信纸的手在发抖。我很佩服自己当时没直接把它揉成一团。视野里像沸腾般地"咕嘟咕嘟"摇晃。头的位置毫无变化，脚底却一个劲儿地下沉。呼吸急促，只能一个劲儿地呼气，没法儿吸气。

浇在头上的黏腻可乐，被藏起来的存折，被杀死的甲虫，依次浮现眼前，让我分不清哪个是哪个，一直深藏于心的记忆鲜明地再现，充满了整个身体。这冲击来得太真实了，我的呼吸愈发急促。

妈妈，一直都知道。

她明明意识到了，还要对我——

我抱着头躺倒，连胳膊和脸上都汗毛倒竖。

她用了我从未用过的词语。她把"虐待"这个词语和概念带进家，却从没跟女儿确认。女儿就在身边，她却要寄希望于一个从未谋面的人身上。

妈妈。

呼吸断断续续，我大叫。喘息着，哭泣着般叫道。

妈妈。您，太过分了！

我不记得，那天妈妈回来后，我是如何面对她的了。

第二天成人式上照的照片中，我笑着，千笑也在我旁边。不知两个人在说什么。

我把信又放回妈妈的首饰盒。中间夹了一张便签，像是埋入一颗定时炸弹

便签上写的是"我看过了"。

妈妈应该看到了吧。像我之前那天一样，让她世界撼动的日子

已经来过了吧。

我和妈妈，不会一起牵手逛街，也不会一起准备饭菜。

我不知道妈妈为什么会小心翼翼地受我支配。她为什么让我回山梨县，给我钱，让我待在她身边呢。

为什么，我也会受妈妈的支配呢。我从来都不知道。

"今天怎么回来了。因为工作？你回来怎么不告诉我一声？"

妈妈的表情和平时一样，看不出变化。也许我今生都无法知道她是否看了那封信。我还没缓过神儿，生硬地点了点头说："有工作。在这边待不了太久，就没联系您。我今天就回东京了。"

"这样啊？啊，那怎么办？"妈妈把手捂在嘴上说，好像真的很为难。她抬头看着我，在想着什么。"回去时不能顺便回家待一会儿么。家里有别人送的点心和食材，不带些回去么？"她的语调像弹钢琴，顺着琴键从高到低，她语速飞快地说着刚想到的这些，语气和眼神都不容迟疑。

我看着站在面前的妈妈，只是愣在那里。

为什么她能从熙攘的车流中，从没见过的车里发现本不该在这里的女儿呢。我不知所措地感受着母亲这种生物。她如此确定看到的就是女儿，从不认为自己会看错，我呆呆地站着，好像整个身体被抛进了一个未知的世界。

"没关系，妈妈。"我从她的阳伞里退出来，说。妈妈看着我，似乎还有话没说完，在她脸上，一半是伞下的影子，另一半是白色阳光。

妈妈的目光爱怜地，看着离她一步远的我。

这时我已经下定决心了。

"现在工作还很忙,不能回家。还有要办的事。"我说。

"究竟,你见到她之后要做什么呢?为什么要寻找她?"她问。
面对一动不动,冷静地看着我的院长,我回答:"为了阻止她。"
我寻找千笑的最大理由,就是不想让千笑放弃她的孩子。
想问问她,真要那么做吗。成为"妈妈"再放弃孩子,她就满足了吗。我想在"婴儿邮箱"的旁边最后问问她,阻止她,不想让她把孩子放在那儿,我希望她顺利生下孩子,用自己的手抱着孩子,不要放弃自己的孩子。
她为什么要给我发邮件,是在隐晦地提醒我那个"约定"吗?她最初的倾诉对象,是我。
无论结局如何,我都希望亲眼看到她们母子。

还有需要确认的事。我能做的事,还没做完。
"妈妈。您知道小千父亲的联系方式吗?"
妈妈像是吓到了,撑伞的手向前一斜。
案发后,我们之间几乎没提过千笑的名字,但当妈妈打来电话告诉我出事时,是这么说的。
"瑞穗,出大事了。望月妈妈她……千笑也失踪了。"
妈妈告诉我的,是阿姨的死和千笑的失踪。
新闻报道中轻率地下结论说这是弑母。妈妈却没说千笑杀人潜逃,而是用了失踪这个词语。
理由只有一个。
因为她是我的朋友。
虽然我家的点心都是小厂家生产的硬饼干,不如千笑家的好吃,但千笑来家里玩儿时,妈妈一直劝她多吃。千笑也很领情,边吃边说道谢。

妈妈在我的婚礼上给客人敬酒时,对我的大学朋友只是简单地寒暄几句,却在千笑那儿驻足了很久,对她微笑。妈妈印象中的那个女儿,就是琴房里的"瑞穗",不是如今这个离她远去的我。她一直都祈祷,希望我永远停留在那个时刻,如今也一直在关注我。我却还是未能按妈妈的意愿成长。

"联系方式家里有,之后我电话告诉你吧。"妈妈回答。

她没问我为什么打听这个。我知道,她想扮演一个不啰唆、凡事不过问的成熟母亲,对于她竭力表现的大度,我还是头一次觉得感激。

"谢谢您。"

我说送她回家,她拒绝了,说:"你忙吧,我也还有要买的东西。"我不知道她说的是不是真的。

我钻进停留许久的车,开动,妈妈站在那儿。她一语不发,不认为是义务也没意识到,好像觉得就该这么做。她站着,目送我。

我抬起眼,她直视我的双眼,点了点头。

和我初潮那天的情景相似。

我难为情地告诉妈妈,妈妈看我的目光和今天一样。她内心比任何人都要激动,却故意摆出一副"我知道"的表情,似乎在说,没什么大不了,我都知道。因为尴尬,她连句祝贺的话也没说出口,只是飞快说:"好,这样啊,也是啊。"从柜子里拿出一个装着短裤和卫生棉的小袋子,上面还画着一只三毛猫。这不是妈妈的风格,也不是我的风格,但这种可爱的画风会让人错以为是我喜欢的类型。我再次认识到,我家不会像千笑家那样做红豆米饭来庆祝,而是这样的家庭。

因为是家人，才能够原谅，放弃，理解，忍耐，在一起。这和病理学相似，虽然症状各不相同，但根源却相同。

我之前一直以为，自己无论怎么做也得不到妈妈的原谅，交不出她想要的正确答案。但其实我也一样，我也没给妈妈正确答案。我没有原谅她，但她一生都是我的妈妈。我无法逃避，也不想逃避。我们一生中都会被美好回忆和不好的感情所牵引，面对面地生活。

汽车向前行驶，妈妈却还站在那儿，我朝她挥手，希望她的身影快点儿消失。妈妈甚至没有觉察到我们直接的隔阂，她连笑容都没有，只是笨笨地、困惑地站着。渐行渐远，我终于看不到她了。

从警局旁边的路上经过，我一直向前行驶。

还有一个半月。

我抬起头，透过挡风玻璃看见秋天的太阳，阳光像是在照耀着初生的婴儿。想到千笑为她的孩子所做的一切，我做出了决定，等到了车站，就打电话跟添田老师道歉。

第二章

——要生，就把我杀了再走。
——我是不会让你走的。

她手里拿着菜刀，我从没见过她表情如此严肃。我看着妈妈想着，她是认真的。"让我走！"我大叫，发出悲鸣般的声音，像是在撒娇一样哭了起来。

十一月
似乎有人叫我，我驻足向后看去。
没看到任何人。
过了收割期，道路两边一望无际的广阔的稻田里只剩下黄色的根，像是在缅怀。
看我停下脚步，已经走出很远的小翠把橙色的油桶放在地上，边喊边冲我使劲儿招手："喂，怎么啦？要是沉得话，就别搬啦。你腿脚不好，不好意西啦！"
"不好意西"是小翠的道歉方式，跟漫画里学的。她以前最喜欢的那部漫画里，主人公的弟弟总是这样奶声奶气地道歉。我也在她家读过那部漫画。

"没关系。灯油很重吧？你才更辛苦呢。"

"每年都这样，才没关系哩。"她蹦蹦跶跶跑过来说，"你乖乖看家就好了。买东西的话，我一个人来就行。"

"我就想到外边走走。"

这段时间，无论白天黑夜，我一直在小翠房间里看书，觉得很过意不去。

穿过田间小路，离这儿三百米左右有家便利店。我之前住的小镇虽也是乡下，但却远不如这儿的乡土气息浓，炫目的阳光让我感觉很新鲜。

"可以顺路去趟那儿吗？"我指着便利店问。"真拿你没办法啊。"小翠回答，她装模作样地挺起胸说，"要是给我买个哈根达斯就行哪，姐姐你请客的话。"

"行呀，去吧！"

我跑不了步，只能慢悠悠地走到小翠撂下油桶的地方，心里觉得很过意不去。

在便利店里，我翻看杂志，小翠选好了冰淇淋，从我身后探出头。

"嗯。你在看《OL的烦恼》啊，这种东西有意思嘛。杂志这类东西，只有脑袋空空的人才爱看吧。那些津津乐道地谈论男友，说什么'受欢迎啊'、'被爱'之类的女人们，真是很傻很天真。"

标题是《"新人"类OL，快把我们逼疯了！》。

小翠望着文章标题说："真无聊。"但马上又发出"啊"的一声。

"怎么了？"

"名字一样？唉，是碰巧嘛？神宫司这么夸张的姓氏，还有，瑞穗银行？"

页脚上的一行小字是作者姓名"编辑 神宫司瑞穗"。我没想到她会发现,但也没有不安,我点头说:"嗯。刚才我也很吃惊。真是天大的巧合。但你真是很久没管我叫'银行'了。"

"一开始我觉得肯定是银行名字,以为你在开玩笑嘛。啊,买不买呀,咱们该走啦。"

"不买。"

我把杂志放回架子上,只买了冰淇淋,走出便利店。灯油桶就放在门口。在乡下,从不担心有人偷窃,我也习惯了这种氛围。

"小翠你嘴上说不喜欢,知道得还挺详细。"

"你指什么呀?"

"杂志。'受欢迎'和'被爱'这些流行语呀。"我刚一指出来,她马上挺直腰,噘起嘴小声嘟囔:"对敌人要知己知彼嘛。"

"哪些人是敌人啊?"

一听到我问,她下巴兜了起来,非常不满地点头,边迈步边跟我说:"瑞穗,回家后这次轮到你做味噌汤了哦。"她拖着灯油桶,扭过头接着说,"姐姐你做的撒芝麻的味噌汤,就算我想做也做不好。从没想过还能放芝麻。你是怎么想到的嘛?"

"我看了菜谱。"

其实是跟妈妈学的,但还没多想就说出了别的答案。话一出口,我突然难过起来,慌忙订正:"骗你的。是我妈妈教我的。"

"什么嘛,这么没意义的谎话。"小翠咯咯地笑起来,"你不用逞强拿这么重的东西。"她看着我拎的超市袋子说。

"没关系。"我回答。灯油的气味熏得头脑发飘,挺舒服的。

春

那是半年前的四月份。

有人问我的姓名,我回答的是"神宫司瑞穗"。

下了电车,我一直坐在车站,连公车什么时候来都不知道,身边空无一人。我想打车,但血流不止。中途换了三次纱布,之前在药店买的纱布已经用完了。我想再多买些,才从这站下车,但周围既找不到药店也找不到超市。头一次独自来到一个陌生街巷,我不知该做什么。如今想想,当时肯定也什么都不想做。

我很累,只是等待着身体早点儿到达临界点,希望自己像电视剧演的那样一下子失去意识,醒来时已在医院,希望这样结束自己的旅行。

柱子上贴着时刻表,看着将要前往的陌生地名,我哭出声来。之前一直都在忍耐,却因这件小事,爆发般地流下了眼泪。

我想待在家里。我不想来这个不知名的地方。这儿不是我的家。

就在这时,有个声音问我:"姐姐,是在拍电视哪,还是只因为遇到难事儿啦?"

一个女孩子站在那儿,她推着一辆家庭主妇用的那种车把很大的、锈迹斑斑的自行车。年纪比我小,也许是个学生。外套上印着动漫人物,里面穿了件衬衫,颜色鲜艳的围脖在脖子上绕了好几圈,打扮得很孩子气。眉形从没修过,像男生一样不讲究。个子不高,但身上和脸上都肉乎乎的,好像不太注意自己的身材。

我的眼泪收住了。

若是表情凝重的大人来问我,我的反应肯定完全不同。但那孩子真的在左看右看,像是在找摄影机。

"拍电视?"我问。

"你这样哗哗地流血,却打扮得这么时髦,这么诡异的场面,也太假了哪。话说回来,是'吓你一跳'的录制现场还是其他什么的?是测试吗?测测现代人如果遇到不幸的人会不会伸手相救之类的?是因为在城里测试的效果不好,才到乡下来的吧?"

我只带了这一条牛仔裤。顺着女孩子的视线,我看到从自己的大腿渗出的鲜血,像溢出的池水般,染了很大一片。血顺着腿一直流到脚腕,把鞋子都染红了。

啊,真难办。我不愿再多想,又看着女孩子的脸问:"时髦?是说我吗?"

"嗯。"

没想到会被人这么形容。在同龄人中,我很不起眼,毫无特别之处。平时都穿裙子,也几乎没被男人主动搭讪过,况且今天穿的是牛仔裤。

"这是,LV 的吧?"

"嗯。"

联谊会上,男生们会仔细看女生的穿戴和包包。如果不是名牌,就会觉得矮人一头,无地自容。因为大家都有,能和她们一样,我真的很开心。

女孩子又开口问:"这个,很贵吧。我一直以为四五万日元就够了,听说居然要几十万日元,真是吓死人不偿命呐。超出了包包合理的价格范围。为什么大家还要买呢?你怎么有这么多钱呢?"

"我也,没钱啊。"

连她说的四五万日元,都不能想花就花。包是用贷款买的,每月都会从信用卡里扣除两万日元。

"……不是拍电视。"我回答。一想到大腿上浸透的血渍是如此引人注目,我就感觉眼前发黑。腿一直很痛,头脑一片模糊。

女孩子点点头:"嗯。那你就是承认自己是遇上难事儿了吧。"

"我受伤了。"我说,想到添田老师给的地址还夹在笔记本里,"我想去高冈市野村,应该乘几路公交车呢?"

女孩子只看了一眼柱子上的时刻表,就冷冷地摇了摇头说:"不知道。"

"你不是当地人吗?"

"我家不在这儿。我在上大学路上从这儿经过,这附近我真的不熟。"

"这样啊。"

"这是真的血吗?"她问。

黑红色的血,自己看也觉得快晕倒了,但她的目光却一直没从我的腿上移开。一看到伤口,我就疼得不想开口。看我皱眉点头,她马上说:"我带你去医院吧。"

我慢慢摇头,说:"我没有医保证。"

"钱呢?"

"钱倒是有。"

"那就行啦。我的借给你用。"

我吃惊地看着她,她挺起胸脯继续说:"我们大学有医科和牙科,学生都一边实习一边出诊哪。说什么以学生为本,校长在开学典礼上讲话时说,我们所有人都要身体健康地顺利毕业,连虫牙都不能有一颗!"

我沉默地看着她。

她又开口说:"我叫山田翠。在教育学部读大三。你听我说,去我们学校的医学部医院好不好?"

"我犯了事。"腿很痛,但我觉得必须要先告诉她。我下决心坦白,小翠却哈哈笑着，把我搀了起来。

"挺好挺好。犯了事最好。我啊，就喜欢犯罪这类的。很少有人像我一样收藏了凶杀案全集，大家都只看到前五卷就看不下去了，真够脆弱的。我和他们不一样。"

当时我不知小翠说的是什么，后来去了她的房间，她给我看了，是关于海外杀人奇案的书。

"姐姐，你叫什么？"

"神宫司，瑞穗。"脑子里什么都没想，我条件反射般地回答。

小翠"哎"了一声，笑了："大名鼎鼎啊。神宫司？再加上，瑞穗这不是银行的名字吗？你刚编的名字吧！"

"是真名。"

"少骗人了，反正我无所谓。"她推着车，比我先一步迈开步子，"跟着我啊。"她说。

我睡下，半夜不时被阵阵咳嗽声惊醒。

我在小翠房间里生活的第一个月每天都能听到，到夏天时已经习惯了。

咳咳，她小小的身体从旁边的棉被里坐起来，像是揉眼般地捂着脸，冲进洗手间或是浴室。发出呕吐般痛苦的声音，过一会儿又钻回被窝。

最初，我闭着眼装睡。觉得不能让她知道我听见了。

如果不是在逃，也许我会很担心，马上追过去问她怎么了。瑞穗以前说过，做事不瞻前顾后是我的优点。但政美却冲我发过火，说我从不考虑对方，神经太大条。

既不是优点，也不是缺点。

忘了是第几天夜里,我小心翼翼地问回来的小翠:"没事吧?"小翠白天那么多话,一到晚上却除了咳嗽一言不发。终于,我也从被窝里钻出来,又问了她一次:"你没事吧?"

小翠的被子在轻轻颤抖。

"嗯。"被子里传出她小声含糊的回答。我掀开被角往里看,手摸了摸她的头发,都是汗水。

"怎么了?"

"我一直被人嫌弃。"声音很清楚,但小翠是在哭泣。

从带我去附属医院处理伤口那天起,小翠一直都没有去大学。我注意到,她会去打工,却从不提起大学的事。电话铃声时常响起,她不去接,也不听父母的留言。

但小翠什么都没说,她不过问我的事,只说了句:"你没有地方去哪。"就欣然让我住进了家里,可能也是这个原因。想到这些,我也没再问。

明知也许是假名,小翠还是叫我"瑞穗"或"姐姐"。

"不知怎么回事。肚子疼得睡不着。"

"在大学不开心吗?"我轻轻掀起被子,隔着小翠的睡衣给她揉肚子。小翠笑着,点头说:"嗯。不开心。不适合我啊。父母说让我去,我就去了。但不知道自己将来能做什么。我又不善交际。"

"我很羡慕你呢,能去上大学。"

"真的?"

"嗯。"

虽然爱笑着接别人的话,但小翠不爱干涉别人,也不爱说自己的事。就连开玩笑时说的话也像是为了保持距离。我很喜欢她这点,但也会有人不喜欢吧。

"毫无意义。拼命学习，学得只剩孤身一人了。啊，虽说上的是教育学部，我也没打算当老师。"她乐呵呵地说，又重复了一遍，"就算瑞穗你羡慕我，在感到开心和幸福之前，这些都是浮云。"

"你踩着浮云就上了大学？那可得心怀感激啊。"

她背上的汗落了点，不再颤抖了。两人刚要再睡觉时，小翠却把手伸到了我这边。"如果我再像刚才那样，能不能再给我揉肚子？"她问。

"行啊。"我说。

"谢谢。"

并非出于对"把我藏起来"的感激之情。

只是，那天在等公交车时，我的思考能力和力气都和血一起流走了。添田老师家的地址和钥匙，还好好地压在包底。

小翠什么都没问我。处理完伤口，她很自然地问我："要不要来我家？……啊，我可不是同性恋，只是个普通的学生。"

她一个人住，约六叠大小的房间里堆满了书。靠墙并排摆着好几个书架，但还是放不下，杂乱地堆在床上。只有书，没有电视，也没订报，对不太想知道外面的事的我来说，待着很舒服。虽然也有类似学校教科书的厚书，但基本上都是漫画和小说。

其中有本书是小翠最喜欢的，她拿来给我看。

读完后，小翠说："瑞穗你是我的鳄鱼啊，是那本书中写到的鳄鱼。不管在外面多么劳累奔波，无论遭到何种恶语相向，只要一回到家，想起我还有一只鳄鱼，回家就会变得轻松一些。"

我告诉她自己几乎没看过漫画。小翠一听，就夸张地惨叫起来："哈？！可你也不像是看小说的类型啊，怎么回事哪。姐姐你是那种连电影都不感兴趣，在电影院睡觉的类型？不看内容，只把电影当成谈恋爱的道具,对什么都无所谓的类型?"

"嗯,也许是不太擅长。"

"不擅长!"小翠歇斯底里地喊道,"会有不擅长这回事吗?电影和漫画这些,不都是坐着就能看的吗。"

"字太多的不擅长,所以很少看。电影也是,时间都太长了,真的很不擅长。"我这么回答时,想起了以前他看电影时的认真表情。被这突如其来的记忆刺激到,胃里一下子缩紧了。

那双眼中浮现的光。

虽然神色不同,但保护我的瑞穗,眼中也浮现着那种光。思考力被磨灭的我如今能坦然承认:自己当时多半被他们当成了傻瓜。

善于做那些事的人,肯定,一生也无法理解我的不擅长。

"让人无法理解哪。"小翠说,"我出去打工时你读读看。一开始就看萩尾望都和山岸凉子可能有点困难,先从生活温暖版漫画开始吧。少年漫画呢?"

"男生看的我也……没看过。"

"哇啊啊啊,姐姐,你真是个无聊透顶的人啊!"

我没生气,也不觉得她无礼,边说"抱歉抱歉"边想起一件事。那时,我真觉得自己说不上话。

附近的神宫司家。

瑞穗的哥哥很帅气,我们一年级时他念六年级。是儿童会①会长,常在全校大会上致辞。我看着他,觉得他是个懂事听话的男生。

他毕业后,我去瑞穗家玩时也能偶尔碰到。原本那么听话的儿童会长,进了初中,却像不良少年一样留了长发,翻看着我没听说

---

① 日本小学里的学生组织,由老师进行适当指导,高年级同学发挥主导作用,开展一些活动。

过的漫画。

记得有次等瑞穗时，客厅里只有我和她哥哥两人。我很紧张，想说点儿什么却找不到话题。想告诉他的，只有一句"我喜欢你"，但我知道，这句话说出口，我们俩就再没有任何共同话题了。

虽然没人直接说我无聊，但一直都被换成其他的说法，如今我已经习惯了。

最后被说的是哪句来着？

去找他时，他说我的那句话是什么来着？

你还真是典型的"女生"呢。

我真服了。

我觉得，那时他发现想说的话都说完了，无话可说了。

我有一枚戒指。

有生以来第一次收到钻石戒指，虽然比不上朋友的贵重耀眼，但很适合我，以为他开始喜欢我了，很开心。我当作最重要的宝贝，一直戴在手上。

虽然心痛如绞，但我还是做好了心理准备，想在见最后一面时还给他。那时，大地已经不是我的男友了，他看到这个戒指，"啊"地点了点头，之后说了这样的话："这个没你想得那么贵，你戴着吧。也许会让你想到我，会难过，但戒指本身又没有错。"

夏

不久我就向小翠坦白，其实我想去高冈育爱医院的"婴儿邮箱"。

小翠并没太吃惊，只是点头说："嗯。"从表情上看不出她是否对此感兴趣。"那，我们去那儿看看吧。"她邀请我。

之前在生活上一直都靠小翠，我自己一直闭门不出。不是为避人耳目，而是我什么都不想做。小翠出门时，我一直在家看书，把活到这么大没看的书都看了。

好久没出过门了。季节更替，现在已经是夏天了。

小翠不知从哪儿借来辆浮土斑斑的轻型卡车，车里被太阳烤得发烫，座椅表面干巴巴的，塑料座椅套破破烂烂。

"这车，是哪儿来的啊？"

"借来的。"也许是从我的视线中觉察到了什么，她愤慨地说，"什么嘛！就算是被人嫌弃和欺负，我在学校和打工的地方还是有朋友的哪。别小看我。"

"不是。我没这么想。谢谢你帮我借车。"

"哪能让你走那么远的路。"

她亮出去年暑假刚考的崭新驾照。车上没有导航，她就从网上打印了一份地图。

山梨县地处盆地，富山的夏天比山梨县更干燥。北陆给人的印象是冬天很寒冷，夏天却非常热。车里没装空调，就像是蒸桑拿，中途我们在便利店和超市休息了好几次。

我们买了冰糕，因为车里太闷热，就决定坐在停车场的隔离墩上吃。奶油在阳光的照射下一瞬间就融化了。

"或许爱情挺吸引人。"小翠说。

我带着之前拜托她买的大檐稻草帽。因为头发太长，背上很快就被汗水浸透了。

"可我连初恋还没有过呢,不知道喜欢别人是什么感觉。姐姐你呢?做爱的感觉很好吗?"

我嗑着冰糕,看着小翠。她耸耸肩接着说:"我是认真问的。别人都说我明知故问或'中二病',也不回答我,瑞穗你肯定做过爱吧?"

"感觉很好啊。"我回答,不知为什么,我觉得自己说出这句话,就能变成经验丰富又很酷的成熟女人。

"这,样,啊,怎么感觉有点色色的嘛。"

就算告诉她也有不好的一面,也没什么意义。

我觉得大地那种处事不惊的性格很酷,觉得他比所有人都温柔。我从没想过,像他这样的男人能抱着自己。

融化的冰糕,突然变得甜腻起来,我站起身说:"不想吃啦。"把剩下的冰糕扔进垃圾桶时,只感到了些许罪恶感。不珍惜食物,剩饭,我对这些行为不像以前那么抗拒了。

在公司里,开会时能吃上寿司。

我和及川一起帮忙安排会议,所以也有我那份。在我家,连小僧寿司这种连锁店,都只有在母亲节或生日时才会去。两千日元一个的高级寿司,在日常生活中几乎是第一次见到。

我虽然不爱吃赤贝,但心想不能剩饭,于是用装饰的紫苏叶裹起来,几乎是囫囵吞了进去。因为不喜欢口感和味道,这一口卡在嗓子眼儿里呛出了眼泪。我赶紧用茶水压了下去。这时,我听到对面的及川"扑哧"一声笑出了声。

虽然不知道她为什么笑,我还是辩解说:"我不太爱吃贝类,但剩了怪可惜的。"

"哦。抱歉,我看见了,觉得你真不容易。但剩就剩了,反正是公司的钱。寿司这种生鲜食品也没法拿回家，没办法的事。"

也许是因为不爱吃，她手边的桶里剩了好多鱼子。也许是控制热量，或是吃不了，于是只挑了上面的刺身，剩下的好几个块状白米饭被堆在角落里。

看到的瞬间，我一下子感到了耻辱。

"要吃我的吗？"及川用比我纤细得多的手腕，朝我举起了桶。

为什么，我会想起这些呢。

"前辈太单纯了。"

她也曾这么说过我，那是我在工作中遇到挫折，哭的时候。我希望把工作做好才如此用心，但课长不理解，反倒很生气。

"怎么做才能让他知道我在努力呢。课长说：'你后辈及川就不会出这种错。'"

"没有的事。那个课长一开始也经常训斥我呢，你别在意啊。"

"真的啊？他说你什么了啊？"我一下子放了心，问她。但及川似乎没想到我会问这个，只说了句"啊，那个啊"就说不下去了，好像很为难，之后笑了，说："我觉得他说过我很多，但具体一想，也没什么……只是，前辈你很单纯啊。我觉得自己有心机，处事圆滑。他可能觉得我这点比较好吧。但看人品，还是前辈你这样坦率的人更好。"

"才不是呢！及川你不是也很单纯吗。哪有什么心机啊？"

我看到了她那时的表情。

她一瞬间目瞪口呆，说不出话来，之后不知为什么，确定地摇了摇头说："才不是这样。"我看出她不太高兴。

及川亚理纱虽然很可爱，但只要不高兴马上就会露骨地表现出来。可能她觉得我听不到,但我却听到了,她走出更衣室时对着柜子踢了一脚,口中小声嘟囔:"搞没搞错,别把我跟你自己相提并论。"

我讨厌及川。

"你真能哭啊。像小孩子一样'哇'地一下子就哭了。"

和及川最后理论时,她眯着眼睛说了这句话。

月经推迟了一周,我确信不会有错时,最先想到的是和她把话说清楚。之前一直忍着,现在我已经能改变了。我以为她已经明白我的心情了,以为她不会再说那些难听的话了。

但她却——

"你真是妈妈爸爸的宝贝女儿啊。我觉得你从没'跌倒后自己爬起来'过……今天的事,你也会觉得委屈,去跟家人哭诉吧?也许还会骂我:'这么讨厌的人,不理她了。'你永远都改不了,一直会这么做吧。"她说我"可怜",说:"没有心机是天生的缺陷,真够呛。幸亏我不是你。"

我回到便利店拿了瓶依云矿泉水,吃完冰糕的小翠不知什么时候站在了我旁边。她看着我手里的水,夸张地发出"哇"的一声惊呼。

"你要买水吗?这不就是白水吗?又没味道。要花钱买白水吗?"

"我也给小翠你买一瓶吧。"

"欸?我就算了吧。"我刚想去给她也拿一瓶,小翠摇着头,指着旁边的芬达说,"所以我说啊。这个才好,给我买这个吧,要橙味的。"

"好。"

"厉害啊。姐姐,你是上流社会的啊。包包是LV的,喝的是依云水啊。"

其实完全和上流挨不着边，但听她这么说我挺开心，随她说吧。我心想，再多说几句吧。

虽然说的肯定不是我，但，再多说几句吧。

我一直想，虽然大地很温柔，但大地喜欢的应该是及川那种人，他喜欢的是我讨厌的那类人。

有了心理准备，就不难过。

瑞穗为什么对我那么好呢。无论及川你说我什么，比你好的瑞穗对我好，所以我能变坚强。

我绝对变不成及川，也不想变成她，但我想成为瑞穗那样的人。

我打开小卡车的车窗，把手伸出车外。

我也讨厌瑞穗。

现在，我既不想见及川，也不想见大地和政美，却想见到那个对我不闻不问的人，却想变成她，连自己都觉得太不可思议了。

瑞穗和我住得不远，我们从小就在一起玩儿。我在托儿所，瑞穗在幼儿园。但我们会在附近公园和商店里见面，我俩的妈妈也经常聊天。

小学一年级时。

老师留了作业，练习翻单杠，我去了附近公园练习。

和瑞穗约好了，但要等她练完钢琴，当时她还没到。

瑞穗和我都不会翻单杠，在班里算落后的。其他学校的高年级男生在附近转悠，用玩具枪互相射着玩。我听见塑料子弹"嗖嗖"地弹到树上和健身设施上。

我心想真讨厌，就无视他们，继续练习单杠。

男生们安静下来,也许快走了。我心里盼着他们赶紧走,在单杠上"骨碌"地翻了个个儿。

成功啦!

刚这么想的瞬间,背上"啪"地中了狠狠的一弹。我差点儿失去平衡,拼命地攥着单杠,身体掉落下来。

我快哭了。回头看见三个男生在滑梯后面弯着腰,丝毫没想掩饰,边看我边强忍着笑。

他们可能完全想不到这有多痛,就用子弹打了我。

我没勇气去质问他们。对方是其他学校的陌生的高年级学生。我孤身一人,对方有三个人。

真过分。

虽然咽不下这口气,但我已经在那儿待不下去了。

回家路上我碰到了瑞穗。我觉得她也很过分,因为她迟到才害我被人打。但我连责备同龄朋友的勇气都没有,只是哭,对瑞穗连一句埋怨的话也说不出来。

瑞穗的脸色变了,说:"让我看看。"我撩起衣服让她看我的后背。"已经红了。"瑞穗说。

让我吃惊的,是之后发生的事。

瑞穗二话不说拉着我去了公园。淘气的男孩子们毫无意识,还在那里玩儿玩具手枪。

瑞穗闷声不响地朝其中一人打过去。

我无法动弹,脑中响起了警报——不好了。不好了。余下的男孩子慌忙地拉住瑞穗,她系着蝴蝶结的长发一下子就变得乱七八糟了。

"瑞穗!"我大叫道。瑞穗已经开始哭了,但还是不肯松开那个男孩子。我想,发生了这么可怕的事,只能去叫大人。

如果不是瑞穗哥哥碰巧路过,后果就不堪设想了。

打我的那个男孩子比瑞穗哥哥年纪小,哥哥只大喝一声就把他镇住了。他跟仍未平静的妹妹问了来龙去脉,又问了三个人的姓名和住址,说:"之后我父母会去家里找你们。"男生们听到这话都害怕了。

他们走后,我听到哥哥对满身是土、衣服破烂的瑞穗说:"这种时候就该去叫大人啊。"瑞穗似乎充耳不闻,一语不发地沉默着。

我家父母听说了这件事,那天吃饭时像夸明星一样夸赞瑞穗。

"真是个仗义的朋友呢。"妈妈说。爸爸也高兴地点头说:"前途无量呢,神宫司组的大小姐。"

而另一边,弄脏衣服、打了人的瑞穗被家里狠狠训斥了一顿。我妈妈听说了心里非常过意不去。

几天后,我家和瑞穗家一起接受了男生家长的道歉。

平静下来时,瑞穗说:"你后背都一片通红了。说明上写着不能对人射击。我哥哥的玩具枪上也写着呢。那些人真是的。"

她真正直,我从心底觉得瑞穗太厉害了。

我有瑞穗,有那个哥哥。他们都很照顾我。玩抓人游戏时,我跑得慢,他们就会故意被我抓到,然后替我去抓人。捉迷藏时也是,我藏得太隐蔽,别人都找不到,瑞穗却能找到我。

我是瑞穗的朋友。

小学二年级时。

一年级时没有班长,从二年级起就要选班长了。老师跟大家说明班长的职责后,问:"有人想当班长吗?"大家都忸怩地低下了头,似乎在互相推让,沉默地等待有人自告奋勇。

职责这么重，肯定谁都不愿做，到最后肯定是老师指任，没准儿要猜拳决定呢。我刚这么想，一只白皙的手"唰"地一下，笔直地举到教室前方，吓了我一跳。是瑞穗的身影，她腰杆挺得笔直，举着手。

"那么，神宫司。"

"在。希望能帮助大家。"

老师脸上浮现出笑容，同时也浮现出"果然不出所料"的表情，我没有漏掉这个表情。

我真的真的非常吃惊。

我们经常一起上学一起玩儿，但我没想到瑞穗是这种性格的人。原以为她和我没什么不同，但如今她却面冲大家站在黑板前。为什么老师会觉得"果然不出所料"呢？

因为她哥哥是学生会长，还是因为家里房子很大？她家有钱，我听父母说起过，去她家时也感觉到了。

集众人视线于一身的瑞穗环顾了一下教室。

我轻轻挥手。

讲台上的瑞穗肯定只会把目光停留在我一个人身上——我这么想，但瑞穗却只是微笑着环顾整个班，其中甚至包括我最讨厌的男生和总说她狂妄的两个女生。她没有朝我招手。

直到现在，我都为那次班会感到后悔。

我要是也站在那儿，和瑞穗一起竞选班长就好了。如果那样的话，什么都不会变，我就会像瑞穗那样，我们肯定直到现在都在一起。

从什么时候，开始分开的？

为什么老师和家长们说起有出息的孩子，都指的是瑞穗呢？

最初的班会就是原因。但那时我们也在一起。

"因为我们是好朋友。"她说。

瑞穗当了班长也和以前一样,她有喜欢的人时,被别人告白时,都会第一个告诉我。

对别人都用"朋友","好朋友"这个称呼只用在我身上。

或许瑞穗不知道我当时有多高兴,我真想一直和她关系这么好,想和她成为同学年孩子的妈妈,如果自己的孩子被人打了,就一起去对方家里大闹一通。当时的愿望是如此强烈。

初中分班了,渐渐地我们说话也少了,高中上了完全不同的学校,这真是一眨眼的事。因为学校不同,我怕打扰她,就没再联系她。

听说瑞穗大学毕业回来了,最初给她打电话时,我的心情有多紧张,她不会知道吧。

"现在有男朋友吗?有个聚会,要不要来参加?"

我的心跳很快,不知瑞穗是否会想见跟我同一水准的男生。但她来了。

久别重逢,不是恭维,她变得更漂亮了,清新脱俗,背的LV包肯定也不是分期付款。

我想,她和我不一样。

我也讨厌启太。

现在,比起瑞穗,我更讨厌启太。

但已经无所谓了。这次是我要离开你们。已经没关系了。

小卡车停在了高冈育爱医院的停车场。

我压低帽子,和小翠一起走到医院大门,一眼就看见了标明"天使之床"位置的指示牌,上面画着巨大的红色箭头。

"哇啊,这个天使的画真是缺根弦儿。"婴儿邮箱",是指'天使之床'嘛？"

"嗯。好像是呢。"

"不吉利。缺根弦儿。"

"哦。"我知道小翠想说什么，便傻傻地问，"是吗？"

"天使，通常会指死了的小孩子一类的吧？"

"就是嘛，可真是的。"看她真生了气，我微笑着，不知为什么还挺开心的。"我一个人去转转行么？"我问，指着指示牌箭头指的方向，"我想到邮箱那儿去看看。"

"悉听尊便。"小翠做了个敬礼的姿势，说"我找个地方去买点喝的"，就离开了。

我往前走了一段，来到了夜间入口的附近。不远处能看到个类似金属抽屉的东西，黄颜色，上面也有天使的图案。

下面有一行寄语。

"给宝贝，留下点儿什么吧！"

回去的路上，我们在超市里买了好多打折烟花，在公寓前的停车场点燃了。

"哈哈哈哈！"小翠高兴地笑着，也不怕影响周围邻居。点燃了这包花了五千日元买的特惠装烟花，就像故意浪费一样。

火药的气味弥漫在空气中。

盂兰盆节快到了。

我不知道小翠的故乡在哪儿，但她从没说过要回家。她知道妈妈一直都在语音信箱中留言："回来吧。"但好像从没回复过。

这个月初，语音信箱中的声音显得惊慌失措："健康保险的明细寄到家里了，怎么花这么多钱，是不是生什么大病了？没事吧？四月的费用……"

我突然意识到那是为我治伤的花费。也许是她爸爸在投保时，把她填在了家属栏。我工作时也是这样，健康保险的记录会每隔几个月汇总一次，通知投保人。

害小翠妈妈担心，我觉得十分过意不去，小翠回来时，我向她道歉，但她只是"啊"了一声，点点头，连听都不听，就按下了语言信箱的清空按钮。

"让人生气嘛，那些人。"她只说了这么一句。

放烟火时，我明知这是干涉她的私事，但还是问："你回家吗？""嗯……"小翠含糊地应了一声，拿着烟花的手还在空中画着圈，"回去也没什么事，但要问我留在这边有什么事，好像也没有。"

"这样啊。"

"回去只会让我火大。"

没说为什么怎么做，只有"火大"这个词，小翠是最常用的。

"火大。"

我以为自己可以正常说话，不想说"这个"、"那个"之类的语气词。

眼泪掉了下来。

小翠"啊"了一声，慌忙摆正了姿势。我抹着止不住掉落的眼泪，她好像快哭了，摸着我的背大声说："骗你的哪！骗你的哪！"我们的动作，和平时她夜里发病时正相反。

"怎么了？对不起！你不爱听我以后再也不说了。对不起，瑞穗，真的对不起。"

"不是的。"我也不知该怎么办。让小翠为难，我心里很过意不去。我哽咽着，手中还在燃烧的烟花冲着地面。火花渐渐小了，不久消失了。

"就算你火大，也还是回去比较好。"我说。

小翠没有接话，只是一个劲儿地说"对不起"，跟我道歉。

刚进八月份。

"下周，就到我的三十一岁生日了。"我痛快哭了一通，嘴里蹦出这句话。之前虽然也在意这件事，但却没想说出来。

"真的啊。哪天？"

"八月七日。"

小翠急迫地"啊"了一声，从我身边跳开。"三十周年，再加一年！你应该早点儿说。这是个纪念日啊！"

"抱歉。"

"但真没想到呢。姐姐你看起来要年轻好多。"

"才没有呢。看着就是这个年龄。"我边用手指尖擦眼泪边笑着说，嗅到一丝火药的味道。三十周年，再加一年。小翠或许是无意间说的，这句话却打动了我。

"之前我觉得啊，人一到三十就到头啦。"我开口，小翠吃惊地张大眼睛盯着我。

我接着说："之前觉得，在三十岁之前做想做的事，到了三十岁，就一定要安定下来。结婚什么的都行，如果还没有个结果，就会被人嘲笑，这辈子就完了。如果到了三十还一无所有，自己都觉得难堪，但反过来，也觉得到三十岁，所有痛苦都会结束了。"刚刚止住的泪水，又热乎乎地充溢了整个眼眶。我继续说着小翠听不懂的话。我想让自己住口，却停不下来："可是，最近我终于明白了，就算再加一年，也还没结束。"

"姐姐。"声音渐小的小翠，安静地站在我面前，手中拨弄着燃尽的烟花，问道，"生日，有什么想要的东西吗？"

"没什么特别想要的……"刚想说不要,我看到了自己的长头发,又开口,"那,你就帮我剪头发吧。乱糟糟的,我想剪短了。"

"就这个就够啦?"

"嗯。"

生日。

地上铺着报纸,我的脖子上围着毛巾。小翠说这是她第一次给人剪头发,一开始拿剪刀时都战战兢兢的,渐渐,她手法熟练了,大胆地剪起来。

"要剪成这么短吗?"

"再短点儿也行啊。"

我之前从没剪过短发。第一次鼓起勇气,放弃女性化的长发。我发现自己之前一直很重视自己的头发,把头发当作护身的盔甲。

小翠边剪边一次又一次拿镜子让我确认。

剪完头发,我仿佛脱胎换骨一般轻松,像变了一个人。我来到洗脸台的大镜子前,不知为什么心里怦怦直跳。剪掉的头发多得令人吃惊。

"估计这些都能做顶假发了。"小翠边打扫边佩服地说。我笑着点头说:"嗯。"

"姐姐剪短发很帅啊。你适合短发。"

"真的啊?"我用手摸脑后的头发,昨天还在现在却都没了,自己吓了一跳。

小翠给我买了蛋糕。圆蛋糕上摆着个用杏仁软糖做成的小兔子。这样的蛋糕,还是小时候在别人的生日会上吃过一次。

"谢谢。"我道谢,她却似乎欲言又止,有些生硬地问:"纪念日就你我两个人行嘛？不用给别人打个电话嘛。如果要充电器，我随时借给你。"

"不用，没有别人。"我回答。

我一直没交费，或许手机早就停机了，但我还是一直带在身上。我听说手机有个功能，充电后就能提示所在位置。好像也是听瑞穗说的。手机里存着以前的邮件和照片，所以一定不能看。

小翠故意装作若无其事地说："是吗。"我想，让这个善良的孩子担心了，心里痛了起来。

"我被人约了哪。怎么觉得有点像约会？"十月份的某一天，小翠打工回来说。

因为之前从没听说她谈恋爱，我很吃惊："真厉害！有这么个人，你怎么从没告诉过我啊。是哪儿的人？大学？"

"是打工那里的店长。不知道怎么，突然，约我看电影……"

她语气支支吾吾，少了"哪"这个语气词，连我都慌了神。小翠的语气有些为难。我能听出，在她心里，难受和想说的心情矛盾地交织在一起。

"怎么说呢，真的，没有那种感觉。"

"什么样的人？长得像哪个明星？"

"嗯。很遗憾，不是姐姐觉得好的那种男人哪，是瑞穗你肯定不会选择的那种类型。"

"那也告诉我。他是个什么样的人？"

"胖乎乎的,后脑勺有点秃。"也许在她看来我就是个外貌协会的。小翠虽然嘴硬，我却能看出她其实挺高兴的。"我没有能穿出去的衣服。"她说。

"哪件都行啊,平时你穿什么,他不是也见过么。"

她打工的地方是个连锁的居酒屋,上班时要统一着装,但上下班路上穿的应该是便服。

"话虽如此……"

"那就没关系啦。小翠平时的样子就很好。"

"嗯。"

晚饭决定吃天妇罗。

炸玉米和毛豆时,我怕玉米粒崩出来,在上面裹满了面粉。小翠边偷看我手上的动作,吞吞吐吐地说了一声:"我说……"

感觉她不太想让我回头,我若无其事地继续忙活。

她在我身后说:"我们大学的人,也时常去我打工的店哪。"

我听出她有意识地让自己语气保持平静。我回答:"哦。"

"他们看见我,冲我笑,和我打招呼,可我这个不争气的,连话都不敢接。"小翠的声音在发笑,"本来也没什么。姐姐你听了,也只会劝我别放在心上。但这就是我和'受欢迎和有人气'这些流行词语之间的差距哪。这是没办法的事,和我用什么样的心情生活完全无关哪。"她深吸一口气,弱弱地小声说,"我这样行吗?当时店长都看见了吧,他应该不会想和这么逊的女生一起走路吧?"

"别笑了。"我终于转过头,看着小翠说。

她的鼻头、脸颊、眼睛、整个脸都变红了,小翠眼里流出了泪水。我关了火,把裹好面粉的天妇罗拿下灶台,回过头说:"衣服穿这件就好,那我教你化妆吧。虽然我也不太擅长,但如果修修眉毛,就会变得很有女人味。"

"唉?"小翠退后一步,两手交叉摆出大大的"×"形。"不行不行不行不行,我平时从来都不弄,突然弄了,对方会觉得我很在乎。

这个不行。要是让他这么想我还是死了算了。"

"那衣服也一样啊。平时都是牛仔裤,突然穿裙子,不是也会这样吗?"

"话虽如此,可是长裙不是挺好的吗?"小翠很不好意思地指着我的腿,这次轮到我措手不及了。"姐姐你也总穿呢,又成熟又性感。"她接着说。

"才没有呢。"

她说得如此直接,我都不知该怎么回答她。裙子是我从家里带来的,不那么招摇,是平时能穿的那种。但在小翠眼中,我就是"成熟"的,像自己眼中看到的别人那样。我知道自己脸红了。

我又匆忙开始做天妇罗,说:"总之,你先修修眉。之前你帮我剪头发,这次换我帮你弄。吃完饭先去泡个澡吧。"

"那今天去浴池吧。"

"知道了。"

说着话,油还没完全热,我已经把第一块炸什锦放进去了。失败了,还是生的。我后悔了。

到了浴池,我拿着剃刀,让小翠坐在我对面,不可思议的是,我的手开始一阵阵发抖。

平时做饭用菜刀时,我也没多想过。但是,当小翠坐在我面前闭上眼的一瞬间,我开始感到恐惧,不敢用剃刀接触她的脸。

她脸颊和唇边的细软汗毛,半透明地反着光。

我下定决心,咽了一口吐沫。为了显得正常点,我深吸了一口气问:"准备好了?"下半边脸的表情传达出她的紧张。小翠的眉毛都快连在一起了,我在她双眉间涂了薄薄一层乳液。

小翠一言不发，重重点了下头，表情像是在等待接吻。也许，我也曾如此这般，在某人面前表露这个表情，我一想到这些就忍不住去怀念自己的往昔，觉得它们是如此珍贵。原来我曾经如此毫不设防。那些和我发生过关系的男人，会有人觉得我当时很可爱吗？

我认真仔细地帮她剃了脸，修了眉。小翠那张情窦未开的脸，皮肤像婴儿般白嫩，非常可爱。

在回家路上，我们买了甜瓜面包当明天的早餐。

附近有家新开的超市，停车场里停着一辆卖手工甜瓜面包的移动贩卖车。我们去超市买东西时，总能闻到面包香味儿，却从没买过，因为早上都会做早饭吃。

香甜的黄油，添加真正的甜瓜汁——甜瓜面包集溢美之词于一身，它的颜色不是常见的黄色，而是能让人联想到夕张甜瓜的橙色。

"甜瓜面包，和我们一家子很像。"小翠摇晃着刚买的面包，头看着停车场中写着"天然果汁"的挂旗，摇摇头说，"甜瓜面包，无论怎么努力也只是个面点，成不了真正的甜瓜。它们本来就不是一种东西，让面包变成甜瓜，去背负甜瓜的使命，这本身就是个悲剧，稍有差池就会变成笑柄。在加入果汁时，面包就有了甜瓜的自我。"

"自我？"我觉得很有意思，不由得笑了，"甜瓜的？"

"是的。自私的甜瓜的自我。可是，甜瓜面包无论怎么努力也只是个面点，真是悲哀至极哪。"

"嗯嗯。"以一种复杂的心情，把拿着LV包的人视作敌人，甚至心怀恐惧，我能了解这种心情。小翠说我"时尚"，我问过她，那个时候为什么救我？她回答"不知道，说不清为什么"。但是，也许她看到了我的哭泣和无助，仅仅是这个理由就无法置之不理。

月亮出现在天空中。我看到月亮的颜色，这次联想到了奶油面包,想起了香甜的蛋奶味道。我心中暗暗决定,明天不买甜瓜面包,买奶油面包吧。

小翠周末的约会似乎很成功。

虽然她很害羞,没告诉我细节,但却用低调的口吻说对方是个可靠的人,她吞吞吐吐地告诉我:"那个人,好像挺喜欢我哪。"

又到十一月

进入十一月,要开始烧煤油炉取暖了。这么一来,去附近的加油站取煤油成了我们每周的例行公事。我们到了加油站,马上把空煤油桶递过去,在记录单旁边写上自己的名字,等油桶装满。

"借用一下厕所……"小翠毫不忌讳地大声说。

她身上的某些地方还是很孩子气,上次修过眉后,她几乎每周都会求我:"快帮我修眉毛吧。"和男方的约会好像也一直很顺利。

等煤油时,我也去屋里坐着看杂志和报纸。不经意抬头,呆呆地透过玻璃墙向外看时,发现一辆奔驰开了进来,停了下来。

车标和车身都很光鲜,我看见时心想,真厉害啊。我们这样的穷人要抱着煤油桶走很长的路才能到家,但世上还有这么有钱的人啊。我边想边不由得张望着,和驾驶座上的男人目光交汇了。那是个戴着眼镜,微胖的大叔。

他走下车,我听到他对迎过来的店员说:"麻烦给轮胎加压。"

"神宫司,等待取煤油的神宫司客人!"

"啊,是!"

另一个在外面工作的店员叫我的名字,我视线移开了。我边向已经很熟识的年轻店员点头致意,边起身时,突然感觉到视线,我扭头看去。

是刚才开奔驰的大叔,他正在看着我。

他的脸别向另一边,隔一段时间就朝我这边看一下。以前从没有人连着两次看我。我们四目相对,视线无法移开。我对他完全没印象。

有一种不好的预感。我对店员强作笑容,面部抽搐,心里盼着小翠快点儿回来。

我硬把目光从男人和奔驰车的方向移开,飞快跑去结账。

但我知道,奔驰男停止和店员的交谈,向我这边走来。他那双眼睛一直盯着我。就算我没有看他,用皮肤也能感觉得到。

他走进加油站大厅说:"那个……"和我打招呼时,我心想,终于来了。

我不知道什么来了。但我绝没想要一直隐瞒下去。我将要重返自由了。我很想再多要一年,但也一直觉得,什么时候被捕都无所谓。

他开口了:"不好意思。我不是什么奇怪的人,我是市内医院的医生。如果认错了人,还希望您原谅,我想问下,您是否认识一位叫神宫司瑞穗的女性。"

我屏住呼吸,但他似乎没有自信。我不知原委,沉默着摇头,想要抑制住喉咙的干渴。

从他衬衫的袖口处,能看到一个伤痕,像是烧伤的痕迹。

我不再看男人的脸,目光只朝向他的袖口,终于,我断断续续地回答他,声音小得几乎听不到。

"我不……知道……"

"啊,是呢。抱歉,失礼了。"

我注意到,那双眼睛瞟了一眼我的腹部。

他开来的奔驰，副驾驶座坐的似乎是他太太，她也看向我这边。我这次完全转过身去，为了显得自然，勉强答了句："没关系。"

正巧这时小翠回来了。

"不好意西久等啦。店长突然给我打了个电话。"

"小翠咱们走吧。"我甩下跟我打招呼的男人，拉起小翠的手。她很诧异。但不拉着她温暖的手，我就内心不安。

"怎么了，怎么了啊，瑞穗？"她交替看着站在那边的男人和我。那个瞬间，我用余光看到那个男人脸上显现出电流通过般的表情。我背上一下子冒出冷汗。

他是对名字做出的反应。我自报家门时用的是瑞穗的名字。刚才店员叫我时，他应该也听到了。

"姐姐，怎么了吗？"

"回家吧，快点儿。"

我没有勇气回头看那个男人，慌忙接过零钱，拖着沉重的煤油桶，迈开了步子。我想尽快离开，却被桶拖着，我快要哭出来了。

男人没有追上来。过了一会儿，我终于回头看了一眼，停下了脚步。他在奔驰车旁边，手机贴在耳朵上，像是在给谁打电话。

视线再一次交汇，我差点儿就惨叫出来。我强拉着小翠，脚步越来越快。小腿像抽筋般疼痛。我刚想到自己的伤，一下子就联想到男人袖口处的伤疤，从脑中挥之不去。有种不好的预感。

原本，想的就是一年。

这一年对我来说就像是缓冲期，能用的也仅有这一年时间。我有心理准备，也觉得必须这么做。

我肯定也会给小翠添麻烦的，我再也不能和其他人有任何关系了。

十二月

一颗心如果软弱下来,之前的风调雨顺都像谎言一般,一瞬间天翻地覆。

小翠回来得很晚。好像是打工的店里有事,她用手机打家里电话告诉我:"会晚回家。"我在房间里,边在跟小翠借来的手帕上刺绣,边等她回来。

十一点多点儿,我走出门。冬天的天空中散落的星辰亮得令人讶异。雪季真正来临了。是的,天气预报是这么说的。

富山的冬天比想象中更冷。

因为点着煤油炉,屋里空气不太好。我来到屋外也就一会儿工夫,穿着拖鞋的脚就变得冰凉。

小翠迎面走来,但我光顾看天空了,没有注意到。

"姐姐。"她叫我。我一惊,收回了视线。小翠也很吃惊,好像没想到我会在外面等她。

他推着自行车,走在她旁边。

他大概就是"店长",也许是因为太晚了,于是送她回来。我们目光交汇。我看到店长刚要冲我笑,小翠应该和他提起过和我合住这件事了吧。

在朦胧的路灯下,他刚要朝我微笑,眼睛却忽闪了几下。露出的笑容像是被吸走了一般。他笑容消失的真正原因,我瞬间就明白了。

他大概觉得我眼熟。

他的手还没抬起,我对他招手微笑。全都是为了小翠,我绝不会做出伤害她的事。我开朗地大声和他打招呼,虽然自己之前从不会这样对待一个陌生人。

"晚上好。小翠受您的照顾了!我姓神宫司。"

"好啦，姐姐，影响到邻居啦。"

面部冻得僵硬的店长，也许在臆想我正要加害他。

我头发也剪了，觉得十分轻松。

事实上，他又恢复了之前一瞬间消失的表情，脸上再次浮现出笑容说："啊，是！哪里的话，我总听小翠提起您。"

我不知道他的表情是不是硬挤出来的，或是不自然，或都不是。

之前在加油站碰见的男人到底是不是我的幻觉。为什么在这儿碰见的人会知道瑞穗的名字。

这些也许都是我的愿望：想回去，想结束的愿望。如果不是，那怎么能说得通呢。

我想结束在这儿不停流逝的时间，想结束在山梨那段被自己停住的时间，如果不是出于我的这些胡思乱想，又怎么能说得通呢。

不能再逃避了，我想。就算有人把我视为异类，就算没人理解我，我也不能再逃避了。

我一副又哭又笑的表情，把小翠迎进了家。店长点头致意，又原路返回了。

我边祈祷小翠的病不要再发作了，边开始收拾行李。入夏后，小翠几乎不太发病了。她横躺着，虽然我看不到她的脸，但她没有要醒来的迹象。

我还留着添田老师家的住址和钥匙，也不是无处可去。也许那所房子已经进不去了，但一想到它的存在，就能让我振作起来。

我几乎没添置过衣物，行李不多，小旅行包都能放下。我从妈妈的钱里拿出一沓放进信封，把信封放在我之前一直睡的那张床上。

在黑暗中穿好衣服，刚要走出房间时，身后传来一句："你要走吗?"

我静静回头。一直以为在熟睡的小翠已经坐了起来。她抿住嘴唇,一副认真的表情。

我慢慢地点头说:"嗯。"

"你待在这儿就行。不用担心我。"

"谢谢你之前的照顾……"我压低声音鞠躬。小翠摇头,着急抢着说:"不行。你想待多久都可以,不许走。"我刚想对她微笑,她叫道:"千笑!"

我听见自己咽下一大口空气。这次真的让我吃惊,震惊感令我寸步难移。小翠在我面前站定,张开双臂,摆出"大"字拦在我面前,大颗的泪珠儿积在她的眼眶中,闪动着,反射着微弱的光。

"你从什么时候……"

"从一开始就知道。姐姐来我家时,电视和报纸上,新闻报道,全都是啊。"小翠哭得像个孩子,但和我之前在单位时的哭泣又完全不同。

我闭上眼。如果不这么做,我就无法面对小翠。小翠温暖的手抓住了我的手,她的手被潮热的泪水打湿了,拼命地攥着我:"'婴儿邮箱'已经没了。你逃到这儿的意义,已经,没有了。"

"我知道。"

"如果没意义了,就留在我家吧。"

我闭着眼睛笑了。虽然这个家里没有电视和报纸,但外面的便利店和超市有那么多报纸杂志。我已经知道了,"婴儿邮箱"在一个月之前关闭的事,还有,小翠小心翼翼地躲避这个话题的事。

"我不许你走。"

"那,有个条件。"我张开眼,正经地注视着小翠的眼睛,"你的大学生活，你喜欢的那个他，小翠你今后的所有东西，全都给我。"

小翠沉默着，睁大了眼睛。张开的双臂，像鸟的翅膀一般合上了。她一直站在那里，半张着嘴。

"把你讨厌的爸爸和妈妈，也都给我，你做不到吧？"

本想掷地有声地说出这些话，但直到最后也强硬不起来。但我一直重复，把妈妈，给我。

"回去见见他们吧，去上大学吧。太可惜了啊。"

有人说过，限制我发展的人，是我父母。

我很讨厌那个人。但那句话却牢牢钉在我的心上，让我心中的时间停止，让我无法再向前看。

"千笑……"

"可不能像我一样。"像是在缓解深夜发病时那样，我抱着她的肩，轻揉她的肚子。之后我离开她，重新拿起包说："谢谢你，小翠。"

她没有回答。

我轻轻微笑着走出了房间。

踏上门前的路，刚迈开步，就听到公寓门开的声音。我回头看，穿一身睡衣的小翠，光着脚，前倾着探出身体，冲我喊道："喂！"外面的冷空气让她的脸转眼间变得通红。"如果做爱是那么一件美好的事。以后，一定要再和别人……"

"会打扰邻居的,别那么大声说做爱什么的。"我的眼泪流了下来，边笑边挥手，"但小翠你也要试试。因为真的很美好。"

"我不敢啊。"

"加油。"我鞠躬，下定决心，之后她再如何叫我，我也不会回头。

"姐——姐！"

不是千笑，也不是瑞穗，"姐姐"这个角色是让我感到最舒服的。

我背对着她招手，装作若无其事的样子，飞快地向前走。走到拐角时，我终于忍不住了，压住声音哭了起来。

我想，只要不让小翠听到就好了，希望她能看到我放在那里的手帕，走在路上，我终于放声大哭了出来。

希望，有人能找到我。

希望能做回望月千笑。

"为什么，非大地不可呢？"

瑞穗曾经问过我。

"小千你这么好的姑娘，要找好男人多得是呢。为什么，非大地不可呢？"

我觉得她并非不知道。我没开口，不是不能回答，而是不想回答。

我也有其他喜欢的人。

我知道，那个人，是能选择我的人。

瑞穗。

选择大地，因为大地是瑞穗你的朋友啊。

他和瑞穗你有着相同的味道，对我来说，是错过就不会再遇到的那种人。

我觉得，你不是不知道这点。

四月二十九日　案发当晚

我觉得妈妈肯定会为我高兴。

她看我没有结婚的迹象，一直很担心，总说"真没有也就算了，但如果你什么都不告诉我，妈妈就太孤单了"。

爸爸会怎么想呢。

虽然已经有了"女大当嫁"的心理准备，但他心里还是害怕女儿离开后会孤单难过，我和男人说话他都会不高兴，还说"不嫁也好"。

父母不想再拖了，他们想趁我还没到三十岁把能办的全办了，我也这么觉得。自己都这么大年纪了，之后就更老了。

瑞穗结婚的事，政美说了坏话。

她说："她把我们蒙在鼓里，自己背地里钓了个金龟婿，真让人不爽。"

我表面附和，心里却觉得政美真是个没素质的傻瓜。

在瑞穗眼中，我们才是被她鄙视的"背地里"。她身边真的全都是美好的东西。

我真想让政美看看瑞穗的家庭，还有瑞穗的哥哥。

但只有一点，政美说的是对的。我，完全不知道瑞穗的结婚对象。她没有第一个告诉我，婚礼前从没让我见过。在婚礼上看到的启太是个"金龟婿"，这让我很受打击。

我已经，一无所有了。

讨厌工作。

讨厌朋友。

讨厌自己。

高中的朋友几乎全都结婚了，忙着生孩子，最近见面次数少了。别人生孩子，或是装修房子时，每次去送红包聊到近况时，我心里真的很难过。对她们来说，可能只是对婚后生活和育儿生活发发牢骚。但一无所有的我，连发牢骚的机会也没有。就算和她们见面，我也不开心。

"瑞穗的婚礼怎么样?"妈妈没有责备我。

"非常漂亮。她老公看起来也是个很好的人。"

"是她哥哥公司的人吧?是精英呢。瑞穗,果然不简单。"

附近的主妇们每月一次在废品回收站集合时,妈妈似乎说过"我们家千笑不主动,一定得别人帮她介绍才行"这类话,当时瑞穗的妈妈也在场。

我想告诉妈妈,相亲结婚在她那个年代或许理所当然,但对我们来说是很丢人的事。妈妈会因为这件事被人小看。妈妈没做错什么,却会因为女儿没结婚,找不到好对象而被人看不起。

有次,妈妈有事,我替她去了废品回收站。

有个住在附近,比我年轻很多的主妇,牵着孩子的手走出来,她边和邻居打招呼,边把塑料瓶、罐、玻璃瓶分开扔进垃圾箱。

"替妈妈倒垃圾吗,真是好孩子。"瑞穗妈妈对我说。不知她们听过多少我的闲话,我心中很不安,无地自容地听着大家的笑声,只有瑞穗妈妈离开了那个圈子,走到我的身边。

"啊,只是小事。"我回答。她微笑着说:"我家瑞穗才不会来。"

她的侧脸和瑞穗很像。

"瑞穗真的很厉害呢。工作是为杂志写文章,一直以来行动力都很强,我很羡慕她。"

听了我的话,瑞穗妈妈歪着头说:"是吗?"之后说:"像千笑你这样,能留在故乡的孩子更好。母女没法在一起,太孤单了。"

我的月经每次都很准时。

初潮是在初二时,之后从没延迟过。感冒也不影响,就连跟及川吵架，工作上有很大压力，也非常准时。

月经没来。已经过了一周，还是没来。

我想，不会错的。

这是我所期待的。

我一直翘首以盼的。一切都会发生变化。

爸爸去旅行那天晚上，我一直在考虑和妈妈说的时机。我的心怦怦直跳，还有些兴奋。我觉得她肯定会为我高兴，心情就像要送给她一件礼物一样。

月经已经三周没来了。我本来想早点儿告诉她，但总也找不到母女二人独处的机会。

我决定第一次去医院时要和妈妈一起去。这么值得纪念的日子，如果我一个人去，妈妈肯定会觉得孤单，一定会遗憾我没告诉她。

我来到一楼，妈妈正在剥春笋。每年春季，乡里的阿姨都会给我们送来春笋。

蒸笋的青涩味道从厨房弥漫到整个客厅，充斥着鼻腔。

我边说着无关紧要的话，边等着她。我想等她把笋全剥完，静下心喝茶的时候再跟她说。

可剥完笋，她又拿出账簿记账。我心中焦急，好不容易要跟她汇报，真希望她能认真听我说话。

"妈妈，我有话跟您说。"

"什么事？"妈妈嘴里答应着，却连头也没抬，没认真听我说话。看她这个态度，我犹豫着是否要说，我觉得在这种气氛下说出来很可惜，但最后还是说了："我怀孕了。"妈妈终于抬起了头，脸上的表情算不上吃惊，但眼珠却一动不动。"我想在家里生。对方实在没法和我结婚，不能和我一起抚养孩子。但那个人家庭很可靠，大学毕业，是在大公司工作的勤恳踏实的人，这个人的孩子，将来肯定是个好孩子，这点请您放心。"

我担心的是家人无法接受外人。大家也都这么说过。虽然父母不会阻止我喜欢别人，但一旦交往也许就会不愿意，所以我一直都没和他们好好聊过。大地的事，我也从没和他们提起过。

我觉得这应该是妈妈所期待的吧。哪儿都不让我去，也不让别人进入这个家庭，能一直和父母在一起，在这里抚养孩子。父母都怕寂寞，这对他们来讲也是件好事。虽然孩子没爸爸，但我们肯定能克服。这孩子的爸爸是个聪明的人，和我家人不一样。我不需要妈妈安排，我已经不是小孩子了，自己也能找到这么优秀的人。如果孩子出生，大地就算不能跟我结婚，也许还会想见我和孩子吧。也许还会来我家吧。

妈妈的表情完全没有变化，她不知为什么想站起来。但腿好像软了一般，膝盖一歪，快跌倒了。

她被吓到了。

这么一想，我觉得很可笑，微笑着叫："妈妈。"马上要说出"您下周陪我一起去医院吧"这句话了。

"住口！"突然听到她用力说出这句话，我一下子止住了微笑。

妈妈脸色苍白，面部肌肉像是哭泣般地抽动着。

"是谁的？"她的声音冰冷尖锐，嘴唇在微微颤抖，"是哪个男人的。这种，这种，婚前不纯洁的异性关系，之前妈妈那么信任你，爸爸也一直这么认为……"

"妈妈……"

"你却成了个残次品！"

这次换我惊呆了。

似乎被无形的东西撞击了一下,我已经蒙了。这是我完全没有想到的。

不纯洁的异性关系。

她在生气时也完全没吞音,清晰地发出这么长的单词,虽然不是时候,我却觉得妈妈土得可爱。

我知道了,参加联谊会,和男生交往,在电话里问到的男生,做爱和结婚,这些在父母心里都与完全不同的东西联系在一起。我直到现在才知道这些。

但,大家都会做啊。

妈妈似乎很兴奋,全身随着喘息而浮动,双目通红,像是在发烧。我不知道再说什么了。还没有有意识地理解,但心中类似于本能的部分先觉察到:妈妈不站在我这边,她是反对的。

我大叫出声:"请先别告诉爸爸!"

妈妈咬住嘴唇,瞪着我。她瞪着瞪着,眼泪从眼眶中溢出,扑簌扑簌地掉落下来。"噗"的一声,像是泄了气。我从没听到过她发出这种声音。

"真丢人。"妈妈开口了。

"我要生下来。"我说。正在用围裙擦眼泪的妈妈听到这句话突然停下了动作,这次她是一副真正难以置信的表情,然后站起来说:"你这……"她打了我的脸,"你怎么还不懂!妈妈要讨厌你了。生你养你这么多年,你竟然说出这种话,我真的开始讨厌你了!"

"求你了。"

妈妈攥住我手腕打我的那个瞬间,似乎像个暗号,之前紧张的距离一下子被破坏,缩小了。妈妈劈头盖脸地打我。脸上,胸上,肚子上。她用手抓我的脸。我为了保护肚子，蹲下身蜷成一团。

"我什么都没有，我会一无所有的。"

"为什么不能像普通人那样结婚呢？你肯定能找到一个人，和他幸福生活，那样……"妈妈边哭边说，虽然饱含情绪，但我还是第一次听到她这么冰冷的声音，"去打掉吧。"

我在榻榻米上，把脸埋在逐渐变冷的臂弯里。我感觉头发贴在脸上，知道自己脸上都是泪水。妈妈的脸色苍白而模糊，她像说出"不纯洁的异性关系"这个词那样，强迫自己第一次说出"打掉"这个词。

"不许生下来！"

"我不愿意。"

"那我不管了！"妈妈说道。她就像个孩子。

为什么不理解我，为什么不理解我？

不，不，不。

不知过了多久。我们的额头，手，脚都贴着席面，一直在放声大哭，发出连呼吸都觉困难的哭声。不去听对方的哭声，也听不到对方的哭声。说的话也渐渐只剩那几句，我们只是在不断消磨体力。

"你好好冷静一下。"终于，妈妈开口了。

我沉默着爬起来。妈妈背对我低垂着头，像是空壳般瘫坐在那里。我站起来，她也没回头。

我默默走出客厅，回到房间里躺在床上，肚子疼起来。我从没想过她会如此拒绝，不知该怎么办。很想找人说话，讲述我的遭遇，求得一些安慰，但我发现，这件很平常的事如今却做不了。

因为我平时的倾诉对象一直都是妈妈。

"是那个人不对，千笑你没有错。"说这些的一直都是妈妈，如果妈妈不站在我这边，我就找不到别人了。

过了两三个小时。

我迷迷糊糊中睡着了。

睁开眼，视野中一片白色，我想，刚才的事全都是一场梦吧。但我没洗脸，眼睛也肿着，白色的泪痕干在脸上。来到走廊，客厅的方向还亮着灯，妈妈肯定也还醒着。

我摇摇晃晃地又回到客厅。

一想到刚才那场你死我活的争吵，我心里就非常难受。妈妈看见我，会是怎样的表情呢。

"妈妈。"

坐在客厅的妈妈看到我的脸，疲惫的脸上露出一丝笑意。我心里吸了一口气，为什么，妈妈在微笑。

她叫我："小千。"

也许她理解我了。肯定能说服她。肯定能沟通。是的，我相信。

"没事的。"妈妈说，像是在鼓励我。

她轻轻地微笑着。也许这次能冷静地听我说。我放下心来，走进客厅。

刚进来，妈妈就开口了："我们一起去医院吧。妈妈完全不介意刚才的事。没关系，谁叫我们是母女呢。凡是人，都会有情绪的，所有人都会有生气的时候，妈妈原谅小千。"

我抬眼，视线慢慢转移到妈妈的正脸，感觉花了好久。妈妈似乎对自己的决定没有任何疑问，她笑着。

我无法开口。真的，真的，一句也说不出来。

沉默了一瞬间，我爆发了。

眼中似乎要迸出火花。不对，不对，不对。

"我要走。"我刚说出这句话，妈妈的脸马上就又扭曲了。

"为什么？刚刚不是才吵完架吗。要是去医院做个了断，就全都结束了啊。你怎么又说这种话呢？"

我已经不能蹲着了。这样不行。我克制着扑倒在地上大哭的冲动，想冲出门去。

我一想到妈妈说的去医院与我期待的意思完全相反，就觉得痛苦而悲哀。

妈妈一下子冲进了厨房。像是在威胁我一般，她用颤抖的手拿起一把刀，在我眼前晃："要生，就把我杀了再走。妈妈是不会让你走的！"

她一脸严肃，我觉得她是认真的。让我走！我大叫，发出悲鸣般的声音，像是在撒娇一样哭了起来。

我不知道我们到底争执了多久。

妈妈的认真，只是为了吓唬我，让我服从。她不想死，却要吓我，让我完全听她的话。

妈妈让我握着菜刀。我边躲避她边叫："不！不！"我不想杀人，也不想被杀。就算只是为了吓唬我，也是很危险的，我希望她停下来。

"你给我拿好！"妈妈来回挥动着刀刃，刀尖一下子划了我的腿。

腿上火烧火燎般的疼痛，我夸张地大声惨叫起来。我想阻止妈妈，想让她知道我受伤了。

意料之中，妈妈的手，就停在了那里。一下子。

我的右脚一下子没了劲儿，膝盖咣当地磕在地上。见我要摔倒，妈妈边叫"小千"边朝我跑来，她手上还拿着那把菜刀，好像不知道要把伤害我的手放在哪儿。

我一下子把手搭在妈妈肩上。被我一带，妈妈也摔倒了，膝盖"咣当"地磕在地面上。

危险。

我攥着妈妈的手腕。两个人保持这个姿势在榻榻米上失去了平衡。我一屁股摔在地上，妈妈的身体向我歪过来。

下一个瞬间。

妈妈口中发出"啊"的一声。真的很自然，好像没有痛苦，也似乎并不疼痛。

她慢慢地抬起身。

晚上剥竹笋的刀像电视里演的一样刺进了妈妈的肚子。妈妈很吃惊。我也很吃惊。

"妈妈！"

她似乎十分混乱，只是望着自己肚子上的刀把儿。该怎么办，连妈妈也不知道吧。她是我一直以来依赖的人，如果连她都不知道，我觉得这真是无法挽回的重大事件了。

我的心一下子凉了。

刀刃，深深插了进去。

我跑过来想握住刀把儿，头上传来一句："别动！"比刚才的声音还大，面无血色的妈妈在颤抖。

"别动，小千。千万别动！"

"但是……"

"没关系，妈妈会想办法。"

刀还刺在身体里，妈妈把我的手推了回去。她用相同的声音重复着："我会想办法。"

虽然内心动摇，我听了妈妈的话。妈妈说了句我从没想到的话："你快逃。"

我的嘴唇很干。

妈妈的嘴唇，眼看着失去了血色，变得苍白。

"妈妈会想办法。我会装作是自己受伤。小千你快走，就当作今天没在家里。"

"可是……"

"就这么办！"妈妈叫道，还是不断推开我的手，"你走，快走！"

"妈妈，我不走！你会死的。"

菜刀还在她身体里，不能一直这样下去。眼前的紧急情况和妈妈的话，在我的头脑中乱七八糟地混杂在一起。

妈妈推我的手，软绵绵地失去了力气。我按住不断反抗的妈妈，手握住刀。怎么办，怎么办。边想边把刀拔了出来。

血开始从围裙下面向外渗透。

妈妈吃惊地看着自己的肚子，颤抖着看着拔出来的刀，看着拿着刀一动不动的我。

妈妈口中说出不一句话。鲜血不断涌出，我眼看着妈妈更加剧烈地颤抖起来，幅度越来越大。

这时我才发觉也许不该拔出刀。我跑过去，妈妈肚子上的伤口已经血流不止了。我拿着菜刀的手已经僵硬了，握着刀把儿的手指松也松不开。

"妈妈！"

妈妈不住地痉挛，我之前从来不会相信人的身体能抖得这么厉害。她眼睛还在看着我，像是要诉说着什么。

"快走……"妈妈说。她的眼睛像游泳一样动着，之后渐渐失去了光泽，但我知道，她还在搜寻着我的脸。妈妈开口了："生下来，也行……"

她用力吸了一口气。

妈妈的手跌落在榻榻米上。食指微微动弹，指着一个方向，那边有个玻璃匣子，里面装着妈妈在妇女会上做的贴画和别人送的特产。她指的是下面的两个小抽屉。

我注意到她想说什么，拼命地把脸贴在她脸上。妈妈喘的气呼在耳朵上。

"那个，里面……还有……"她竭尽全力说出这句话。还有什么，我等了好久，也没有声音。

无论我怎么摇晃她，叫她名字，跟她道歉，她手上的力量都没有恢复，妈妈不动弹了。

我不记得自己之后做了什么。

哭叫了什么，吵闹了什么，诅咒了什么。我都不记得了。

我像发了疯一样，去了添田老师家，以祈祷般的心情等着药店快点儿开门，之后跑了出去。

清醒过来时，我已经坐在了那个公交车站里。

最初就一无所有的我，所追求的东西。

我的身体里，真的只有妈妈。

因为只有妈妈，所以成了妈妈。

我没有勇气对任何人说，也没有勇气面对任何人。

我坐在公交车站里，这么想。

别人肯定都不会相信。

我和妈妈之间发生的事。就跟他们说，他们肯定也不相信我。

我听了妈妈的话，逃跑了。

十二月十六日

从小翠家出来，我一步一挪、恋恋不舍地走到了车站。如果去了添田老师说的那所房子，肯定就不会再回来了。

小翠在夏天给我买的宽檐草帽，在冬天戴虽然有点不合时宜，却很暖和。我仰头看天，阳光刺了满眼。

我戴上平光眼镜，这是之前在百元店买的，没想到竟真派上了用场。如果不用眼镜、帽子之类的东西把脸遮上，我就觉得心里不踏实。

我曾和小翠走这条路去超市，回头看，能看到浴池高耸的烟囱。

一起走时，小翠会留意我的腿，放慢脚步。我大腿的伤远比想象中要深，处理也不及时，直到现在，若是走得久了还会感到轻微疼痛，就像抽筋一样。

拖着脚走路似乎已经成了一个毛病，改不回来了。虽然伤渐渐好了，但还是没法儿跑。

所以，听见有人在加油站对面叫我时，我也没能跑掉。

"小千。"

我觉得远处好像有人在叫我。

国道上的车流量一般都不大，但也会有早高峰。从汹涌车流的另一侧，不知何处传来的声音。

我抬起头，向四周看。

是入冬后常和小翠买煤油的加油站，从里面跑出个清瘦的女生。她的腿脚似乎不太灵活，像是要跌倒了。

我恍惚地注视着她。

她看起来很像瑞穗。

我没法跑。

腿很痛，还受着伤。我跑不了。

心中如此怀念。

"小千！"

她不可能看出来是我。

我剪了头发，和之前有很大变化，现在戴着帽子，还戴着眼镜。这么大差别，她不可能看出来是我。

可是，为什么？

"小千！"

她看到了原本不可能看出来的我，冲我叫道。

瑞穗依旧那么漂亮。

她皱着眉，大声叫喊，脸色都变了，无论她叫我的表情多么痛苦，车流对面的瑞穗还是那么漂亮，和以前一样漂亮。

我把这些都清楚地看在眼中，心想，她来找我真是太傻了。

就像假的一样。

瑞穗不可能来。

以前也许会，但她如今除了自己的事，其他事都不会管。她聪明，有城府，比我认识的任何人都有过之而无不及。

我扭头跑了起来，像是要尽快摆脱这个幻觉。人行道离得很远，瑞穗估计追不上来。我把疼痛的腿向前挪，跑了起来。

"小千，小千！"

声音还在身后追着我。

你追不上，瑞穗。比起那时的抓人游戏，如今我更占优势。

看着为保护我而冲向男生的瑞穗，我当时想的是，如果瑞穗是个男生该多好。

我喜欢的，不是她的哥哥。如果真能让我得到，我更想要的是瑞穗。

就在那时——

我听到车道上一声刺耳的鸣笛。尖锐的急刹车声，轮胎在柏油路上划过的异常声响，让我不由得回过头去。

时间似乎静止了。

瑞穗从车道横穿过来。她冲到车前，口中道着歉说："对不起！对不起！"

我与横穿车流跑过来的瑞穗目光交汇在一起。

喉咙发热。

我慌忙把脸扭回去，甩开马上就要追上我的瑞穗，跑起来。头上戴着的草帽跑掉了，额头和头发都被风吹着。她一直呼唤着逃跑的我："小千！"

叫我"小千"的，只有瑞穗和我妈妈两人。

身后传来声音。

"你是从你妈妈那里，听到密码的吧？！"听到她拼命喊出这句话，我停下脚步，想回头。瑞穗边跑边喘着气，接着说："让你逃跑的，是你妈妈吧？！"

我的脚下失去了力气。瑞穗的声音越来越近。

叫我的名字的声音带着哭腔，听到她的声音，我一步都动不了了。

一只手搭在了我的肩膀上。

"小千。"我们如此近距离地面对面站着,牢牢地盯着对方的眼睛。不是幻觉,真的是瑞穗,她接着说:"我见过你爸爸了。"

妈妈指着玻璃匣子下面的抽屉。
"那个,里面……还有……"
〇、八、〇、七。
明明不让我用,她却把密码设置成了我的生日。
"你走……"
她喃喃道。

"我听你爸爸说,让你逃跑,也许是你妈妈的意思。小千,你爸爸能理解你。他在等着你。"
喉咙颤动,肩膀很暖和,我一句话也说不出。瑞穗看着我的肚子。看着我从最初就空无一物的肚子。
她咬着牙,低着头。再一次抬起头时,瑞穗的眼中像涨潮般盈满了泪水。她抚摸着我的肚子,手就那样温柔地放在上面。
"瑞穗。"我终于出声了,叫了她的名字,"你为什么,会在这里……"
"有人说看到了小千你。"瑞穗声音哽咽着说,她把手紧贴在我肚子上。我感觉到她的手,不禁叫了出来:"我,什么都没有。"
瑞穗停住了呼吸,她看着我的脸,又像是在忍着泪水般低下了头。

月经延迟后,我丢下妈妈逃了出来,先去了添田老师家。那时药店还没开门。我跟老师借了房子钥匙,就慌忙去了车站前刚开的一家药店。

我一直都期盼这个值得纪念的瞬间。其实我更想和妈妈一起去医院，一起从医生口中听到这个消息。

已经回不去了。不能成为纪念，就得做好心理准备。只要怀了孩子，我就能做好准备，就能坚强起来。虽然以这种形式，在这个时间点确认怀孕让我委屈得想哭，但也没办法。

我在药店厕所里用了验孕棒。在小小的昏暗的单间里，我体会到的那种绝望，瑞穗你能了解吗？

我用了一根又一根，无论怎么试，都没有浮现出那道印记。

像是受到了暗示，小腹痛了起来。像是要粉碎我的梦想，血，流了出来。

我失去了方向，力气随着大量的鲜血一起流走了。

离开家时，我还带着戒指。

我知道不贵重，但我觉得在保护孩子时，和孩子一起活下去时，只要有这枚戒指就有了心灵支柱，可是……

我，为什么生不起气来呢。

为什么没还给他呢。这种东西又有什么用。我把戒指扔到厕所墙上，戒指只发出了"叮呤"一声脆响。我再也不想把它捡起来了。我真的很后悔很难过，我抱着疼痛的肚子哭泣，用额头撞击厕所门。

然后，我一无所有了。

之前一直以为我的孩子，他会出生。

因为孩子，妈妈才给我时间。但我却一无所有，根本没怀上孩子。我很害怕却没有办法。妈妈给我的时间变得毫无意义了。我一想到这点就难受得不行，我太害怕了，已经没法再思考了。

我摘下眼镜。眼镜从无力的指尖滑落到地上，"啪"的一声。

"我从一开始，就一无所有。"

"不是这样的，"瑞穗摇了摇低垂的头，看着我。她通红的双眼，锐利的目光就像在瞪着我一样。"你不是一无所有。"

听了瑞穗的话，我的眼珠摇动着，看着她的脸。

我张开了嘴唇，吸了一口气。我等她开口，等着有人能代替无法出声的自己开口，替我说话。

"我一直都记得，和小千你的约定。"瑞穗的声音像光一样透明，一下子钻进了我的耳朵，进入我的身体。

我抬起头，看着她。

"我以为你不记得了……"我小声说。瑞穗眼中含着泪水，笑着说："我说呢。你要是这么想，也没办法。"

在十二月的天空下，刚刚跑步时带来的冲击让身体微微颤抖。我能感觉到，瑞穗覆在我肚子上的手指冰冷，已经被冻僵了。

一直被忘却的妈妈的脸，和那只手重合，一下子在记忆中复苏了。

小学运动会上，妈妈对瑞穗妈妈说："快看快看，你家瑞穗是那个班上最可爱的啊！瑞穗！和你妈妈招招手。"

"妈妈可真是的。"

我们戴着玩具小兵人的尖帽子并排坐着。我冲着离我不远的瑞穗，双手合十说："对不起啊。"瑞穗妈妈被我妈妈催促着，在阳伞下，犹豫地招了招手。妈妈做这样的事让我很丢脸。

但瑞穗却摇摇头，露出了很开心的笑容说"谢谢"。

"小千家真好啊。我，最喜欢小千的妈妈了。"她说。

我一直觉得没法对任何人说，也不能对任何人说。

用力咬着后牙。

妈妈。

她的面容，声音，静止的记忆像是溢出来一样，在我体内复苏。

是瑞穗的错。

我明明不想告诉任何人，明明只想逃跑，但都怪瑞穗，她说她喜欢我家。

我大声地，像是在吼叫一般，发出了声音："妈妈！"

我知道，身边的瑞穗直直地站着，像受了打击。

"妈妈，妈妈，妈妈，妈妈！"

哭声，被微微发青的灰色天空尽数吸了上去。

原本不想说，原本不想哭，没人会听我解释，妈妈会变成那样都我的错。我没有任何借口。

妈妈，我反复地叫着。瑞穗抱紧了我。

"小千。"

她用力地抱着我一直紧绷着的肩膀，勒得我发痛。瑞穗的声音放大了，似乎是从喉咙里挤出来，又渐渐低了下去："小千，小千。"

"回家吧。"终于，瑞穗盯着我的脸说，"回家吧，小千。"

"瑞穗，我……想见妈妈。"

我得到的缓期，像在朝阳下被融化一般，结束了，消失殆尽了。

阳光包裹着身体，柔软而炫目，此时此刻我却抬起头想，原来在寒冷的地方，光才更温暖。

ZERO、HACHI、ZERO、NANA。
© Mizuki Tsujimura 2012
All rights reserved.
Original Japanese edition published by KODANSHA LTD.
Publication rights for Simplified Chinese character edition arranged with KODANSHA LTD.
through KODANSHA BEIJING CULTURE LTD. Beijing, China.

图书在版编目（CIP）数据

〇八〇七／（日）辻村深月著；郑晓蕾译．—北京：新星出版社，2015.1
ISBN 978-7-5133-1695-8

Ⅰ.①八… Ⅱ.①辻… ②郑… Ⅲ.①长篇小说－日本－现代 Ⅳ.①I313.45

中国版本图书馆CIP数据核字（2014）第283922号

〇八〇七

（日）辻村深月 著；郑晓蕾 译

责任编辑：邹 瑢
特约编辑：王跃嵩
责任印制：韦 舰
封面绘图：李思思
装帧设计：@broussaille 私制

出版发行：新星出版社
出 版 人：谢 刚
社　　址：北京市西城区车公庄大街丙3号楼　　100044
网　　址：www.newstarpress.com
电　　话：010-88310888
传　　真：010-65270449
法律顾问：北京市大成律师事务所

读者服务：010-88310811　　service@newstarpress.com
邮购地址：北京市西城区车公庄大街丙3号楼　　100044

印　　刷：北京京都六环印刷厂
开　　本：910mm×1230mm　　1/32
印　　张：8.25
字　　数：140千字
版　　次：2015年1月第一版　2015年1月第一次印刷
书　　号：ISBN 978-7-5133-1695-8
定　　价：30.00元

版权专有，侵权必究；如有质量问题，请与印刷厂联系调换。